李亮 著

艺术短论与散文

天津大学出版社

“没有希望就不会有生命”

——序《常青藤》

赵树义

按常理，我是断不敢为李亮先生的书作序的。但李亮先生说，书中所收文章大多发表在《人民代表报》副刊“常青藤”栏目，我便无法推托了。

1988年秋天，我调到《人民代表报》工作，师从张丽做副刊编辑。我是学理科的，对办报毫无概念，甚至分不出字体和字号。张丽是资深媒体人，新闻和副刊业务样样精通，我不仅从她那儿学会了编辑的基础知识，还学会了怎样做一个称职的编辑。刚到报社时，我以为自己是写诗的，对新闻很是拒绝，甚至厌恶，报社安排我到襄汾采访，我却写了一篇散记《访问丁村》。那是我的第一次采访，却写了一篇与新闻不相干的文字，我把它拿给张丽看，张丽便在“常青藤”副刊发表了。

次年春天的一天上午，有作者来访。来者个头不高，衣着整洁，眼睛睿智、冷峻，明亮中透着些许阴翳，一副老派知识分子模样。言谈中，知道他在吕梁高等师专任教，是张丽的老作者，也是张丽很尊重的一位作者。那时的编辑和作者大多保持着良好的互动关系，有的即使一生不曾谋面，也常有书信往来的。我初出茅庐，不敢贸然上前打扰，便坐在我的办公桌前听他们谈话。突然，来者问张丽“叶绿素”是谁。张丽便笑着说，“叶绿素”是我们小赵，就是坐在门口那位。“叶绿素”是我早年写诗时用过的笔名，李亮先生看到我很是诧异。他说读过《访问丁村》，没想到作者竟这么年轻。那一年我刚20岁出头，就这样，我与李亮先生便认识了。

“常青藤”栏目办了大约五年，李亮先生一直是这个栏目固定的作者。

那时，我们对李亮先生的作品来者不拒，两三个月便发一篇，印象最深的是他的《网不尽的天空》。这篇文字的底色是阴郁的，就像我的《访问丁村》，这或许便是他喜欢《访问丁村》的原因吧。

> 永远忘不了那间废弃的老屋，只有两扇紧闩的窗口可以透进些许光明。灰蒙蒙的玻璃后是几柱铁的粗硬的格栅；栅外的一株百年巨槐，正超越屋脊，铺展枝干，在天际织就网络，似欲将那辽远的天空捕获……在深秋，在严冬，窗口便成为老屋中人目光的唯一通向，穿越重重障碍，迎向那散碎的天空。当寒风摇撼巨树，这“网”便在动荡中不间断地组合、错落、叠加，投射出心灵不得摆脱的困境。是时，不甘凝练的心就会像被套进一只网兜，垂挂于泥灰剥蚀的惨淡的一隅，在尚未静止的张歙中闪着微弱的光，恰似不停地开阖的苦痛的眼，望着这阴冷而使人窒息的老屋……

很显然，这是一幅画。很显然，这幅画话里有话，作者隐约想表达的是一个寒冷的年代。很显然，这样的笔法也是一个年代的笔法，作者字斟句酌，小心翼翼，却又忍不住想说些什么。写这篇文字时，李亮先生已是知天命的年龄，但他显然还无法放下那个年代对他的伤害，这伤害在他心里留下的阴影就像一座“废弃的老屋”，就像一张动荡的“网”：老屋，格栅，巨槐；捕获，垂挂，剥蚀；灰蒙蒙，惨淡，微弱，阴冷；组合、错落、叠加、张歙、浮生，还有窒息……无论名词、动词，还是形容词，呈现在作者“苦痛的眼”中的都是一幅动荡不安的“散碎”画面，都是“心灵不得摆脱的困境”，这“困境”便是作者刻骨铭心的年代。很显然，这画面的底色是阴郁的，这阴郁还是无法化开的。那时，我虽然很喜欢这样的色调，但我是少年不知愁滋味，与李亮先生的饱经沧桑相比，我的阴郁简直不值一提。

李亮先生 1961 年毕业于南开大学中文系，恰是风华正茂的年龄，却遭遇到一场今天的年轻人无法懂得的寒流，饱受各种磨难，接二连三的挫折在他心底造成的创伤几乎是无法治愈的。青春期心理创伤无疑比童年期心理创伤更刺目，或者说，青春期心理创伤是显性的，童年期心理创伤是隐性的，前者就像一道伤疤，时刻会突然裸露在眼前，令人愤懑和沮丧。一个人的心灵创伤越深，对希望的渴求便越强烈，因为他明白“没有希望就不会有生命”(《生命与力的礼赞》)。可希望中的生命状态究竟该是什么样子的呢?李亮先生早年曾写过一篇散文《生命自由的存在形式》，我觉得这篇文字寄寓着他的生命向往：

> 当北国江城隆冬降临、大地尽素的季节，只有浩浩江水晕出一带墨色曲线，有如沉睡大地奔涌的血脉。雾气从这里腾发、弥漫开来，使江岸柳枝因满粘霜花而变成蓬松、粗硕、壮观的“树挂”。“树挂”是大自然对松花江沿江城市吉林独有的赐予。每当晴日时分，沿江会有难以计数的人来观赏；万头攒动，万枝飘洒，纷纷扬扬，在冬阳里熠熠地生光，与大地生命的喧嚣相与比照，呈现出自然与生命之美一体的自由和永在。

自由之美也是自然之美，只有失去过自由的人才懂得她的真谛。李亮先生认为“自然美是个体生命的升华与再现，是生命自由的存在形式”，因之，他理想中的生命就是一株“万枝飘洒”的“树挂”。如此理想何其寻常，又何其奢侈!

李亮先生长我30岁，我虽没有经历过他的年代，但我约略懂得他的年代，或因这个缘故，我们成为忘年交。李亮先生后来调回省城工作，与我爱人是同事，我们又成了邻居。离休之后，李亮先生依然笔耕不缀，尤其对绘画兴趣浓厚，撰写了大量与绘画有关的专业文章，他称之为“读画记”。其实，李亮先生不仅是读画的人，还是写画的人，他的散文便用词如墨，画面感极强。李亮先生耄耋之年依然著书立说，令我感佩，我常常在上班的路上与他迎面相遇，他骑着自行车，精神矍铄，逆光的笑容灿烂而纯净，从前的阴郁早已一扫而光。有这样一位谦谦长者为邻，自是人生幸事，我每每与他交谈，都能感受到他强烈的“常青藤”情节。李亮先生念念不忘“常青藤”栏目，且以《常青藤》为书名，还专门请友人题了字，可见他对这一寻常植物钟情之深。其实，“常青藤”也罢，“树挂”也罢，只不过是一种人生态度的映射，李亮先生一生经历过不少磨难，但他童稚之心灵未泯，君子之操守不渝，这样的坚守或许才是一个人一生中最重要的。

2015 年 8 月于太原

纪念挚友家庆米立先生*

*米家庆（1934-2016），又名米立，吉林市人。1960 年北京电影学院摄影系毕业。中国电影家协会会员，中国摄影家学会会员，先后任职北京电影制片厂、西安电影制片厂，摄制电影多部，《野山》获 1986 年第六届“金鸡奖”，本人获当年“中国电影优秀摄影奖”和“铜车马”最佳摄影奖。2016 年 2 月 10 日逝于西安。

目　录

心灵的珍藏

/2　云雀高翔
/4　生命与力的礼赞
/8　网不尽的天空
/10　沉默的山崖
/12　晚　照
/14　瞬间·永恒
/17　这一条河流
/19　直面山野
/21　朝　圣
/23　山　中
/25　心灵的珍藏
/29　童年回忆
/33　人生三叶
/36　藤
/38　旅人手札（三题）

生命自由的存在形式

/46 让观赏者闯进艺术“魔圈”
/50 捉鱼更比吃鱼香
/53 生命自由的存在形式
/56 在壮丽的自然中求得解脱
/59 时代变化的先行指标
/62 将自我投身变化之中
/65 艺术与技术

系日斋读画记

/70 宗炳：抚琴动操，欲令众山皆响
/73 萧贲：咫尺万里之遥
/76 谢赫：气韵生动
/79 李思训：笔格遒劲，金碧辉映
/82 王维：画中有诗，诗中有画
/85 张璪：外师造化，中得心源
/88 董源：平淡天真，一片江南
/92 荆浩：搜妙创真，气质俱盛
/96 范宽：真境逼而神境生
/100 郭熙：山水意境的诞生
/104 二米：以放易庄，以简代密
/107 马、夏：一角半边，方尺无涯
/111 夕阳远眺山外山

/113 潘天寿：灵岩一角
/116 乡愁袅袅说《无题》
/118 意境滂沛赵无极
/123 从容细说刘二刚（五题）
/137 心随笔运，气质俱盛
/141 论画书简：致王如何
/145 荒率散乱，姿容便娟
/149 图式理论与艺术出新
/154 深邃·厚重·奇绝今古
/158 刘树山：细腻的现代
/160 陈艳麒：诗情鲜活的风景画
/162 荆生之花的怀念
/164 达·芬奇：澄明之境
/167 凡·高：迟到的纪念
/171 关于绘画艺术中的崇高
/181 现实世界中的超越与失落
/187 你多美，罗斯，我亲爱的罗斯
/203 分拆细读说“苹果”
/206 小品二章
/208 罗宗强与绘画的缘分
/214 雅士最后又一人

诗的色彩

/224　诗的色彩：以画观诗
/231　《野草》诗中的绘画美
/238　“红楼”艺术一瞥

远行与备忘

/246　迷失在荒野的孩子（三题）
/258　阴寒的旅程
/261　环中岁月
/274　梦中苍翠
/283　留给丹丹的备忘录

/289　后　记

心灵的珍藏

云雀高翔

有谁曾在母亲——土地的怀中陶醉么？那第一个，该是扶犁耕耘的劳者了。

紫黑的泥浪追逐着明亮的犁铧；铧面反照出嬉戏的春阳。萌生的嫩草，待发的宿根，和劳者那因陶醉而近乎羞赧的面容。是的，松软的泥土，含苞的柳絮，游荡着最后一块浮冰的河流，一齐散发出浓郁的气息，汇为沁人心脾的芬芳。他真想匍匐在这块大地上，两手抓住泥土，长久地，长久地……

忽然，不知从哪儿的高空，传来持续不断的鸣声，玉润，珠圆，浏亮而杳渺，如飘忽远去的游丝。

"叫天子。"劳者毫不经意地望了望头上晴朗的天空。

是的，那是叫天子。家乡世代耕作的父辈们，就是这样称呼云雀的。云雀，淡淡的灰褐色的背部，尾端有赭黄色的覆羽，在浅棕的胸前缀满斑点。生活在农村的孩子们，春野采集花草时，常常可以见到。最令人惊异的是它那骤然从不知什么地方倏而飞升直到渐渐消融于蓝天的轻捷身影。在这种时候，那嘹亮而极富于变化的鸣叫却久远地萦绕大地，使人仿佛觉得那声音，是来自几缕清淡细碎的羽云。而那羽云呢，却无心而自任地浮游着，浮游着。在孩子们童稚的心灵里，似乎第一次发现了生活是如此奇妙，如此美好。

其实，生活的奇妙与美好，都是母亲——大地的赐予。当我们饱历人生艰辛，积淀过往，瞻望前程的时候，就会悟出：只因为我们脚踏坚实的大地，才使得童稚心灵中留下的生活的奇妙与美好发酵为对人生的热爱，从而在万千坎坷与泪水中净化出赤子之心，去走完人生的长途。鸟儿一般在高处——枝丫或檐角——筑窠；然而，孩子们有一次竟然在萌绿的浅草中发现了鸟蛋，它被纤柔的干草维护着。“那是叫天子的。”劳者仍然漫不经意地向那里望了望。不知是出于一种什么心情，孩子们走开了。

春阳追逐着犁铧，犁铧在苏醒了的土地上掀起层层紫黑色的浪花。我跟在耕耘者的后面，用手捧起松软的泥土，两眼充满了泪水……

1984 年 12 月

生命与力的礼赞

1

黎明到来之前，是昏朦的夜色。夜色昏朦中，渗透着生命的力，浮动着生命的流，交响着生命的乐章。

一侧，是干涸的河床。可以想见，那些大大小小被搓磨得一无锋棱的卵石，正躺在它的怀抱，满滩沉寂而僵硬。赋予它生命与美的活水，仿佛并不曾从这里流过。它若有所待，那是生命对力的期待，还是力对生命的吸引？

另一侧，是并不高大的黑魆魆的土山，似乎从未沉睡一般。正是从这里，发出欢跃的不曾间断的生命与力的交响：始而如炒豆一般清脆；继而若雨点儿由远而近洒在禾叶，沙拉拉，沙拉拉；旋而似崩拉、崩拉地，是一种闷声闷气的钝响；有时竟至于是尖锐的划然长啸，山鸣谷应，回荡夜空。震响中交和着像远方雷电微弱而短暂的闪光；而有的宛如冲天火柱，照彻半个夜空，连同那山坳的人家和门前节日的彩饰。一切似乎都可以从想象中获得：灶中兴旺的火焰，室内弥漫的温暖，人们心里沸腾着的快乐。在生命进入新历程的第一天，那无法计量的积蓄的力，正期待着又一次新的奔腾与宣泄……

爆竹声微弱下去的时候，大山的轮廓开始清晰起来了。在遥远的河滩的尽头，映出了桃色的红晕。起初，只有顶端那么一点点，继之被一种巨大的力托起，像烧红的铁球。

太阳，日日常新。难道每一个充满活力与生命的春天，不也都同样美好?

2

秋了，籽实饱满的向日葵垂下沉重的头，陷入了深沉的思索。

那是一个晴朗的日子，它从剥食葵花孩子的手中偶然漏了下来，没有任何人留意，却为细雨所滋润，萌发了生命的芽，在春阳下闪着金绿的透明的光，衬托着褐色的土。这是它的幸运。夏日是百卉竞茂的季节，却也伴着狰狞的雷电和冷酷的冰雹。那毛茸茸的硕大的叶子，至今仍留着斑疤，无可愈合的伤痕，普通生命的惨痛纪念，只有自己可以会心的痛楚的标记。生命的存在，从来不可能是单独的个体，因为仁慈的大地赐给万物以平等。然而，何以它周围的某些生命，如今却这般凄惨！它觉得它们非常可怜。它富有一颗同情的心；然而，却终究无法改变它们几乎化为一堆废料的可悲命运!生命的存在是同一的，生命的价值却各不相等。当清明的春阳再度降临这褐色大地的时候，它的籽实将裂变为万千新的生命，金绿的透明的光，将普盖这本来就极其美好的世界。这兴许是一个梦罢；梦常常带给人希望，而新的生命本身正是一种希望。

秋了，籽实饱满的向日葵垂着沉重的头，蓄着生命的力，做着希望的梦。

没有希望就不会有生命。

3

每当夜幕深垂，他一个人躺在床上，觉得这个世界只有自己在醒着的时候，就会听到一种有如江河奔腾、飞瀑天降、飓风卷沙、树叶战栗的声响，匀称而规律，仿佛充满全个天地，而别无其他。他知道，这是血液在周身流动，生命在大地上喧嚣。

每当秋深月淡，他一个人躺在床上，觉得这个世界上只有自己在醒着的时候，就会听到一种细微而有节奏、和煦而柔美的声响。这使他想起慈祥的祖母的面孔，亲爱的友人的微笑；轻风摇动着的树梢，流水漾起的涟漪以及他所听过的许许多多善良人们的娓娓言谈。他知道，这是蚂蚱在振翅，蛐蛐儿在某个角落里歌唱，生命在大地上奏着美好的乐章。

每当炎夏乏力，午睡醒来，瞩目窗外，金黄明澈的夕照，正在晾晒的白衫上幻出奇异的色彩，缤纷的小园像进入梦境，人们举手投足而不闻言声笑语。这时，阵阵晚风送来时急时缓的乐音，仿佛从那极其遥远的天际传来。洋洋满耳，若将可遇；求之，又如系风捕影，终不可得。澄明的晚霞在作最后的燃烧，蓄力迎接明天的曙照。

明天是美好的：有时从鳞次栉比的屋后窥伺、跃起，亮出它嫣红巨大的圆盘；有时是从朦胧灰暗的远方，幻出壮丽的玫红，照亮半边天空，直探天涯芳草，使人感到这个世界上生命的无所不在。

谛听生命的喧腾，观赏生命的色彩，他好像第一次感受到别人无从感受的那种人生的意义。每当这种时刻，他就觉到了一种莫名的痛楚，用双手捂起自己充满泪水的面颊……

4

霜降前三天，一个秋阳融融的日子，收拾宅前那块辟作园田的隙地。曾经与豆荚和番茄蔓子纠缠一处的架杆，被分解了出来，松了一口气似的，立在墙角。蔓根当然要拔除，虽然梢头仍有若干未及成熟的青果，但与败叶一起，无疑它们将化为来年沃土中的有机物质了。这里是晋西山区，庄禾熟得迟，寒凉来得早；若在家乡，田野正是一番热闹景象呢。

说“热闹”，其实不过是全家老少一齐上手，割的割，收的收，捆的捆，垛的垛，然后用独轮车推回家，堆在院子里，连进屋也难得有下脚的地方。好像到处都是成熟的颗粒：头发里，衣袋里，鞋窠里，甚至耳朵眼儿里。吃饭是极简便而快速的，常常是刚起回的红薯与山药蛋，或甜或沙，皮儿极薄，新鲜极了，再加一点老咸菜。望着满眼应时熟就的果实，估量着它们的斤两，那从内心生发出来，且形诸眉宇之间的，自当别是一番得色，难以言传。其后，秋风起了。早晨挎上放着小镰的箩头，到塍间拾穗。这是孩子们发愁的一件营生。为什么呢？冷！满眼是令人为之瑟缩的白霜，实在不想伸出手来。于是，使用镰刀收集禾叶，燃起篝火；潮湿的烟与朝雾打成一片，逼走寒气。有时还可以投入为收割者遗忘的豆荚，在灰烬中拣半生不熟的豆子吃，唇边难免染就灰黑的一圈儿。垅上是割削后尖利的茬巴，根底抽出冷绿的芽叶；在道旁，在沟渠边沿，是烂漫的紫色小花，傲然与秋霜相对。远处是秋耕翻起的褐土，在初阳下蒸腾着热气……

这些都是童年往事了。而今身居异乡，记忆的碎片自不甘随时间流逝而散失，恰似地下的籽实，一当气温与湿度相应，便破土而出，显示出生命与力的本能之内在的必然。

1985 年 6 月

网不尽的天空

春天的晴朗的天空是辽远的。

当温暖的风梳理杨柳，它浅嫩的朦胧向远处的天边伸展，与不尽的山外青山混茫，人的心境便会无比澄明，心中会扇起无数幻想的羽翼，觉得家乡、亲人和人间的美好便在那辽远天边的无尽混茫之外。那是一片乐土。那里有牵牛爬蔓，宿露流光，蚂蚱蹦跳，土蜂嗡嘤，还有飞入菜花的蝴蝶，与云为伴的翔鸽，鸽哨声从空远的天际洒落，融入心怀，投给生命以无比的舒展。温和的风荡人入睡，恍惚中并未觉到自己已消融在辽远天边那山外青山的混朦之中……

人在碧蓝晴空的流光里远行，常觉大地就在脚下，步履分外踏实。他觉得自己能够穿越荒芜，驱除寂寞与孤独；能够忍受暑溽饥渴，艰难地存活下去。因为头上悬着希望，心灵正像那辽阔的天空一样广远无涯。

然而，一旦天空被以网络，心灵遭到牢笼，生命便现出痛苦的挣扎、搏击的张力、冲撞的火花。

永远忘不了那间废弃的老屋，只有两扇紧闩的窗口可以透进些许光明。灰蒙蒙的玻璃后是几柱铁的粗硬的格栅；栅外的一株百年巨槐，正超越屋脊，铺展枝干，在天际织就网络，似欲将那辽远的天空捕获……在深秋，在严冬，窗口便成为老屋中人目光的唯一通向，穿越重重障碍，迎向那散碎的天空。当寒风摇撼巨树，这“网”便在动荡中不间断地组合、错落、叠加，投射出心灵不得摆脱的困境。是时，不甘凝冻的心就会像被套进一只网兜，垂挂于泥灰剥蚀的惨淡的一隅，在尚未静止的张歙中闪着微弱的光，恰似不停地开合的苦痛的眼，望着这阴冷而使人窒闷的老屋。老屋中踏磨得失去方正齐平的砖地，砖地上浮生的寸厚的“碱毛”，还有昼窜夜行、窃啮斗暴的鼠们……

好像西哲歌德说过：“只要有个窗口，人生就有乐趣。”当心灵飞出窗口，奔向辽远的天空，生命意趣的发挥，便将复归于作为世界之轴的人。你看，在满布格栅、丛枝的大背景上，那秋阳或寒风中喧腾不已的树杪，正回应着生命本体的存在和骚动，将生命的自由之光投向人的心灵，重又使心灵爆出灿烂的火花。

网不尽的辽远的天空，为生命提供回荡、运转、升腾的存在，似乎只有缭绕的云能映出你的悠闲，斑驳的叶能透出你的光彩，交辉的星能呈露出你的神秘、凝重与深邃。

网不尽的辽远的天空，为心灵提供自由驰骋的存在，当从巉岩峭壁后升起，会使人感受到大地的腾挪踔厉；如衬以索漠墟落，又使人遐想远古生命的繁华；而若与海洋比并无尽延展，则更是活生生托出你自身无比宽阔的胸怀。

灾难是真理的第一程。生活中本没有什么可怕的事，而只有该懂的事。何况，人不是可以注入任何液体的空瓶。为此，我礼赞春天晴朗辽远的天空！

1991 年 6 月

沉默的山崖

在遥远的荒凉的海湾，幽暗杳渺的天边，一列山崖森然拔地而起，侧立千尺。它那崚嶒错落的岩角，坚挺而峥嵘，甚至显出几分狞厉。鸟粪层积，青苔斑驳，幽深的岩罅平添了若干神秘，磊落的岩块点缀出些许光白；雾色晦暗，朦胧而无所不在的大气使其愈发显得深沉而悲壮，古老而永恒。面对深邃的苍穹，它沉默无言地静观这永存而又无尽变迁着的世界……

远方荡起一丝灰白的烟缕，那许是一艘驶过的航船吧，沉静无息地浮游于海面，而内中却竟是个纷纷扰扰的世界：回归的游子在托颐沉思，生活的艰辛和磨难使他往事萦回，而那即将到达的彼岸又竟是个风云莫测的境界……一双恋人在俯瞰舷下平静的海流，心灵的契合为夕阳所反照而浮露于水面，倒影映入水流而与船行同步；在人生的甜蜜中似乎又搅入缕缕酸辛，激情的潜流沿脸颊滴入深沉的海水；而上等舱中的大商巨贾，又正以咄咄逼人的眼神计算着堆垛如山的商品价值，灯红酒绿而杯盘狼藉……

在苍茫的彼岸，华灯异彩，车水马龙，人流如潮。似乎每个人都行色匆匆而各有所务；但是，有谁又确知他们的起点、终结以至最后的归宿？在某个不为人知的角落，绳床瓦灶而薪尽釜空，人生的凄苦与父亲的愁容相伴；一个新的生命降临人世，那第一声来到世界的呼喊，又分明幻出母亲心中欢乐的曙光，一切的不幸和苦痛好像都涣然冰释，眼下又带给了他们暂时的欢欣和永在的希望。古榕庇荫下，一位少女正望着垂天入地的气根魂游天外，眼神中分明透出只有生命本体思绪的深层激荡才会泛起的壮丽波澜。在作为民族摇篮的壮阔中原，春天的土地苏醒了，苦苣的根正在地下延伸、爆芽、破土，舒展出饱含苦涩奶汁的叶，生命的“一次性”再次得以呈露，一切艰辛和劳苦似乎都变得无所谓了。

当面对绚烂的云冈石窟，千姿融汇，万态争妍，它超越佛界虚幻而直入人间繁华。在古都洛阳，伊水两岸，草木葱茏，巨大的龙门奉先寺正中，是卢舍那永恒的慈祥，迦叶拈花长存的微笑，那天王脚下万劫不复的夜叉，莫非在向世人展示彼岸的和谐与现世的报应？至于在四川大足宝顶山“地狱变”中“寒冰地狱”里受罚者肌肤痉挛、畏寒战栗、疾苦交迫者的形象中，反使人看到面容尊严的天神对不屈的反叛者的戕害。这些现实的虚饰，人世的折光，正反照出人类世代对光明彼岸的向往和为其能转化为现实存在而付出的巨大牺牲。

沉默的山崖，壁立千仞，永存而无言地观照着这个变化万千的世界。也许在两万年前，当原始图腾集团，怀着莫可名状的深深恐惧，将自身涂色、切痕、黥纹，向它顶礼膜拜、集会狂舞、大行巫术礼仪的时刻，似乎也只有这样的时刻，那种浓烈的色彩和强化的气氛，才能爆出它灵魂的焰火，激起它暴风般的欢欣，呈露出自然生命的一体，表征出这个完整世界的不可分割。

面对深邃的苍穹，究竟什么是永存而未曾发生过的？而那无尽变化着、消逝着却又并非真正存在过的又是什么？沉默的山崖无言以对。年复一年，只有它脚下被狂风卷起的巨浪，在强硬的山岩下跌得粉碎，并随之而迸散起如雾的氤氲，在光照下幻出无边的虹彩。

1987 年 7 月

晚　照

观赏日出的人们颇多，因为日出象征着青春、明天与希望；瞩目晚照的人们似乎也不少，然而中国传统的古典诗词里，“晚照”却好像有些犯忌：“夕阳无限好，只是近黄昏”，美好的顷刻恰与即将来临的“黄昏”为伍，那是无法排除的两极；即便是“停车坐爱枫林晚，霜叶红于二月花”吧，也终使人面对眼前萧瑟而更企慕已逝的阳春；更不要说“西风残照，汉家陵阙”，“斜阳正在，烟柳断肠处”，那径直是国势江河日下的写照了。

然而，西人对此却有他们自己的见解。歌德曾说：“太阳看起来好像是沉下去了，实在不是沉下去，而是不断地辉耀着。”雨果说：“风度和皱纹结合的时候极可爱。愉快的暮年有一种说不出来的澄光。”因此，无论米开朗琪罗的《摩西》还是达·芬奇的《自画像》，那闪灼着睿智灵光的眼神，那深深镌刻着人生艰难与坎坷的皱纹，与那佛然飘动的长髯一起，都使观赏者无限神往，引发心灵久远的回响。当然，谁也无法让时钟为我们敲响过去的钟点，但是既然美丽的少年人是大自然的奉献，那么饱历沧桑的老年人更该是艺术的杰作了。与国人同理，西人的这种观念，可以说是“采取了与自己的祖先同样的方式来把握世界和作出反应，”本属一种“最初的模式”（**荣格**）。

日出是壮丽的，晚照也同样辉煌。然而，这里要说的，是在一次非常偶然的机遇里，对晚照感受的独特体验。

当时，我一个人踽踽行进在黄昏将至的田间小路上，忽然发现自身布满光华，脚下秋耕过的硕大土块更是鳞次栉比般闪耀着，显现出某种异样的色泽。这无疑是晚照的回映。衰枯的草仍无声无息，大地显露出罕有的静寂。是时，瞩目远天，那里正有一股盖地飓风排空而来，是沙土赋予它们形态，枝干赋予它们声音，起伏的丘陵更使它们扭曲变态，恰如巨蟒腾窜，狂啸怒号……眼见得大难临头，末日到来。风的脚步比闪现的念头更快，顷刻间，这个世界便被弥天沙暴吞没了。太阳如豆，在渺远的天边，忽明忽暗地摇来摆去。我感到空前的恐惧与孤独！“这个世界还可能有生命存在吗?”我把头深深地埋在地下，紧闭双眼，捂着耳朵，同时想着眼前秋耕犁起的土地：它们当时是带着怎样的欢腾从地下钻了出来；衰枯的草们，也许并未忘记自己蔚然青青的美好时日……眼前风沙的威慑开始收敛的时候，太阳又一次呈露出它的真实面目：巨大而辉煌，照彻半边天宇。我似乎历经炼狱而再生了！我十分庆幸自己在这难得的机遇里对“晚照”所做的这次独特体验。似乎一种巨大的生命力量与我同在，太阳仍在辉耀，明天又将是一个澄明的曙照。

雨果夫人说过：“一切事情过眼即逝，只有所受的创伤除外。”“在清水里泡三次，在血水里浴三次，在碱水里煮三次，我们就会纯净得不能再纯净了。”托尔斯泰曾把这作为他小说《苦难的历程》的题词。然而，正如罗曼·罗兰所说：“一个人的性格决定他的际遇。如果你喜欢保持你的性格，那么你就无权拒绝你的际遇。”

看来，情况只能如是——真是“你别无选择”！

1987 年 7 月

美的短暂性会提高美的价值。非永恒性的价值是时间中的珍品，对享受的可能性的限制同样提高了享受的价值。我们在自身的生命上面目睹着人的形体与容颜的美不断地枯萎，不过这种短暂性也给美的魅力增添了一种新的色彩。所以，我们看不出艺术作品以及精神成就的美与完善竟会由于时间的局限而失去价值。就此而言，弗洛伊德实际上是说，就其延续无穷与生生不息而言，生命与美展现了它的永恒与不朽的无限性；就其相生相克与新陈代谢而论，生命与美又表现了它的顷刻与瞬间的有限性。茫茫宇宙，生命与美无所不在；浩瀚大地，生命与美的长河永无停息。生命与美的意蕴于瞬间呈露，而生命与美的价值则体现为永恒不朽。

生命是美好的，不仅在于它的"一次性"，尤其在于它的永无止息的探求；美是崇高的，不仅在于它的"元创性"，尤其在于它的无所不在的发现。

> ……电话铃声闯入美梦，令人兴奋的幻觉恐惧地消失了……醒来，我的第一个感觉就是我这被瘫痪所钉住的身体疼得难于忍受。……几秒钟之前还在作梦，在梦中我年轻，有力，骑着战马像疾风一般奔向初升的太阳。……生活要取得它应有的权利。痛苦滚开吧！

新的一天又开始了——美好的一天。"人生包含着一天，一天象征着一生。"《我的一天》所呈现的1935年9月27日这生命的瞬间观念，终于转化为主人公永恒的碑铭。伟大的历史与永不止息的奋斗，造就了顽强的革命战士，也造就了它杰出的代言人。奥斯特洛夫斯基的生命，恰似一团燃烧不息的火焰！

> 成排玻璃杯摆在那里，恍如一队整装待发的阵列。玻璃杯都是倒扣，就是说杯底朝天。有的叠扣了两三层，大大小小，杯靠杯地并成一堆结晶体。晨光下耀眼夺目的，不是玻璃杯的整体，而是倒扣着的玻璃杯圆底的边缘，犹如钻石一样闪出白光……过去七十年的人生历程中，我在这里才第一次发现、第一次感受到玻璃杯的这种闪光……是第一次遇见这种美。

这是诺贝尔文学奖获得者，日本作家川端康成，于获奖翌年，即 1969 年在美国夏威夷大学讲学时的一段自白。他感叹说："像这样的邂逅，难道不正是文学吗？不正是人生吗？"卡哈拉·希尔顿饭店阳台餐厅里玻璃杯闪烁的晨光，将作为堪称"夏乐园"的夏威夷和檀香山的日辉、天光、海色、绿林组成的鲜明的象征之一，终生铭刻在作家心中。虽然，三年后，他以那种使人不可思议的方式结束了自己的生命，但他在瞬间发现并予以揭示的美的意义，却将永远启迪后人对美与生命的珍爱。"第一次看见的一颗星最美。"文学与人生道路上都有这种情形吧！

美从生命的灵魂中生发出来，生命灵魂的深层蕴藏着美。

> ……我能用我这双发抖的手为你斟酒？好吧，那我就抛开了死的梦幻，重新捧起了生命。

于是，白朗宁夫人垂危的生命出现了奇迹：爱情战胜了死亡！美好心灵的瞬间曝光，终于赢得了生命的永恒：《十四行诗集》将永世长存。

> 十年生死两茫茫，不思量，自难忘。千里孤坟，无处话凄凉。纵使相逢应不识，尘满面，鬓如霜。夜来幽梦忽还乡。小轩窗，正梳妆；相顾无言，惟有泪千行。料得年年肠断处，明月夜，短松冈。

眼前看到的美，不如梦中所见的美。爱的深沉而持久的怀念，终于在瞬间托出。苏轼于梦幻中所见亡妻的美，应当是他与王弗短暂生活中的第一次发现，这瞬间的美的闪亮与生活的艰辛打在一起，就更加使人的情感难以承受；然而，死者生前美的顷刻终于在生者的心灵中获得不朽，在生命天平的砝码上，呈示出它永恒的价值。生和死是无法挽回的，然而正是“死亡的黑暗背景衬托出生命的光彩”（桑塔耶那）。生命在波光粼粼的长河中现出绚烂，美在人类心灵的瞬间获得永恒。

生命与美相联，美与生命同在。

当新的生命降临这美好大地的时刻，完全可以从乐师冲天喇叭的吹奏中倾听到人间的喜悦与欢欣。生命在奔腾与喧嚣中宣告诞生，因为“那是自然付给人类去雕琢的宝石”（诺贝尔）。漠漠瀚海中，传来跋涉者遥远的呼唤；峰岩绝壁上，站立着勇敢攀援者的身影。那是生命在艰辛与搏斗中延续，因为生命是一条艰险的狭谷，只有勇敢的人才能通过。两个生命的结合与生命个体的终结，都是人间大喜，可庆可贺，所以人们都要吹吹打打，以缤纷的色彩和欢愉的气氛去送走生命的瞬间并迎接即将临世的婴儿，去延续壮丽的人生——就这样，生命在无尽的“接力”中不朽。所以，萧伯纳说：“人生不是一支短短的蜡烛，而是一支由我们暂时拿着的火炬，我们一定要把它燃得十分光明灿烂，然后交给下一代的人们。”然而，谁能以深刻的内容充实每个瞬间，谁就是在无限地延长自己的生命。

节日的焰火在黑宝石般的夜空铿然而起，地上的欢呼与天上的爆响相互应和，这是人类在对自身壮美生命的投射作自我观照。盆中的小叶在明媚的阳光中爆出生命的绿，顷刻在观赏者的心中荡起无边的涟漪，脸上溢出新生的喜悦，这是人类对瞬间之美作出的无声礼赞。嫣红的太阳从遥远的河滩升起，把它那灼目的光彩投向广被生命的大地，这是人类张开的壮美胸怀对永无止休的生命长河的拥抱……

1987 年 2 月

这一条河流

这是一条桥下没有影子的河流。

旱日，河谷中只有若断似连的细流，吝啬地从石缝间稀疏杂草的脚下爬过。半川卵石，半川荒滩，枯燥单调，无可观览。而当阴霾弥天，久雨不霁，山水便夹沙滚石，腾涌咆哮着自天而降，以致竟溢出河堤，殃及人畜，把两岸庄禾刷倒在地。

在这条桥下没有影子的河流里，流着的却是活命的水。炎暑，女人们在积就的水洼中洗衣，河石上晾满赤橙黄绿，为这干涸的世界增添色彩；孩子们在滩中追逐、嬉戏，为这荒寂的川谷带来欢乐；而面色坚劲的老人们，则坐在为时间的水流冲磨得绝无棱角的大石上濯足，从生涩的喉管里发出粗豪的关于水的歌唱，那古老的旋律震荡河谷，久久不能散去……

活命的水，在星空下只能勾出线的光白。

星光泻向河滩巨石，光白流走其间。淙淙声浮载邈远的清脆，行列而来，行列而去，留下细碎的弯曲，于朦胧恍惚间现出生命的梦幻般的幽秘。

对面山坳上好像亮起微弱的光，旋又熄了；宿鸟似乎耐不住寂寞，在窠巢里抖动翅膀，小树林里像有枯枝跌落；下游什么地方仿佛有人在涉水，响声逐渐远去了……一切复归于宁静。然而，恰值此刻，传来夜空浩大的声息，汹涌澎湃，一次又一次地冲击心中顽石般的孤寂，在其周遭溅起弥天水雾……

星光化去的时候，天际一片苍白，清脆的淙淙声也随之消失。

活命的水，在白雪铺盖下露出的许多“黑洞”里闪过。

冬阳把明丽洒向河谷。温暖而绵厚的白雪，把世界衬托得一片光明。河岸断续横陈的曲线一条又一条，两山垂直错落的树干一杆又一杆，在大地上谱出生命的奏鸣曲：“汩汩、汩汩、汩汩……”布谷鸟呼叫春天一般。白雪覆没了河谷中裸露的卵石，不毛的沙洲，也覆没了一川丑陋与干涸。于是，水流在深雪下跑跳得更为欢畅，生命在严冬里更显出活力。

对岸小房里的人推开封闭一冬的窗子，伸出头来向外张望。接着又有人推开窗子……又有人推开窗子……

这是一条桥下没有影子的河流，桥下流着的，是活命的水。活命的水，在古老的河床里标出永无止息的蜿蜒。

从原初穴罅的鲜活至大壑的深邃，由万绿的丛密到川原的敞朗。不尽的滚磨，无穷的超越，终至汇向广远无涯，奉上歌喉的沉默。

当蔚蓝下涌动鲜白的峻嶒，汪洋上撑起灰暗的笼罩，生命的氤氲铺向无边的苍茫，活命的水重又扑向焦渴大地的时刻，山峦呈翠，芳草如茵，生命的灿烂节日便又降临了。

1990 年 4 月

直面山野

群壑如潮，树杪奔涌激荡，崖间小花也在瑟瑟不安的时刻，树海底层却现出少有的静谧：枯枝照旧跌落，清泉依然滴淌，巨杉挺拔冲天，而浓绿覆盖下的青茵也显得格外柔韧了；只是鼹鼠在败叶间匆匆穿行，飞鸟也瞬间不知去向；岩石虽然现出阴郁和严峻，涧流却闪跳着明快的浪花……然而，此时，在山外的那边，一片无际的荒野之上，暴风雨正在拼命地摔打。先是雨滴敲击干暴的尘沙，之后是翻天泼地的倾泻，小草委于泥沙，泥沙冲激卵石，于是卵石就向着被遗弃的河岸滚爬去，投入那古老的河床，挟着永远无人听得见的吼喊去延续，去循环，去完成它自身的生命过程……

在通向远天的荒凉阒寂的去处，一匹被抛弃的生灵——极有可能是骆驼——的风干的尸骨正暴露在烈日之下。干裂的船帮似的颚骨早经合拢，再也无法进食，眼窝现出偌大的空枯，也已经无须再去瞻眺那既无水源也没有绿洲，却只有无涯的艰苦征程的远方了；只有颈骨、腿骨和那有如巨大笼子一样的躯壳，似断若续地排列组合在一片天荒地老的苍茫之中……苍茫之中的河岸的尽头，此刻又现出少有的辉煌：杳杳群山之后，一簇攒聚的云尾正在作最后的燃烧，熔岩般浓烈，夜火般悲壮，像锤打着什么，锻造着什么，又像在催发着什么，预告着什么，千种姿容，万般梦幻，不尽的风情，不尽的壮烈，霎时竟扫尽半空混茫，定格了一般，像对这荒疏冷寂的世界依依不舍，捧出对生命的最后的留恋……

有时直面黄土高原那为造化切割的河谷断层，其中又积藏蕴压着多少生命的斑驳！岂止是灰黄红棕的土层沉积迭次分明，有时甚至是彩釉光泽的陶片，灰枯朽腐的贝壳，锈蚀攀缠的金属，或酥如冻土的残碑断碣，其形状之不可辨识，形迹之漫漶灭裂，又不知历经几多万年的人世沧桑。也许是被一次腾涌而来的漫天沙暴所掩埋，其时云天昏黄，沙落如雨，日似青铜，四际不辨；抑或为一次猝然而发的地震所颠覆，其时山陵化谷，江河涸竭，大地撕裂，岩浆涌流……然而，更多的可能该是年湮代久的历史对生命的消磨吧！——对于运动，它们呈现为凝定，对于常驻，它们又表现为过程；就存在而言，它们暴露出短暂，就延续来讲，它们无疑又揭示了永恒。春温秋肃，夏燠冬寒，生命哪里又有个终结啊!

当柔和的风熨抚大地的时候，我们听到了冰河瓦解的清脆，凝视着溪流轻狂的嬉闹，嗅得了铺天盖地的嫩草的芬芳，感受到生命从沉睡中醒来的懒洋洋的醉意……所有的窗子都打开了，所有的人都走出了家门，放眼田野，拥到了街上，沐浴着千红万紫，去加入盛大的节日的行列，欢庆人类生命的又一次复苏……

1993 年 6 月

朝　圣

北武当山有如整爿巨石，龙盘虎踞，赫然浸沐于夕辉澄照之中。两侧鱼膛般坚滑的崖壁正秋艳瑟瑟，而杂树掩映下，一万三千五百二十八级就山势起伏雕凿的石阶，重叠逶迤，若断似续，似直上高天，浮荡于苍茫缥缈处。

石阶尽头，荒草丛布，古木参差，山石荦确，变态百端。中有石坊，藓苔斑斓于顶盖，砂石剥落于柱脚；然而在石榫空隙却有簇簇冷绿，托出白色小花在晚风里俏然抖擞。石楣上镌刻的“朝圣”二字，虽历尽风雨，仍熠熠生辉，于夕照中俯瞰这秋日大地的喧腾和幽谷的静寂。

远方是饱满的金秋，在度过生长的繁盛季节之后，似要重返沃土，期待生命的回归。近处是幽寂的沟壑，宿露零落，弹出悦耳的音响；败叶飘坠，召来渺远的叹息，一切都显出朦胧、恍惚。人，作为个体的存在，仿佛完全消融于林中色彩的斑驳之中，只有长松脚下布散的点点银铃似的蘑菇，衬出这绿色底层的幽暗与闪烁，与远方的喧腾、明亮适成对照，呈露出秋日生命的两面。似乎从久远的年代，自然就这样升华、代谢，延续、不朽。然而，能够登上山顶，于峰巅悟出生命真谛的人终究是幸福的。只要回望来路，人们就不难发现，在那踏磨得或缺落、或光滑的石阶上，忠实地记录着无数逝去的和尚存的生命向往极境的历史，他们为追求这一境界所经历的所有斗争，所有磨难，所有欢欣，经受的挫折，被挺过去的雷击以及那如磐风雨，漫漫长夜。德国智者莱辛曾不无自豪地宣称：“假如上帝把真理交给我，我将谢绝这份礼物，而宁愿自己费力去把它找到。”因此，每一个攀登的人都知道，只有摩顶放踵，历尽艰辛，百折不挠，不计风霜雨雪，无论晨昏晦明，才会使一己的生命在人生之路上焕发出光彩；那些没有饱尝未知物折磨的人，哪里知道奋斗的快乐。正像那高山上的碑铭，石榫缝隙的花朵，尽管在不断遭遇险情的环境里，仍然年复一年顽强地存在下去，以不熄的光焰，烛亮奋争的前程，现出生命之宏大与精微的永恒。

此刻，秋山夕照，万象争辉。落日熔金，恰似生命之火的燃烧，正幻出无边神奇。那涂满橘红的金乌，扇动沉重的翅膀，正向苍茫的远山跌落。是时，林木背后，便闪出耀眼的辉光，旋转无尽，恰如顶天巨栅后飞滚的火球，把那峰巅石坊榫隙的小花和横楣凿就的“朝圣”二字，映照得出奇辉煌。

1991 年 2 月

山　中

炎阳把澄明和暑热，径直向这巨大的山谷倾泻。随山石曲折无尽的溪流在前方闪光，为翠绿镶嵌的山崖在头顶衬出阴影，蓝色蜃气中透出细密而层次多变的线条，舒缓、柔和，而又充满了梦幻，只有脚下的清流给人以快意。至于结群而过的蜜蜂们的嘤嘤嗡嗡，却只能为这里增添静寂和朦胧。夏日山中，一切能生长的都在竞相生长，一切能发声的都在争相发声。在大地母亲的怀抱里，生命已完全沉入自然旋律的美妙鸣奏之中。

眼前是一方高冈。当依托于一片庇荫孤坐小憩，背后探头探脑的白云便衬出丛莽的墨绿和晴空的蔚蓝，那绵软的团团块块和丝丝缕缕竟是如此清晰在目而与人贴近，它不断地离析与黏合催人入梦……似乎于转瞬间风起云涌，万山浮动，身心也仿佛旋转、飞升起来。当此之时，头上已经是暗云沉沉。回首来路，草木的光泽、溪流的闪烁早已不复存在，那巨谷霎时张开大口，幽深动荡起来。天际似有一种无可抗衡的力量在翻搅，排空浊浪，跌宕腾卷，幻出诸般凶相，森然可怖，直迫头顶，雨的硕大颗粒攒击而下，天地一时为之变色……然而，凶险和强暴与虚弱相伴，未必能以持久，它把人们困在黑暗之中，只能迫使他们去向往光明。不是吗？瞩目头顶，已是丽日中天，恰似碧蓝碧蓝的澄澈的湖。适才的困厄，无异于一个真实的梦。

高冈尽头有断落的山崖在，而它的脚下则是绿色的海洋了。这里恰似布满生命的深沉的海底。藤蔓纠结，蒙络摇缀，竟似银铃入耳；日光筛落，明花四布，直如慧目灼人。脚下一粒浆果，会引起对遥远童年的追忆；眼前一段枯枝，当招来对已逝生命的感慨。个体的内在变得幽深莫测，生命的沉冥又显得无从分解。一切都恍惚而又整一，似与喧嚣的世界阻绝而切入内心的独白；一切又都仿佛在默默中生发，又悄然而去。自然生命无所不在的宏大节奏与不可捕捉的旋律，正是在这里，使人悟出看不见的和谐，展示出一方鲜为指染的领地——花谷。夺目的光彩使人眩晕，挥发的馨香直入心脾。小红长白，朱蕤紫茎，随轻风摇曳起舞，与光明打成一片，径直窜上嶙峋的山岩，如举目回望，则恰似向谷底倾泻而下的花的瀑布了。仅凭那氛围，就足使人感到生命的美好了。是的，有许多花儿确是常常开在没有人看的地方，何况最平凡和最朴实的美，往往是最难找到的。在人生和艺术的路上，似乎都有这样的情形。

晚霞在岩顶燃烧的时候，新月也正于林梢窥伺。一扉柴门虚掩，而主人却不知去处。只有清淡的月色织入松间，布下清冷的斑驳，且随水流走向滑过巨石，勾出柔缓的曲线，映出圆润的光华。林间显得出奇的静寂。似乎是偶尔一片枯叶飘落，惊起宿鸟，于是这山间便响起清脆的鸣声，万般回应，无尽地遥远而悠长……

1987 年 6 月

心灵的珍藏

“生活得匆忙，来不及感受。”俄国大诗人普希金，曾把这作为他诗体小说《奥尼金》的题词。

当生活现实的巨流，以它的整一性和宏伟气势潮头般扑面而来，生命力展开奋勇搏击的紧张时刻，使个体着实无暇细思，也来不及体味、咀嚼。然而，每于潮水退去，蓝天托出怒云飞驰壮美身姿的时刻，海滩上便亮出它的奇珍异宝：贝壳，彩石，海藻，以及那些来不及与潮水一起回归自由大海的小蟹之类。海滨游人，尽可玩摩品味，遐想回思……恰如繁星坠地；生活的磨砺，竟使得记忆中留存下来的人生体验，变得永志不忘而恒世长存。然而，每当掇拾它们的时刻，却又如雾中远山，林中灯火，变幻不定而交叉重叠，远非如退潮海滨那样澄澈清明，深夜繁星那般历历在目。当它们没有互相抵消和掩盖时，便又聚集成一定的形状，但这种形状又在时时地分解着，或是在激烈的冲突中爆发为激情，或是在这种冲突中变得面目全非。正是这样一些交融为一体而不可分割的主观现实组成了我们称之为“内在生活”的东西。由此看来，那些记忆中留存下来的“内在生活”体验，实在是属于那种难于表述的直感，一种莫可名状的东西。它们深藏于心灵隐秘的角落，就像贝壳、彩石和海藻之类，如果不是潮涨的某些机遇，它们将永远深深地沉没于幽暗神秘的海洋。

心灵珍藏的展示和呈露，看来似乎需要某些偶然契机的引发。普鲁斯特在其《追寻逝去的时光》中，曾提到小说的主人公在品尝一块茶点时所唤起的自己童年时代在某一城市休养时的特殊感受："一种异常甜蜜的感觉突然像巨浪般向我扑来，仿佛没有任何缘由。它即刻使我断然漠视人生的富贵荣禄，使人间的困危也变成无所谓的东西，这短促的人生近乎成了一场梦幻……"正是茶和点心的特殊滋味，唤醒了主人公内心生活中深深埋藏的特殊经验。这种"特殊经验"，作为心灵的珍藏，正是在突然而来的直觉面前，使人受到强烈震撼，为之着迷，被它俘获，流连忘返，不得摆脱。这种感性的呈示是如此之伟大，以致事物的其他方面都在它面前变得渺小了。而这些"感性呈示"所显露的观念，已远远超出了偶然的和暂时的意义。作为被记忆和储藏的内心体验的简化形态，它们是人类心灵自身的直观，深层无意识本身爆发出的生命的火花。

如此看来，作为艺术表现的遥远的童年经验，并非一些简单的心理存在，而是无意识深层中的情感生活。它所造成的那种深沉复杂的体验，似乎具有一种永恒的魅力，吸引了古今中外无数杰出的作家和艺术家。从俄国的阿克萨柯夫、托尔斯泰和高尔基，到中国的鲁迅，几乎所有的作家都是如此。至于达·芬奇在他的《笔记》中留下的一段"童年记忆"，更是艺术史家和心理学家研究的第一手材料。"德国浪漫派最后的一个骑士"黑塞，曾怀着无比欣慰的心情，回忆起那早已"淡忘、并且不理解的时刻"，那些与"天使、奇迹和童话总像同胞兄妹般在其中来来去去"的时光。"那时的春天多么漫长，简直是没有尽头!"

就我们自己而言，内心何尝未曾掀起过那些似乎起于青萍之末的"内在生活"的波澜；晚风偶然送来的似断似续的乐音，仿佛从遥远的天际传来，求之而若将可遇，闻之而又终不可得。这种莫名的感受，竟使眼前夕照中缤纷的小园像进入梦境，连挂晒的白衫上都幻出奇异的色彩。这种难以描述的体验表明，乐音与小园都是活的生命存在，所以"自我"的细节能轻易地表现为鲜活的意象。又如，眼前一方小小的六角石英，会勾起闪光透明的童年回忆，那当年岩角下一汪不大的清泉：在明静的细沙下翻动、溢出，蜿蜒而去，所历之处，芳草如茵；三九隆冬，便生出团团雾气，且追随泉水流走，旋卷缭绕，竟如小龙藏头露尾，腾挪踔厉，使得巨岩上下，一片氤氲……每当这时，我们更像一个梦游者，仿佛渡向实在现实的彼岸，“正在极乐的花园里当一个安静的客人”（黑塞）。然而，作为“心灵虚象”的鳞鳞爪爪，这一切，只是在我们后来匆匆忙忙的人事劳碌中，才逐渐不自觉地隐没于无意识的深层，就像涓涓细流渗入那干涸龟裂的田隙，潜入那世代祖先开凿过的深深河床。

按照荣格的说法，人生经验犹如不息的长河，作为活生生的人生经验的模式，它可以世代转换，然而这经验之流深深冲刷成的河床却相对稳定，成为人类生活经验必须流经的地方。每当外部刺激与心理体验产生不自觉的同形同构，便会激起强烈、恒久而又极为普遍深刻的体验，并且推动艺术家以内在情感需要的形态，使“心灵虚象”的“底片”显影。个人同往昔联结，与种族联结，甚至与有机界漫长的过程联结：人的心理是通过进化而预先确定了的。因此，童年往事的泛流，心灵珍藏的泄露，就自然会“唤起一种比我们自己的声音更强的声音”，“它吸引和征服我们，与此同时又提高了它正在寻求应以表现的观念，使这些观念超出了偶然和暂时的意义，进入永恒的王国”。马克思曾说：“自由的王国只是在由必须的和外在的目的规定要做的劳动终止的地方才开始，因为按照事物的本性来源，它存在于真正物质生产的彼岸。”在那里，生命内在的创造力和想象力，可以得到最大限度的发挥。在这块自由和清新的土地上，心灵珍藏的种种瞬间意象，作为更加珍贵、完备和深沉的人生体验，将迸发出灿烂夺目、光彩灼人的火花，照耀着我们去征服人世的艰难，走向真正自由的彼岸。对此，老作家孙犁曾有过一段极为精彩的描述。

童年啊，你的整个经历，毫无疑问，像航行在春水涨满的河流里的一只小船。回忆起来，人们的心情永远是畅快活泼的。然而，在你那鼓胀的白帆上，就没有经过风雨冲去的痕迹？或是你那昂奋前进的船头，就没有遇到过逆流礁石的阻碍吗？有关你的回忆，就像你的负载一样，有时是轻松的，有时也是沉重的啊！

但是，你的青春的火力是无穷无尽的，你的舵手的经验也越来越丰富了，你正在满有信心地，负载着千斤的重量，奔赴万里的途程！你希望的不应该只是一帆风顺，你希望的是要具备冲破惊涛骇浪、在任何艰难的情况下也不会迷失方向的那一种力量。

这是作者著名中篇小说《铁木前传》最后一章的全文。他自称“它是我有关童年的回忆”。又说：“余既以写至末章，得大病。后十年，又以此书，几至丧生。”他曾在另一篇文章中极力称赞安徒生的《丑小鸭》和普希金的《茨冈》；并说，真正的现实主义作家，作为伟大的人道主义者，他们的作品作为伟大的观念形态，“对于人类固有的天良之心，是无往而不通的”。所以，作为人类心灵的珍藏，尽管触发时表征为吉光片羽的呈露，但无疑却暗示出一种宏大节奏和向上的力量。

所以，马尔库塞说：“艺术不能直接变革世界，但它可以为变更那些可能变革世界的男人和女人的内驱力作出贡献。”

1987 年 6 月

童年回忆

蘑　菇

在童年的记忆中，土地是温存的母亲的怀抱，和近在的“家”联在一起；土地是四季绚丽的世界，与远天雨后的“虹”变幻浑成。它世代养育着父亲、母亲，爷爷、奶奶，还有东邻的狗娃，南街的二愣子，以至全村人。在孩子的心思里，实在猜不透土地究竟有多少神秘。

春分刚过，土地已膨胀松软，一场小雨洒来，野蒜黑绿的小苗便在畦边春阳中抖擞了。其时，父亲要我带上小篮，和他去地里。地头有一个很大的土堆，前面两棵碗口粗的柳树在风中摇摆。父亲说：“这是你爷爷的坟。上面有蘑菇，自己去拣。”说完，一个人提起镢头径自去劳作了。

说是爷爷的坟，其实我哪里知道他是什么模样。该是和狗娃家的差不多吧，长长的白胡子，挺和善的。也许正因为和善，坟上才长蘑菇，我弄不大清楚，只是爬上爬下地寻，转来转去地找。额头已经沁出水珠，小篮的握把业已打湿，粗布小袄里的脊背开始燥热起来……光光的一座黄土堆，哪来的蘑菇，莫不是哄我？这时父亲已经从远处刨地回了上来。

我说：“爸爸，没有蘑菇。”

父亲笑了笑："再找，细细地找。"他似乎没有理会一个孩子难于言说的窘境，镢头又一上一下地刨着往下去了。长辈的话也许是对的，于是我又爬上爬下地寻，转来转去地找。有时像逮蚂蚱似的，连一株枯草和小坷垃都不放过，仿佛蘑菇就藏在那枯草和坷垃背后。小篮已不再提在手中，鞋窠里灌满了土……越是心急就越找不到。最后，只好在柳树下坐着用袖子擦汗，望着一镢又一镢节奏匀缓地刨地的父亲，再次从远远的地那头翻上来。父亲停下劳作，拄着镢头，笑吟吟地对着我。我差点哭了出来……

"来，"他拣起丢在一旁的小篮，拉着我的手说："这就是。"那粗糙的手挑去了一处拱裂的土皮，眼前便立刻亮出一窝鲜嫩的蘑菇，我禁不住"啊呀"一声；接着又揭去一处土皮，就又现出一窝，我又禁不住"啊呀"一声……如此地直到小篮盛满，连父亲罩头的毛巾也已饱和。直到这时，他才坐下来和我并排歇凉儿。仍然是笑吟吟地对着我，没有说什么。

事情过去了半个世纪，父亲也早已过世。然而，它对于童年时代的我，似乎真正是一次美的发现！那种久寻不得而蓦然现出的惊喜异常的恒久韵味，那种无从言说的对神圣土地的崇敬与神秘感，和父亲那笑而不言的面容，恰如心灵中的珍藏，每到春分，大地散放出母亲般温馨的时候，便应时浮了上来，骚动着我宁静的心绪而不能自已。

"春分""秋分"，正是采集蘑菇的最佳季节。往年修树飞溅的木屑，积久入土的朽腐枯木，都可以循环再生为它们。其中以破土欲动的最为鲜嫩可口。然而它的"伞"顶却与土地一色，不能分辨，这就全靠"经验"了。这是父亲的后话。是的，不仅仅是"经验"，那最终的目的，也还在"功利"即食用的一面。然而，作如是观，那美的"发现"的韵致却泯然无存了。

苜蓿

春风荡动晋中家乡原野上那无边杨柳的时候，关于苜蓿的遥远的回忆，便来叩击心扉了。

“护村壕”中那些有如玻璃碎片般的冰块，已融为一带清水。穿过“守护”村西大门的哨卡，挎着箩头，提了小镰，去割苜蓿。那是一望几十亩绿茵般的苜蓿地，三里以外便可以看到这块诱人的所在。圆叶初发，置于掌心，浅色叶脉清晰可见，偶尔还有黄色小花在远处闪灼。镰是不能用了，它们还太嫩小，只得用手来采摘。伙伴们都着实惶急，不时张望村边路口。箩头渐近于齐平的时候，便四外“疏散”，转向那些荒瘠的土地去寻找甜苣、扫帚苗儿之类的野菜，覆在箩头表层，然后若无其事地向村口走去。有时遇到巡田的，“诡计”便不难被识破，苜蓿翻扣一地自不必说，哭也无济于事；不是装哭，是吓的，怕挨揍。为了逃避这种灾难，只好去爬越深谷般的“护村壕”；只要有谁在远处“嗷”地嚎一声，一急，常常就两脚插进泥里，拔不出鞋子，光着脚回家。苜蓿是采回来了，母亲的脸上却现出责难和痛楚。

苜蓿是村里财主家喂马的饲料，“护村壕”、哨卡是用来对付“八路”的。有一次在村外远处的渠沿拣拾干柴，就看到过一长列“警备队”，一色黑衣，自行车，为首的枪上插着“膏药”旗，那白色、红色和辐条的闪光，在太阳下特别刺眼。第二天，便会看到长辈们在窃窃私议，同时将拇指、食指叉开，整出一个倒过来的“八”字。那意思是说，前晚村里有“八路”来活动。

生活的清贫，心情的凄寂，常常挂在父母的脸上。那时好像枣树不发芽，柳枝不吐绿，地里连草也不长；过年换过一件新衣吗？所谓取暖烧饭的“炭”又是什么样子呢？连最后一点记忆的碎片都荡然无着了。有的只是檐下一堆又一堆拾来的煤渣，微温的炕头，煮过的野菜团和洗得干干净净的一口空锅。春风刮起了，野外飞滚着无根沙蓬，街上旋起了弥天黄土，偶尔有个把袖着手、弓着腰、缩紧脖子的人在路上踽踽而行：有谁知道他要去哪里呢？世界显得如此之荒寂而生疏。

每个人都有自己的童年，我的童年充满了寂寞和凄凉。但是，细细回味起来，又觉得似乎并不尽然如此。也许，其时并未承受生活的全部负载，就是说，还不需自己去觅食、求衣，寻取活路。如今，虽然不再为衣食所苦，却又分明觉到了身上的分量，因为人生的使命无限而遥远。故而，关于苜蓿的童年记忆，引起我又一次的回味和咀嚼。这些沉落于无意识深层中的潜藏着的独特情感生活的鳞鳞爪爪，即使在睡梦中也使人感受到它的甜蜜和辛酸。

1989 年 4 月

人生三叶

1

暗夜消遁之前的时刻，一切生命似乎都沉浸在无可言状的宁静里。

晓色在朦胧中缓缓流动，散作丝丝缕缕的条纹，最后又融解于默默之中。在某个角落，是茶杯边缘最先显出若干光白，且逐渐标示出柔和、婉转而圆润的曲线；其后，几乎所有的阴影都在退却，室内开始呈现出明晰的轮廓……这时，假如你推开封闭一夜的窗扉，生命的喧嚣便如同瀑布般倾泻而来。先是簸扬石子一般的鸟鸣，从杂而清脆；继而是晨风吹落树间宿雨，在积洼中溅起零星水花，犹如一声轻微的叹息；其后便是高空中由远而近的布谷，与清明的春阳交合而成的绝妙的乐章……

在这充满生命骚动的灿烂世界里，似乎只有我和眼前那摇摆的初叶在感受这动人心魄的旋律。在这早春的气息里，树叶在悄悄絮语，叶面的光泽呈露出喜悦，叶茎在晨风中旋舞，万千初生的叶片织成的疏落的网，透出点点蓝空，筛落斑斑光彩。那动荡不宁的初萌绿色，意欲乘风飞去，遥承蓝色天宇，与这美好的世界融而为一……

春雨沿树干的皱褶渗入泥土，构成生命的源头。每一片绿色都是清晰可辨，叶脉分明，光泽四溢，发散出生命的无可穷尽的活力。

——人在青春年少时代，睡梦中就常为这绿色的幻影所困扰。

2

久处斗室，心胸难免会变得沉闷而局促，那些书册中有如乱麻的思辨，尤使人困惑不解。然而，散步可以获致心灵与自然的交融。

这里是运动场地的边缘。那些废弃的砖瓦与无可派作用场的卵石中从生的野蒿、杂草，在秋阳下似乎走到了生命的尽头。那是已经成为“渣滓”的我吗？……蓦然，头顶发出阵阵“拉拉”的树叶的喧响，原来是几株纤弱的赤杨在晚照中抖擞。虽说那是几片稀落的树叶，竟幻出金里透红、黄中渗绿的奇光异彩！似乎正是在晚风中瑟瑟生姿的它们，召来夕阳的全部魅力，令人心醉神迷，不能自已，以致竟以为误入别一境界，它与高爽晴远的蓝天合成一片使人荡气回肠的空阔……

多年之后，我曾在家乡怀着欣悦注目于上元之夜堆垛街心的炭火，它们喷射而出的赤红，能使周遭黑暗里的事物为之变色；我也曾孑然踯躅郊野，怀着无告的心绪远望那孤独的篝火，它散放的光焰能照彻半个夜空，显出生命的宏伟无边的壮烈之美……凡此，都使人想起往昔那从晚照中的赤杨，那几近梦幻般的记忆。因而，尽管人生路上满布荆棘，只要心火不熄，生命必将排除万难，对走完它最后的途程，仍充满万般期待……

人生是壮丽的，生活是美好的，生命仅仅只留给光明以一席之地。

——人在多难的中年，似乎只能想到这些。

3

当我们处身于纷纷扰扰的现实世界，似乎不太属意于自然生命的变迁。

浩荡的风，盖地铺天，踔厉奋发，呼喊着，嚣叫着，无休止地扫过待苏的冻土；空日隐形，昏黄一片，大有沟壑为陵、山崖化谷之势。雨点裹挟泥沙，无情地敲打着房瓦，冲撞着窗棂，在坚硬的顽石上跌得粉碎……在经过这旷日持久的折腾之后，人的面目变得黧黑而粗糙了，土地开始因膨胀而松软了，树枝也已柔韧而光泽，且溢出苦涩而芬芳的气息……这时，也只有这时，远方的树丛才开始为一带轻淡的绿色的云雾所笼罩，而在身边却似乎什么也未曾见得。然而，你试着就近折下枝条，青绿的嫩皮饱含汁液，黏糊糊的；而含苞的叶蕾也正待爆发……其后，便是和煦的春阳，油绿的叶芽；风变得温存了，空气开始湿润了。绿叶恰似婴儿的小手，舒展着，向亲人召唤……

经过繁盛的夏日，秋风起了，接着又是难得一见阳光的阴霾的飘洒着霰雪的冬天……于是，人们又开始等待着风沙，阳光，绿叶，期待着又一个生机勃发的春天。

——嫩绿的叶芽是可爱的，稚气的婴儿尤其可爱；当暮色呈露时分，人对生命延续的渴盼会变得更为急切。

生命之树长青，太阳照常升起。

1988 年 11 月

藤

人生最宝贵的，是正在追求而无法企及的，和已经丧失而不可复得的。

——录自友人赵荆的谈话

乱红如雨的时节，你却一蔓独秀：藤条作扇形展开，枝繁叶密，错综交缠，一串又一串，如紫葡萄般沉沉垂挂的花朵，引来最初一群蜂儿，嘤嗡之声交杂着使人眩晕的香气，鲜洁的花萼与明艳的阳光正渲染着暮春浓郁的氛围……其时，一位少年人正久久伫望：如果人的青春只能有一次，该正是此刻的你了——紫藤，紫藤……

我魂牵梦绕的南开园！

一个先天致残的男孩，日复一日地依托两扇古旧的窗棂，孤寂地远眺天边的白云苍狗……某日，一蔓白藤细嫩的梢头，从破败的墙基摇摇摆摆地升了起来，沉静地望着他瘦弱的面容；男孩笑了，垂下一段绳头儿。深秋，浓淡驳杂的色彩便绕窗织就一框自然生命的璎珞。从窗外望去，孩子完全进入了别一个世界……

偶一顾盼，那夜色与浓荫交汇为一的高大楼壁，一方窗口的光明，正好映出你清明透脱而疏离有致的瑟瑟风韵。从那里送出温馨的嘈杂，现出交移不定的身影，传来幽远轻柔的歌唱……绿色的布散无边的壁幛，幻化了人世艰辛，装点了人生美梦的，不就是你么?

在四周充斥旷日持久的喧嚣与骚动，冷酷与残忍的年月，唯你穿越铁窗，万般妩媚地悄然而入，千种风情般绵绵细语，以生活的勇气、希望和信心，占有了这惶惑、枯寂的一隅；当铁墙被击碎的时候，你随之也默默消失了……这让那位劫后余生者好不痛惜！

无畏地冲上去！然后，散漫开来，覆盖了丑陋，包裹了伤残，使悲欣冲淡为乌有，把今昔凝聚为一瞬。夏雨为你灌注生气，春阳使你焕发光彩，秋风又展现出你绝美的姿容……亲爱的，是你，使一堵断无生机的残垣重新获得了活泼泼的生命……

纵横穿插为无边的立体，四极八方地伸张铺展，纠结为疏松又缜密的绿色生命的巨大屏幕，把一枚偶然飘零的枯黄叶片，嵌在你丰满的胸前。有人说，那恰似一颗熠熠生辉的光点……如果真是这样，让我们为那片叶子祝福吧！

无雪的严冬将一度繁厚肥密的藤叶尽行删刈，只留了那虬曲盘结的老根和筋脉怒张的枝蔓，如无所依傍地，沿苍然峭壁浮悬而上，赤裸地，将梢头直指阴霾的天空，在劲厉的北风中呼号……竟酷似为众人受难而饱历沧桑的先知的境界。你似在昭告世人：这才是生命之“最基本的”部分。

有谁见过先民用矿粉的血色涂满岩画的山壁吗？那该是你满挂秋崖的绝好写照了。姑不言肃杀霜雕、枝挺叶艳，红红火火、沸沸扬扬，单是那秋阳夕照、逆风翻卷，灼灼闪闪、奔呼叫号，就该使得攀缘纠缠、金秋绝唱中的你，卓荦一方、尽领风骚了。没有谁能为生命敲响过去的钟点，世间大约也未必会有一种力量，能遮蔽晚照的辉煌吧！

1993 年 8 月

旅人手札（三题）

芳草天涯

1990年9月20日，天涯海角。

这里有南陲亚运点火台。登临送目，芳草万顷逶迤铺展，竟与天低鹘没处淡化为一，只有从容进退的浪花，有如贯穿明珠的项链，随潮头噬啮的沙痕，蜿蜒而去。在阳光、海风已完全消融，如同过滤了一般清明澄澈的大气中，在海浪、沙岸的交会处，突现出犹如生铁铸就的“南天一柱”，恰似一枚巨大直立的茄参，发出黝黑晶亮的光彩……自黄土高坡而远迹天涯，直面如茵碧草，旅途的辛劳和身居异地的畏葸，顷刻间化为心胸的舒展与情感的亲和，而一路感受的形形色色、鳞鳞爪爪，便不能自已地递相而来……

暂别金风送爽的故土，历经白云机场正午的强光、燥热，又在曙色朦胧中迎来湛江的椰影婆娑；是奔驰在雷州半岛上威力无比的“大巴士”，把我们抛向大陆的最南端。

海安，广东徐闻县的一个小镇，横越琼州海峡的主要渡口，已经胀得像一个再也无法进食的老饕：载重车列成长蛇，旅店早已“客满”，狭窄的小街随处是游荡的可怜巴巴的待渡者。由于台风，轮渡已停摆三天，而我又必须在明天上午赶到海口，去参加全国山水旅游文学学术会议。望着翻腾不已的海浪，只能听“天”由命，折返徐闻栖身。

徐闻是一座明丽的濒海小城。阳光透过高大的椰树把清明铺向街道，也把阵雨洒向行人。从海蟹、鱿鱼、沙虫到槟榔、椰子、香蕉，四处有兜售南国鲜味小贩的叫卖声；不论老人、孩子或妙龄女郎，大多赤脚。一位颧骨凸出、肤色酱赭的老媪在喊：“菠萝蜜！菠萝蜜！”她笑嘻嘻望着走近的我：“北方没有呀！买斤尝尝？”这种形似冬瓜、皮色灰黑、瘤状突起的南国水果，又名木菠萝，与通常所见草菠萝不同，结在树上，原产印度和马来西亚。眼前这颗已剖开的竟有近三公斤，厚皮里窝藏许多鸟蛋大小的籽实，籽实外裹有一层半厘米厚金色丝瓤，就是这层香甜绝美的丝瓤，一经手口，香味数日不去。深觉仅此一尝，即已不虚此行了。冒雨托着割下的一斤菠萝蜜，只吃到一半天又放晴，街上又是熙来攘往。时雨时晴，多姿多彩，好个光明、透脱而又充满活力的小城。就连所居一板、一席、一帐的简朴旅店，也显出少有的“高速运转机制”。

最难忘的是次日海安渡口。第一班轮船已经人头如蚁，待渡者又好像从什么地方突然涌出，排为密匝匝长队，等待下一班船；此刻，对岸海口市的学术会议已经开幕，而我手中尚无船票。同行的旅伴指点我：不妨找站长“通融”一番，而售票房空无一人，前四天船票已告售罄。同行的旅伴又指点我：不妨找载重车司机去碰碰运气，看能否在某一部位“迁就”一下，而司机师傅面孔冷漠，多数已困守几昼夜，说不定有些货已发霉变质，正苦于不知何时可登轮渡海呢。最后，困兽犹斗的我又拿出会议“请柬”，去求助那些衣冠楚楚者，希求他们能急人之困，“转让”船票；又去求助那些本地往来客，希企高价购得……然而，这一切终归徒劳！正值绝望之际，却意外地出现了“奇迹”。

一位着黑色紧身制服的高个儿年轻人，拍了一下我的肩：“请来一下。”正当我困惑不解时，他讲，站长留给他们一些机动船票，以为个别急需渡海的旅客解困。我说：“马上要赶去海口开会，请您看‘请柬’……”他说早已经“注意到你”。出于喜从天降的感激之情，我要付他票价之外的“好处”，他婉言谢绝。之后是引我穿过人流，通过检票口，来到船坞。这时船头正徐徐偏离码头，一时间使从无乘船经验的我惶急无法，只听见他喊：“快从船后上！”通常是，航船起锚后船头先离，船尾后动，恰好在水面划出一道扇形弧线。就这样，我登上了停渡四天后的第一班航船；回望那位青年朋友，已经消失在渡口密集的人流中……其实，我是早已见到他的，精悍而轻捷，后裤袋插着对讲机，跑来跑去，维持秩序，大约是渡口管理人员。是什么时候，他开始“注意到”我这个“北方佬”身处困境、求告无门的呢？竟使人至今百思不解。不用说，匆促间连姓名也未及打问。我确是欠了一笔无从回报的人情债，而纠正了我认为南方年轻人“重利轻义”的偏颇还在其次。

在后来会议间隙的几天考察活动中，当乘车穿行丛生热带植物的五指山，逗留于风景佳胜的通什，驻足流连美丽传说的鹿回头；尤其此刻置身南陲，瞻眺天涯无边芳草，那位叫卖菠萝蜜的老婆婆的笑貌，那位恪尽职守且能急人之困的年轻朋友的音容，便递相叠现，最终融合在阳光、海风和清明澄澈的大气之中，化出心胸的无比舒展，纳入情感的无限亲和……

乡心缘绿草，归客思天涯。温厚的老婆婆，可尊敬的青年人，请接受一个远方旅人对你们遥远的祝福！

1990 年 9 月

天子山烟云

1990 年 9 月 28 日，湘西北天子山。

在历经上百公里的舟车颠簸之后，终于来到这一片神奇山野的攀行起点。——饮食的粗疏和居宅的简陋，表明这里似曾长期为现代文明所遗忘；而它的朦胧神秘的隔世色彩，却引来了无数现代游人。

脚下是依山筑就的石阶。沿阶而升，峰回路转，望得见远方那盘桓崖谷峭壁之间的断续曲线，预示着艰辛的攀登将自此而始。透过山脚繁枝密叶的间隙，可以窥见为岁月覆盖的错节盘根，而身边的绿色和谷底的烟云，又幻出浓重的青苍，打湿了旅人的衣衫。正当与友人承运先生沉醉于孤岩郁秀、众濑齐鸣的时候，面前忽然出现一位面色坚劲的老妈妈，无言地奉上两枝青青竹杖，顿使人感到远古的朴风和山人的本色：既给旅人跋涉之助，也带给他们清凉，为他们添注了前行的勇气。

曾有人用“万笏朝天”来喻指眼前一座又一座拔地而升的奇峰巉岩和险崖秀壁，它们下仰上俯，峥嵘万状，使人感到那风动崖顶的苍松杂树，沉默壁间的雾露苍苔，在雨蚀风化、雾缭云绕中不知历经几多年代，是绝对的天工铸就，而日精月华更使其生气灌注，遥承天宇……看！前路渺茫高远处的丛崖众峰中正现出光斑一点，那该是著名的“南天门”了。所谓“南天门”，乃是一道巨大的石拱，拱门有如雷电劈穿，是真正的“鬼斧神工”。白云在拱顶蓝天之间浮游，若可挽揽；仰视拱门，自身竟仿佛与之一同动荡起来，在山风大气之中飘移……想来，古代哲人的“天人一体”论和获道飞升的众多传说，既发自传统理性的深层积淀，也出于感性幻觉的心理张力，而这也正是中国艺术哲学的传统旨归。

在盘绕诸多幽谷险崖后，终于到达“西海”。从一个不足百米的山间平台上扶栏下瞰，是一个无比旷大的深渊，其间峰岫峣嶷，云林森渺，竟如石笋林立，庄禾丛生，变态百端而无可言状，沉浸于一片无边的烟云晦暗之中；幽秘惨淡，显出大自然远古的深邃。一千五百年前，刘宋山水画大家宗炳，曾面对其集毕生游踪绘制的壁画，讲过“圣贤映于绝代，万趣融其神思”的话。那是说，看到天际荒远的丛林，直面杳无人烟的野色，纯净的心灵和永恒的山川必当交相融汇，从而引发对古贤的遥思，催生对天人之际的冥想……今古相映，透过重重烟云，“西海”对“岸”，一位草莽豪杰铜像的背影就依稀可辨。而这里也正是他，一位驰骤于中国现代历史舞台，演出过无数悲壮淋漓活剧的传奇英雄的故乡；关于“两把菜刀”的种种佚事奇闻，至今仍在这山林川谷之间流布。魂兮归来！愿你的英魂与这神奇的土地长存，与你真朴的子民永在。请接受后人万世的景仰！

自“西海”盘曲而降，最后步入“十里画廊”。所说“画廊”，实为索溪一带的川谷，沿溪岸石路边走边看，恰似山水画长卷：其侧峰横岭，高低掩映，川回路旋，涧水山花，自可导游人缓舒步履，使行者节奏松散……而当此悠然之际，忽有三五坐骑自山岩转折处奔突而来。驭者马鞭高扬上身俯伏，血色披肩在马背上胀得红帆一般，转瞬消逝得杳无踪影，只留下蹄尘阵阵，山石嘚嘚，在这荒寂的山谷中回应……那朱唇皓齿，黛发明眸，竟使人想起《楚辞》中的“山鬼”，夜奔中的“红拂”。后来宾馆服务人员告知我们，那是驮引行人游览“画廊”的坐骑，急奔游客起点做生意的“个体”——好一群野性十足的“山丫头”们。

夜声沉寂下去了。宾馆的窗口现出山脊浸入初月的朦胧，沈从文先生笔下那些凄艳悲欢的人物却行列而来；他们的勤快朴实只落得世代悲凉，然而也许正是那清澈如水的善美心灵，那希企扭转一己悲苦命运的慓悍性情，孕育了这一片神奇的土地……

1990 年 9 月

雁荡秋晴

1991 年11 月22 日，雁荡山——楠溪江。

当北国荒寒无余之际，位居越东乐清的雁荡山，却正值晓风清凉，夕照无暑，与萧疏的秋林、清奇的巨石相为辉映，现出南国晚秋无比的魅力。远山杂树，似木叶尽脱，历历如笤帚栽插，随岭势起伏，行列而来，行列而去。眼底晚放的白花、迟醉的红叶，又勃然透出生命的张力；乱石丛篁，篱落杂卉，高低上下，正侧欹斜，似在宇宙万有中泄出人文的奥秘。构成自然景观三大要素的光、色和大气，在这里幻出一派微妙的氛围：曰清瘦，曰明澈。

“清瘦”最见于雨枯观瀑。素以“二灵一龙”扬名的“一龙”，即大龙湫瀑布，位在雁荡山西内谷的一个大石凹中，崖高五千尺。上崖前突，庞然若耄耋之伸首探脑，须眉尽张；下部骤然切入，黝黑幽秘，如烟熏火燎，传为当年高僧诺矩罗宴坐栖宿之所。时正季秋，遥观崖头，草木疏离，四围山岩骨立，崖底即所谓“湫”，湫者，水池也；积水无多，群石斑斑，一蚱蜢小舟搁浅其中，似弃置已久。

其时，自千尺崖顶，瀑水悠悠荡荡，奔泻跌落，然细如一绳，摇来摆去，随风生态；当其自湫中蜿蜒扫过，正划出白练一条，如潜龙走窜，倏忽而逝；旋即瀑水又断然而止，不知去向；当观者举首崖际，正见其于半空抟旋转舞，盘桓无定，为风所遏，久久不下；而一自洒落，或溅石迸散为珠玑，在秋阳下幻出奇妙的虹彩；或沾面润肤如雨露，在山谷中惊起游人喧呼……甚是可观。同游法国汉学家侯思孟先生讲，当中国文人沉潜涵浸于自然风光，并因此而使心灵获得慰藉的时候，欧洲却处于基督教神学统治的黑暗之中；与奥古斯丁同时而异地的谢灵运，却完全是另一种自然观，岂不令人深长思之。

灵峰是雁荡又一著名景点，每至秋晴月夜，尤见特色。当初月未起，只见远天深紫如铁，峰与峰比肩而立，昏朦若睡，雾气似自天降，潮湿袭人；至月衔山崖，又见光影衬托下，周遭峰峦皆类剪影，片片耸罗，使观者如处屏障环立之中；而到明镜中天，月华洒落，日间崖头所见诸般草树，似尽为删刈，只留得数峰清瘦，明净光洁，于万般沉寂中恍若相与晤谈，又似欲与人语。而百丈灵峰，森然干霄，其掌若开若合，如与游人相招；而作为回应，又只有这深秋月夜观者的切切细语而已……

至于“明澈”，当显见于楠溪秋江筏游。

楠溪江处雁荡西北一翼，乘竹筏江上，只见水底卵石枚枚在目，粒粒可掇，与筏底相为摩荡，叮铃之声追随游人，不绝于耳，最为可人。篙师鹤发童颜，神态挺劲，此时亦言语无多，任筏飘流，只在滩头转折处以篙略加指点，且不时苍然回首一笑……有时荡至异境，老人竟以篙击筏，“崆峒”之声顿时布散于碧水清流之上，使人精神愈觉清爽。眼前是一巨大山谷，青黛欲滴，山形倒影水中，恰与实景对映，只一条闪光白线，界出它们的真幻；而左侧沙岸在晚照中化为一片金黄，其宛转处又为粼粼波光镶嵌，正所谓“金沙白练”，其间顿一回眸，远处又有白帆一列，联翩而来，衬出秋江少有的清澈与明洁……老人慨然叹曰：“当年，谢公就曾在这江上，在这江岸青翠的山谷中漫游……”

此间乐清老小，讲到谢公灵运，竟个个口若悬河，话题无尽啊！

1991 年 11 月

生命自由的存在形式

让观赏者闯进艺术“魔圈”

高尔基少年时代酷嗜读书。他曾被福楼拜小说《一颗纯朴的心》迷住，面对喧嚣的春天的节日却“好像聋了和瞎了一样”。他怎么也不会明白：一个普通的、平凡的厨娘的生活，竟被作者写得如此激动人心。这里好像“隐藏着一种不可思议的魔术”，曾经有好几次，他“像野人似的，机械地把书页对着光亮反复细看，仿佛想从字里行间找到猜透魔术的方法”。

其实，这个问题已由福楼拜的同胞法朗士作出回答：“书是什么？主要的只是一连串小的印成的记号而已，它是要读者自己添补形式色彩和感情下来，才好使那些记号相应地活跃起来。一本书是否呆板乏味，或是生趣盎然，感情是否热如火、冷如冰，还要靠读者自己的体验。或者换句话说，书中每一个字都是魔灵的手指，它只拨动我们脑纤维的琴弦和灵魂的音板，而激发出来的声音却与我们心灵相关。”毋庸置疑，正是福楼拜揭示的一个普通下人平凡生活中所显示的伟大心灵的光彩，照亮了少年彼什科夫在旧俄那种沉闷而繁重劳动下屈辱灰暗生活的一角，“拨动”了他脑纤维的琴弦，“扣响”了他灵魂的音板，“激发”了他已本能感到的长夜破晓、风雨将临、光明在前的直观体验，从而使心灵的“内驱力”得以升华，转化为生活与斗争的勇气和信念。这样看来，艺术家以特定的“记号”所构成的影响知觉的态度和意念期待，激发了观赏者的情感体验，要他们自己去添补形式、色彩和感情，使那些“记号”相应地活起来，从而把观赏者拉进艺术创造的魔圈。

语言形象（视觉的、听觉的、嗅觉的等）容易引发联想，是语言艺术家思维活动突出的特点；充分动用视觉和动态想象，同样是造型艺术家把观赏者引入创造的制胜法宝。举一个眼前的例子：刊于 1987 年《艺术世界》第一期封面的美国芭蕾舞《周而复始》的艺术剧照。首先映入视觉直观的刹那感受是一只“企鹅”的总览轮廓；继而出现视觉心理的自我矫正，一个端坐的蒙着头纱新娘的背披长发直面观赏者；然而，当仔细沿着艺术家提供的“记号”实行“定向投射”，搜寻那些通过“暗示”真正被表达和表现的真实形象和内在意蕴时，最后却“发现”，艺术家用独特的摄影技巧表现的，是一个金发复背、跪卧合十而背向祈祷的少女。她在祈祷什么呢？艺术家提供给观赏者的，似乎只是某些暗示的轮廓，而不是一个“甚谨甚细”的清晰透彻而一览无余的形象。艺术家已把与观赏者之间的联系列为考虑的对象，从而提供一种“不确定”的形象，在他们头脑中制造一种与实在现实似是而非的图景，投下艺术的“空筐”，为观赏者提供了充分创造的天地。这对于每一个观赏者来说，“感到自己‘懂行’，是相当良好的自我意识”（贡布里希语）。当然，这无疑要求艺术家的“暗示”技能必须与观

美国芭蕾舞剧《周而复始》剧照
上海《艺术世界》1987 年 1 期封面

赏者接受"暗示"的素养达到某种契合。故而贡布里希又认为，某些缺乏一定程度感受力与想象力的观赏者受到"创造"的局限是理所当然的，因为他"缺乏适当的心向来识别艺术家'粗心大意的作品'的散乱的线条中设计的形象；更无法欣赏这种未完成背后藏着的诀窍和聪慧"。如此看来，对"创造魔圈"的"破译"程度，就欣赏者来说，则是仁智不一了。

事实上，强调灵感和想象的创造作用，就是在确认艺术与作为一种纯粹的劳役技能的本质区别。晚唐张彦远指出："画物特忌形貌彩章，历历具足，甚谨甚细而外露巧密。所以，不患不了，而患于了；既知其了，亦何必了？此非不了也——若不识其了，是真不了也。"贡布里希在评论文艺复兴时的艺术时也曾指出："精细的完成表露出手艺人是在无可奈何地遵守行会的标准。真正的艺术家就像真正的神人一样，下笔轻松自如。""神人"云云固然说得玄乎，但作为特殊精神劳动的结晶，艺术品的要义在于"创造"，而创造的最高境界为"自然浑成"则是毫无疑义的。"精之为病也而成谨细"，"谨细"正像一座闸门，不仅堵塞了艺术家奔涌的创造河流，也隔绝了观赏者活跃的创造走向，阻挡了他们意念投射的屏幕，使他们无法欣赏这种"不了"背后潜藏着的"诀窍和聪慧"。所谓"复载天地，刻雕众形而不为

巴黎国际时装展览招贴画
上海《艺术世界》
1993 年 1 期

巧”（庄子语），“云霞雕色，有逾画工之妙；草木贲华，无待锦匠之奇”（刘勰语），“位置相戾，有画处多属赘疣；虚实相生，无画处皆成妙境”（笪重光语）；所谓“自然总是美的”（罗丹语），都说明离开宇宙内在的创造力，离开作为自由本体的人，离开人的内在的生命创造，便不可能有美。

因此，从艺术把握现实的特定方式来说，似乎都属于一种生命内在创造力的实现和折射。因为，世界上所有美好的事物都是创造力的果实。

1987 年 6 月

读者诸君，请再看这幅“巴黎国际时装展览招贴画”，也是上海《艺术世界》（1993 年 1 期）的封面画。你或能进入它的“艺术魔圈”，欣赏它的妙处吗？请不妨一试。

2014 年 6 月又记

捉鱼更比吃鱼香

儿时生活在农村的伙伴们，谁不喜欢下水捉鱼的游戏呢！在那春浇冬灌，或夏秋雨水暴涨之际，鱼儿沿着四溢的河床渠道浮游。冬闲暑假，伙伴三五，正是捉鱼的好时节。不论是泼刺奔迸的鲤鱼，还是貌似“滑头滑脑”，其实迟呆蠢笨的鲶子，尽皆入彀。父辈望着孩子们手中的收获和泥脚、“花脸”，莞尔笑曰：“捉鱼更比吃鱼香”。

这是实践者的真切感受，也是人“把劳动当作体力和智力的表演来欣赏”（马克思）的生动表述。我由此而想到艺术。

是的，哪一条斤把以上的鱼儿没有费一番腾跃扑打的周折呢？这些水中“小霸”敛尾就擒之际，也正是岸上伙伴欢呼“乌拉”之时。那种在捉鱼时所表现出来的主体与客体抗争的激奋状态，以及由此而产生的征服和胜利的欢乐，似乎远胜于鱼肉鲜美所带来的口腹之欲的满足。事物斗争的过程，比事物成功的结果更为壮美，对人更富有吸引力，人的本质特征在事物斗争的过程中体现得更为显豁——他们的体力与智慧在这里得到了充分的发挥。“人格的伟大和刚强只有借矛盾对立的伟大和刚强才能衡量出来”，“而矛盾却是一切运动和生命力的根源”（黑格尔）。对于一切真正富有生命力的艺术作品，这一点可以说毫无例外。

美国著名作家海明威的《老人与海》，只是写了人与鱼之间的一场鏖战。为老渔人桑地亚哥用简陋渔具所猎获的巨大马林鱼，在水下坚持了几天几夜，使老人心力交瘁，穷于应付。他杀死了拦路抢劫猎物的鲨鱼，但折断了鱼叉；他又把刀子绑在棍子上做武器，可是后来刀子也折断了，更多的鲨鱼包围了他的小船，他于是用木棍、桨、舵和鲨鱼搏斗……最后，老人回到岸边，只带回了巨大的鱼骨、残破不堪的小船和精疲力竭的自己。然而，这一人物性格，却“借矛盾对立的伟大和刚强”得以充分揭示：他的无比勇气和坚定信念是不可战胜的。恰如金属与燧石相击，迸发出灿烂耀眼的火花，在壮美激烈的搏斗过程中，个人人格中强悍不屈的最可宝贵的一面，得到了生动的表现。

这种借“矛盾对立”展示斗争过程以显示艺术中崇高与悲壮美的规律，在造型艺术中也有极生动的反映。近代德国版画家凯绥·珂勒惠支的《反抗》（腐蚀版，1930年），是人们所熟悉的历史组画《农民战争》的第五幅。画面上，起义农民像飓风、像狂涛、像闪电，拼命向前冲击，而带头呐喊的却是一个洋溢着复仇和愤怒的女人。“她浑身是力，挥手顿足，不但令人看了就生勇往直前之心，还好像天上的云，也应声裂成碎片。她的姿态，是所有名画中最有力量的女性的一个”（鲁迅）。在这里，艺术家为要表现先进的社会力量取得胜利所经历的艰难曲折的斗争过程，以一种粗犷有力的美的形态，揭示了他们巨大的斗争潜力和崇高的牺牲精神。另外两个杰出的范例是《跃马》和《伏虎》，均为西汉元狩六年（公元前117年）前后霍去病墓前石雕。作者不仅以精细、敏锐的观察力，斧凿出一匹后腿休憩卧地而前腿却即将跃起于瞬间的马的形象；也以粗犷、简括的手法，雕刻出一只隐伏凝视、伺机而动的虎的神态。作者抓住了表现对象四蹄飞奔或待机腾跃之前的特定状貌，揭示其内部矛盾、斗争和转化的过程，突破一般造型对称、均衡等形式美规律，以粗粝、浑朴的形态，显示了中华民族雄厚的内在力量和博大宏深的气魄。

在严重的矛盾、对立、抗争的“过程”中揭示事物内在的复杂性和人物性格的某些本质特征，常常使这类艺术作品带有紧张、艰难、雄健、浑朴，甚至粗犷、稚拙等崇高的审美特色，如“挟风雨雷霆之势，具神工鬼斧之奇”，“剑锈土花，中含坚实，鼎含翠碧，外耀光华”（沈宗骞）；而矛盾过程的“转化”，又使得这类艺术作品在思想内容上具备了一定的深刻性和潜在性。《老人与海》从始至终笼罩着悲怆气氛；但是，严重的对立、抗争的“过程”却终究转化为对人性本质中“刚强”一面的表露，一个“硬汉”，毅然站在读者面前。《反抗》描绘出了巨大斗争中那“富于包孕性的片刻”（莱辛），强烈揭示出反抗力量的最终的必然胜利，显示了历史发展的必然规律，虽然具体斗争的结局将是悲剧性的。《跃马》《伏虎》，似乎是把“憩”与“跃”之间、“伏”与“腾”之间的“过程”留给观赏者通过想象加以演示，而其“转化”则具有明显的隐喻或暗示性质，使人通过类比联想，悟出我们这个古老而又伟大民族气质的某些本质特征，在想象中再现两千多年以前那烽火连天的峥嵘岁月。

一切过程都有始终，一切过程都转化为它们的对立物。哲学上如此，艺术上也是如此。将现实矛盾的斗争及其“转化”过程加以艺术化，这是一切优秀艺术作品（尤其是具有崇高美形态的悲剧艺术）的普遍特征。儿童捉鱼游戏一般并不具有“食用”或“出售”等功利目的，但却能使儿童获得无穷乐趣，这是因为这一活动“过程”本身，同样具有审美价值：把捉到的鱼儿养到玻璃器皿里，看着它们活泼地游来游去，难道不比烹煎来吃掉更使人感到惬意吗？

1983 年 6 月

生命自由的存在形式

为了挣脱“必然”的桎梏，人类创造了物质文明和精神文明，以满足自身对立平衡的需求。然而，按照马克思的说法，“自由”却只存在于真正物质生产的“彼岸”，“自由的王国只是在由必须的和外在的目的规定要做的劳动终止的地方才开始”。为了超越这种“必须”“规定”的“外在”性目的，于是产生了“精神形式”；而在所有的精神形式中，自然与艺术审美表现为个体生命自由驰骋的理想形式。与被自身赋予限定的个体相比，自然这种不具社会意识的事物，本身即具有无个性、无限定性，可以由人作自由的发现，可以由有限通向无限。在个体生命延展的有限历程中，就不知留下多少毕生永在的自然美的刻度。它们像河流的嬉闹，渡口的安详，大漠的荒远，抑或霜秋数丛小花的苍白，夏夜一片虫鸣的惬意，以及春冰的喧腾，冬雪的静谧……多数固已稍纵即逝，而渗透深层心理的，却成为难得的积淀，化为生命存在的形式，与自由心灵融而为一了。

在晋西中阳的柏洼山，崖际有长松二株骈生，卓然峭壁之上，映衬于远山夕照的苍茫之中。风雕霜塑虽留给躯干锈蚀斑驳的疤痕，而坚实如铁的叶盖却凝然不动，气流穿越繁枝密叶的“沙沙”声倾泻而下，酷同无尽生命的无边呐喊，与深谷万绿中白松闪光的沉静相为映发，汇为生命之美的变奏，似从久远的年代传来，回荡无已。两株松树在个体生命的流程中，其美似为人们邂逅所得、随遇而致、纯出偶然。但就美的“发现”而言，自然美却是无限的，人感受自然美的能力则是有限的。当主体生命排除种种干扰，与审美对象本身的图式发生契合或同构时，内在的张力便幻出与审美对象同形的动态图式，从而确立了审美走向和动态的奋求过程，且按照某种秩序即符合生命自由存在的特定形式，重新排列组合，一种个体生命追求的有序平衡结构于是完成，主体的审美需要也就在松树上得到满足了。另据《世说新语·言语》载："袁彦伯为谢安南司马，都下诸人送至濑乡。将别，既自凄惘。叹曰：'江山辽落，居然有万里之势'"。初看，"江山辽落"与"凄惘"之叹似如马牛，了无牵挂。其实，伤离之心理失衡正消释于江山辽落、万里之势。这是个体生命与无边自然的默合，是丰富的生命形式和人类生活自身的自由对话，是个性于外在世界中获得自我满足的自由形式的呈现。依西方一位大心理学家的观点，这种个体生命对自然的难以割舍的"恋情"，属于一种"换位和浓缩现象"。这种现象在著名艺术家的笔下，几乎比比皆是。1946年诺贝尔文学奖获得者黑塞，在散文诗《树木》中曾有如下一段独白：

> 当一棵树被锯倒并把它的赤裸裸的致死的伤口暴露在阳光下时，你就可以在它的墓碑上，在它的树桩的浅色圆截面上读到它的完整的历史。在年轮和各种畸形上，忠实地记录了所有的争斗，所有的苦痛，所有的疾病，所有的幸福与繁荣；瘦削的年头，茂盛的岁月，经受过的打击，被挺过去的风暴。每一个农家少年都知道，最坚硬最贵重的木材年轮最密，在高山上，在不断遭遇险情的条件下，会生长出最坚不可摧、最粗壮有力、最堪称楷模的树干。

在这里，"树"的形象径直是作者理想人格的自由形式，树即是人。一个饱历沧桑者的极为复杂曲折的精神历程被浓缩为一棵树的"碑文"，即年轮，在上面可以读到它的完整的历史。在这里，一切都被"简化"了，大自然中的一棵树被赋予了比人本身更高、更完美的表现价值；然而并不"简单"，因为情感和思想是一种极其抽象的存在，而复杂的情感和思想尤难以把握和描述。在这里，黑塞分明将空间的存在构成活动的表象，而发生于时间的过程却又被化为视觉感知。对于艺术家来说，不仅是存在于空间的事物，一切发生于时间中的，尤其是灵魂中的情感和思想，都可以而且应当成为可闻、可见、可感的具象表现。为此，人自身并非表现情感和思想唯一的理想媒介。面对美好的自然，谁能创造出与特定历史、特定生活方式相对应的审美形式，谁就能使观赏者通过心理因素的参与，获得生命自由的存在形式，获得普遍性的自我满足。因此，果戈理在《塔拉斯·布尔巴》中描绘过的乌克兰草原上黄昏时刻那“像红手帕飞去”一样的大雁，契诃夫在《醋栗》开头写过的旷野上“像是毛毛虫在爬的火车”以及列维坦笔下宁静闪耀的秋天的白桦林，艾瓦佐夫斯基画布上那骚动不已的海洋。这些积淀着民族的、历史的和艺术家个性的自然审美的形式创造，又无一不渗透着对生命存在自由形式的无穷探求。

自然美是个体生命的升华与再现，是生命自由的存在形式。当北国江城隆冬降临、大地尽素的季节，只有浩浩江水晕出一带墨色曲线，有如沉睡大地奔涌的血脉。雾气从这里腾发、弥漫开来，使江岸柳枝因满粘霜花而变成蓬松、粗硕、壮观的“树挂”。“树挂”是大自然对松花江沿江城市吉林独有的赐予。每当晴日时分，沿江会有难以计数的人来观赏；万头攒动，万枝飘洒，纷纷扬扬，在冬阳里熠熠地生光，与大地生命的喧腾相与比照，呈现出自然与生命之美一体的自由和永在。

是的，费尔巴哈讲过，人是在对象上面意识到他自己的，“对象是人的显示出来的本质，是人的真正客观的‘我’”。但是，就作为个体存在的人来说，把对生命自由的无尽追求寄寓于自然形式，该是一种最佳的选择了；而对于艺术美的创造，似乎也应是一个永恒的理想的媒介。

1991 年 6 月

在壮丽的自然中求得解脱

“试问：什么苦恼比最优雅、最崇高和最有特性的爱情的苦恼，更有权利向美丽的大自然流露呢？”这段话常被人们引来说明人类一种独特的精神追求的表征：高尚强烈的爱情痛苦与美丽的大自然的某种联系。

1841 年夏天，21 岁的恩格斯曾到意大利北部，阿尔卑斯山与亚平宁山之间的伦巴第作了一次旅行，先后在巴塞尔、苏黎世和米兰驻足。他步行一个半小时，“带着一个月前还是无限幸福而在现在则感到被撕碎了的和荒凉的心”，登上美丽的尤特里堡山顶峰，面对壮丽的大自然，以求“获得愉快的解脱”和感情上的“和解”。因为他当时正需要一种新的经历和感受，以便迅速摆脱一次失恋的痛苦。这位颀长英俊的青年人，在观赏疲乏之后，走进了一幢小木屋，翻阅着留言簿上的每一页。那些眼光狭小的市侩们，为了给自己的名字加上很长的注释，不惜把它看作自己流芳百世的工具，力图“把自己的不为任何人知道的名字和某些不可救药的庸俗思想传诸后世”。但是，唯独来自热那亚的一位旅行家，叫约奥希姆·特里波尼的人，用意大利文写的一首佩脱拉克的十四行诗，特别强烈地激动了他，使他把对方引为知己。这首诗描述诗人在梦中会见了出现在天国的爱人，听到了她对幸福和爱的热烈倾诉；尽管她的躯体还留在人间山谷，但诗人“将不再从天国回去”，因为只有在这里，命运才无权使他们分离。爱情终于战胜死亡，升华为一种崇高的精神境界。

爱情，这是在崇高的土壤上成长起来的许多高尚的强有力的思想之一。1836至1837年间，不到20岁的青年马克思在献给爱人燕妮的自由体十四行诗中，曾认为它是“鼓舞的源泉”“天才的慰藉”“闪烁在灵魂深处的思想光辉”。“这个魁伟的巨人”“能倒海翻江”“能把高山夷平”，然而却有“一桩不愿公开张扬的秘密”。如今，对于心灵高尚而又陷入失恋痛苦的青年恩格斯来说，这种“秘密”又能向谁倾诉呢?

> 当大自然向我们展示出它的全部壮丽，当大自然中睡眠着的思想虽然没有醒来但是好像沉入金黄色的梦幻中的时候……在比较深刻的人们那里，这时候就会产生个人的病痛和苦恼，但那只是为了溶化在周围的壮丽之中，获得非常愉快的解脱……试问：什么苦恼比最优雅、最崇高和最有特性的爱情的苦恼，更有权利向美丽的大自然流露呢？（《伦巴第漂泊记》）

在他之前，“已经有一个人把自己爱情的苦恼带到这个顶峰上来了”。显然，那位热那亚人面对壮丽的大自然所引用的那篇十四行诗，使这种“和解的感情”得到了更好的表现，为青年恩格斯引为同调，且于其后不久，把这段感情经历结晶为气势恢宏、诗情洋溢的散文《伦巴第漂泊记》。

是的，一个品格崇高而又感受到爱情力量的人，自会在失恋的痛苦中认识生活，锤炼情操，使灵魂变得更为圣洁。如果说真正的爱情具有崇高与善美的品格，那么一个爱得深沉的人就只能在美与善的心灵中寄托追求，而失恋的痛苦也定能在某种壮美的事物中获得解脱。因为与这种深刻的痛苦相伴，正是对高尚理想人格的渴望，对无限美好人生的热爱和最终目标的求索，使壮丽的自然引起相应的心理共鸣，在主体与客体、心与物之间构成一种相互扣合、融解的同形对应关系，使人感到神圣的爱情也和那壮丽的自然景观具有同样的审美的人生意味，同样的力度和同样的美，从而使失恋的痛苦“获得愉快的解脱”与情感上的“和解”。

这些发自伟大心灵的感人言辞，标示着青年恩格斯深刻的伦理观念和审美观念。今天读来，仍然使人心动不已。

1991 年 12 月

时代变化的先行指标

这个世界正在运动中展开自己，正是运动中的诸般形色，织就这个变化无穷的世界。

太阳，每天都是新的，然而，太阳腾耀之前，必有启明星在召唤；春天，永远是美的，然而，新春降临之际，冻土必先苏醒，宿根亦将在地下萌动。人类社会的变化和发展，正像自然界的运转和更新，有它自己内部规律。时至20世纪80年代的今天，由于技术、资源、环境以及人口的变化，省资源文化的流行以及个性化、多样化的进展，必将导致人们伦理观念和审美价值发生急剧变化。因为“真理只能在事后才得到确认”(黑格尔)，所以实践先于理论，而艺术家的实践要远远走在哲学家的前面。作为社会急剧变化的先导，率先行动的艺术已经成为时代变化的先行指标。

在我国，珍贵的出土铜器“莲鹤方壶”，证明早于孔子一百多年，已经标志着春秋之际的造型艺术要从装饰艺术独立出来的倾向。此壶全身均为浓重奇诡之花纹，给人无名压迫之感，壶盖周围骈列莲瓣二层，中央立一清新俊逸之白鹤，翔其双翅，单其一足，微隙其喙而作欲鸣之状。“此鹤初突破上古时代之鸿蒙，正踌躇满志，睥睨一切，践踏传统于其脚下，而欲作更高远之飞翔。此正春秋初年由殷周半神话时代脱出时，一切社会情形及精神文化之一如实表现。”(郭沫若) “这就是艺术抢先表现了一个境界，从传统的压迫中跳出来”，张翅的仙鹤正“象征着一个新的精神，一个自由解放的时代”（宗白华）。又如传为我国保存下来的第一幅山水画隋展子虔的《游春图》，春山花树，殿阁游骑，线条纤细活泼，以青绿勾填，色调明快秀丽，成为唐代灿烂文化之浓春季节的第一声鸟鸣，带来明媚动人的春天气息。宗白华先生认为，画幅里“春漪吹鳞动轻澜”的境界，可以和15世纪意大利画家波提切利的《春》与《维纳斯的诞生》媲美。作为冲破中世纪宗教黑暗禁锢的先声，新兴资产阶级登上历史舞台前的思想解放的曙光，又是艺术抢先表现了一个境界，构成时代变化的先行指标。所以，原始时代那种象征、抽象的几何纹饰，从古代社会初期即开始迅速转向写实。波提切利、达·芬奇和米开朗琪罗最活跃的时期是1500年前后，比哥白尼的地动学说、路德的宗教改革和伽利略的科学活动要早得多。“现代化的根源，可以说就在于客观的观察并认识理解事物的合理主义精神。”（堺屋太一）15世纪的威尼斯，人体解剖的开创者首先就出自画家的行列，这显然是一种合理的、客观的工业社会的新的精神的反映。由于画家比医生更早地提出对客观事物内部结构和运动原理研究的要求，绘画作为具有最敏锐的感受能力的个体活动，其反映只需要画布、画笔和颜料就够了；其速度与政治结构的改革、社会力量的重新组合，特别是为了使科学转化为技术从而推进生产力的发展相比，后者更需要相当长的一个历史时期。因此，从上世纪末开始，印象派的崛起已经显示了写实绘画衰落的征兆。特别是由康定斯基和波洛克发展起来的抽象绘画，其主观性大于客观性，抽象性掩盖了写实性，外在的形式追求压倒了内在的理性表达；而世界艺术大师毕加索，更是以他那动转变迁的流派更迭和永无停滞的形式探索，指示并标志着这个跨越世纪的正在运动和展开的世界。举世公认的《亚威农少女》，不仅是新世纪艺术发展的界碑，似乎也显示了超工业化社会的动向，它已经开始表现出与客观工业化时代具有的朴素的合理主义精神原则的背叛。在我国，作为时代变化的先行指标，“星星”美展、“伤痕”文学以及朦胧诗潮的涌现，也已成为事后得到“确认”的“真理”。然而，当它们最初出现在东方这块负荷着因袭重担的古老地平线上的时刻，曾引起了怎样惊世骇俗的震动啊！

在这样一个变革的时代里，一切传统的价值标准、生活模式和观念体系都开始动摇了。随着现代社会的发展，人们对于自身和社会的认识越来越呈现出它的丰富性和复杂性。在美术领域里发生的现象，同时也在其他艺术领域和文化生活领域展开。小说中那种非常态和非理性的对现实的把握，情节淡化或离奇的电影，充满幻想色彩的照片，无标题的音乐以及蓄长发、留胡须风尚的盛行，似已司空见惯。生活剧变的冲击波更是强烈地震撼着农村这广阔而古老的土地。陕北的瓜皮小帽和火箭皮鞋集于一身，传统的古乐班子后面竟随从着新婚夫妇乘坐的伏尔加轿车；不仅是活人的哭嚎被录制下来以代替“孝子”们劳顿在灵柩前播放，就连世代相传的唢呐也在吹奏迪斯科曲调为死人送葬。新与旧在交替，传统与现代混杂，一切都在变化中展开。真是无“奇”不有！几年前很被一些人鄙弃、讥刺、挖苦了一阵子的牛仔裤，已深入穷乡僻壤，如今是即使面对满天飞的蝙蝠衫和健美裤，人们似乎也已经熟视无睹了。所有这些看来暂时流行的风尚，都是社会巨大变化的先行指标。

今天，当我们面对中国和世界发生的万花筒般的一系列变化的时候，可以明确地说，这个世界正在运动中展开自己。作为时代变化先行指标的艺术以及广义的文化生活，正像一个窗口，从这里我们窥见了闪烁的启明星、苏醒的冻土，甚至感到了地下宿根的萌动……让我们勇敢地去迎接这个崭新的太阳和美好的春天吧！

1988年4月

将自我投身变化之中

“将自我投身于变化之中”，这是半个多世纪前德语作家黑塞对大多数知识分子，特别是针对作家、艺术家发出的忠告。他认为，人实际上并不存在一个自我统一体，“那是一个非常多元的世界，一个群星闪烁的小天体，一个由各种形式、各种阶段、各种状态、各种继承下来的天性与可能性组成的”混合体，因此“人并不是长期固定的形象”，人应该“永远将自我投身于变化之中”，去适应新的变化了的现实。说到底，人生更多的“是一种实验，一种过渡”，如真能“最终将整个世界容纳在你痛苦地扩展了的心灵之中”，必将在“终结”中得到“安宁”，“而不是每逢困难时刻就痛苦而愚蠢地叫喊自己只不过是一头荒原狼！”

对于处在两个时代、两种生存方式交替之间的人们，对于自认为生活逸出常规、失去惯例，丧失了安全感、丢掉了“家园”的人们，尤其对于那些被从“人格统一性的幻想”中甩了出来，就像一匹荒原之狼，因而“把人类生活中一切成问题的地方当作个人的痛苦与地狱来加倍地体验”的作家、艺术家们，《荒原狼》作者发出的，又不失为历史的预言。而当今世界发生的广泛而深刻的变化，与19世纪60年代前黑塞提出对作家、艺术家乃至整个一代知识分子忠告的时代相比，又不知剧烈几多！

首先是精致文化特别是艺术杰作的“永恒”性受到挑战。艺术本来是卓越的自我将其主观的灵魂客体化的反映，独创的文学作品一字一句都无法更动，其凝定的持久性是不应受到怀疑的。但是，当看到被折腾得土头土脑的文学名著被批量折价销售时，不知当今的巴尔扎克、托尔斯泰们该作何感想。众多名著被改编为电影，当随着每一镜头的展现而终场时，它的“一次性”即告终结，拷贝便只能躺在仓库里了；大众化的电影取代了对原著的阅读，对于多数人来说，大概也不会记得它的原作者或编导了。这和歌星因走红而腰缠万贯，对歌词、乐曲作者却无人似乎也没有必要问津的情况实同出一辙。即使不能认为一部小说的艺术价值该依其发行数量而定，但又有几人去关注它的原稿或最初版本？恐怕也难得有一个作家会出面去反对制片商把自己的作品搬上银幕、荧屏吧。伴随现代科技的发展，产生了不带真本、全部复制的艺术，尤其在绘画、雕刻方面，甚至使色彩和质感达到乱真的程度，“真品”又在哪里？艺术已不再是稀世珍宝，这使对艺术的神秘感和顶礼膜拜也失去根基。在今天，应该说最成功的艺术家，就是自己作品被复制最多的人；而复制的结果，是使杰作成为共同的创造而非“独有”。与瓦勒里所言“与其写作千人读一遍的诗，不如去写一人读千遍的诗”的时代相比，人们对纯艺术品所持的态度已经被“软化”，艺术家“自我”的轮廓开始模糊。“独创”“原本”似已不复存在。随着“艺术可变”观念的产生，不仅艺术杰作的“永恒”性受到严峻挑战，而且“尊重”艺术创造者的观念也开始变得稀薄了。

其次是广告使艺术“个性”开始消解。据说，美国广告商每年用于广告费的总额为173亿美元，大大超过日本国家文教经费预算的总额。曾被怀疑渎职的尼克松，不得不亲自去求助于麦迪逊大街的广告商，以商讨摆脱这一困扰的对策。就是说，现代广告已具备了左右政界要人的力量。就作家而论，有哪一部独创性的作品不愿被电视“广而告之”，不愿被铺天盖地的“小报”摘刊呢？在工业社会，广告以大批量、标准化的生产制度为前提，并非仅仅为推销世界上独一无二的艺术品而制作；接受广告的宣传，就意味着作家、艺术家主动把自己作为生产者而“标准化”，意味着顺应工业化的过程。当几乎所有交流思想感情的场所（诸如电视、电影院、歌舞厅、卡拉 OK、商业广告等）作为信息传播媒介而被标准化的时候，而作家、艺术家的思想感情及其产品却可以例外，可能吗？可以说，没有一位独创性作家不希望自己的作品成为畅销书，而畅销书正是接受、顺应广告宣传的结果；它与宣传某种化妆品的广告并没有什么两样。“推销自己”也好，“我为自己做广告”也好，那些苦心孤诣、惨淡经营他们艺术产儿的作家、艺术家，要想发挥自己的社会影响，已经到了绝对不能忽视广告宣传的地步；何况在广告起草人当中，很多人曾经是诗人。再说，摊贩手中低劣的武打、情杀故事与文学精品在多数人眼中很难有什么区别；通俗歌曲与帕瓦罗蒂的《我的太阳》同被“中华大家唱卡拉 OK 曲库”所标准化了。真是广告面前“人人平等”。因为艺术归根结底是一种信息交流，而交流信息的人是不能无视这种现实的。世界正在变成大众社会，这是一个现实，因而逃避现实或空发议论都是徒劳无益的。

作家、艺术家是先驱者，现实对他们永远不会成为其渴望的极乐世界，他们注定要践履满布荆棘的生命里程。据说爱伦堡死前曾写下这样一段话：“我认为，所谓创造性的艺术，是与苦恼相连接着的。我不相信没有经验过太多悲哀的艺术家。”康德更有一个著名命题：“鸽子要是到了真空中，就能更加自由地飞翔。”空气的存在固然降低了鸽子的飞行速度，但恰是这种阻力，飞翔才成为可能。

看来，黑塞当年发出的忠告，不仅预言了现代的人生困境，尤其意在提高知识分子，特别是作家、艺术家们对环境的应变能力，并期望增强他们坚毅弘忍的生活勇气。

1993 年 7 月

艺术与技术

现代日本著名美学家今道友信，曾从语源学的角度，对艺术的“艺”字进行考察，认为“艺”的原义为“种植”。种植，需要一种技能，即通过一定的方式、方法（“术”），培育、创造出一种崭新的生命。所以，今道友信把“艺”定义为“在人的精神内部埋下体验的种子并使其成长的技术”。

在这里，艺术家的创造性劳动和一般工匠单一的、重复的、机械性的操作被区分开了。比如，一张桌子，取材于木材，那是本来就存在的物质。桌子虽有它特定的形状、用途和名称，终究是一件木制产品。然而，一部小说就与此不同了；虽然小说是以文字印刷（或书写）在特定的纸页上，但作为语言艺术的小说本身，并非就是文字和纸张的物质构造，而是一种灌注生气的艺术构成。这一语言艺术构成，只有通过读者的再造性想象，才能从某种物质构成中浮现出生机饱满的艺术幻象。这一幻象对读者的头脑来说，是前所未有的。这完全是一种生发自内部的精神体验，与它的物质媒介物（印写文字的书页）无关。相反地，要想得到那艺术的真髓，必须忘掉那物质的媒介，对它们视而不见。所谓“得鱼忘筌”“得意忘言”“超文字者，乃解其宗”“出声音之外，乃解其味”，讲的正是这种与工匠的物质产品相反的价值观念。当然，高级木工以上好的木料做出的桌子令人喜爱，因为它实用而美观。但一本粗制滥造的小说，即或以“精印”“袖珍”的形式出现，也只能使人嗤之以鼻，因为正直的读者难免疑心它是作者与书商谋骗的产物。物质产品要求按绝对的规格批量生产，而作为精神产品的艺术，却无例外地追求“相异”，无条件地要求“发现”，即所谓“元创性”“一次性”。据此，一张桌子只能称之为“产品”，而一部真正有价值的小说，却必须称之为“创作”。前者是“制造”，后者是“创造”。两者都必须付出艰辛的劳动，但劳动与劳动的价值的观念不同：作为艺术，区别于单纯实用的物质产品，它能以独特完整的形式构成，放射出美的光辉，带给人出乎意料的光明和喜悦。

然而，精湛的技术也常能达于出神入化的境界。庖丁解牛，能“以神遇而不以目视，官知止而神遇行”，臻至“合于桑林之舞，乃中经首之会”的妙境。一切全在于功夫。因为庖丁经年十九，解牛数千啊！艺术固然不等于技术，技术当然也不就是艺术——庄子“庖丁解牛”终究是一则寓言而已。但艺术创造却离不开表达技能的基本训练，对于某些技艺操作要求很高的艺术门类（如造型艺术），尤其如此。为了表现人的精神内容，需要通过技术把物质现象限制到一定的范围之内，亦即应用自如地掌握特定物质媒介的本领，以取得物质传达的自由，否则“手”与“心”都要发生矛盾，就不可能达到预期的艺术效果。北宋大艺术家苏轼，曾高度评价与他同时代杰出的人物画家李公麟的《山庄图》，认为作者“有道有艺”，绘画理念和表达技巧达到完美统一。“有道而不艺，则物虽形于心，不形于手。”空有理念，物象只能存乎心中，不能形诸笔端，那就只有徒唤奈何了。苏轼自己就有切身体会。与他为从表兄弟的文同，当年曾授其画竹精论：“画竹必先得成竹于胸中，执笔熟视，乃见其所欲画者，急起从之，振笔直遂，以追其所见，如兔起鹘落；少纵，则逝矣。”但苏轼自己实际操作，力图将“胸中之竹”化而为“手中之竹”时，却弄不来，只能“心识其所以然”。这就是所谓“眼高手低”。同样的情况，明代画家王履，曾在《华山图序》中提出“吾师心，心师目，目师华山”的重要理论，而自己的四十幅《华山图》却不能尽脱马、夏笔法窠臼；虽心知其然，却因少师夏珪，故习难除，又无实际写生之过硬技巧，而终不逮华山真面目，不能为山川传神。更有甚者，如西人歌德，虽然于观察对象、捕捉感受极有兴趣，对技法的勤修苦练却极不耐烦，常是提笔无终，虎头蛇尾，不了了之。用苏轼的话来说，这就叫"内外不一，心手不相应：不学之过也。"可见，"凡有见于中而操之不熟者，平居自视了然，面临事忽焉丧之"，那就只能"听其言，洋洋满耳，若将可遇；求之，荡荡如系风捕影，终不可得"了。"光说不练是假把戏，光练不说是哑把戏，又说又练才是真把戏"。杂技、曲艺、戏曲等如此，语言艺术高级形式的诗亦复如此。据李商隐作《李贺小传》：贺"每日旦出，骑弱马，从小奚奴，背古锦囊，遇所得，书投囊中……及暮归，足成之，非大醉、吊丧日率如此，过亦不甚省。母使婢探囊中，见所书多，即怒曰：'是儿要呕出心乃已耳。'"不广罗素材，积累语言资料，呕心沥血，倾注生命，能写出好诗来吗？如果说，国画家是"用宣纸裹出来的"，书法家应当是"用墨汁泡出来的"了。西哲黑格尔曰："只有到了单纯的机械性的技艺已不再成为困难和障碍的时候，艺术家才能致力于自由塑造形式。"说得太好了！

在中国传统绘画中，就用笔讲，有"疏体""密体"（或"写意""工笔"）之分；就鉴赏说，有"神似""形似"之论；就品第言，有"神、妙、能、逸"四格。其中"疏体""神似"为人推崇，不拘章法的"逸格"更被宋初的黄休复提到首位。这是文人画家审美艺术观的反映。然而，一些后学之徒，"慕远贪高，逾级躐等"，以"东抹西涂"来代替深入的观察和坚实的写实技巧，以"施驰情性"来掩饰艺术思想与技巧的贫乏。殊不知，前人对"神似"的追求，正是在对客观事物的精确描绘中逐步扬弃非必要之物，力图表现对象本质的结果。正是在那看来简要精练的笔势中，蕴含着自然的神韵与蓬勃的生命。对于"纵任无方"，"拙规矩于方圆，鄙精研于彩绘，笔简形具"的"逸格"来说，合于规矩的细节表现虽然不是艺术家追求的目的，但那艰苦的艺术提炼却是他们必须经历的阶段；没有“搜尽奇峰打草稿”的真功夫，那艺术的精髓又从何表达？固然，刻意追求形似，以技巧之工细取胜，只能搞出一些死画；同样，如果忽视艰苦的技巧训练，把“写意”与“神似”绝对化，势必误将“疏陋”当作“简练”，把“贫瘠”视为“高雅”。可以说，抛弃了技术就抛弃了艺术，虽然这个技术又绝不仅仅靠手巧，而主要有赖于创造与发现；但是，人们在日常生活中无从感受，而在艺术作品中却能意外发现的那种非凡、超越的美感体验，却只有通过相应的技术才得以充分表现。

现代西方流行一种“光效应艺术”和“电脑画”。据称，后者是由人在脑子里构思形体和色彩，然后借助电脑将它表现出来。这是艺术借助现代科学技术的产物。但是，人们看了那些图像，突出的感受是：其中固不乏新巧变幻的意趣，然而却绝少艺术所特具的那种盎然的生命和深醇的意蕴，充其量算一种工艺罢。同样是工艺产品，古代出自手绘的稚拙的彩陶纹饰，那种“有意味的形式”，实在为前者所望尘莫及。这恐怕与艺术作为一种特殊的精神劳动，在它的手工操作过程中，必定会倾注创造者的生命力——埋下体验的种子——不无关系。我想。

艺术与技术，在这里又一次显示出它们的区别与联系。

1989 年 1 月

系日斋读画记

宗炳：抚琴动操，欲令众山皆响

《宋书·宗炳传》记载：宗炳一生好山水，爱远游，晚年多病，回返江陵，把游历过的名山胜水，画到室内墙壁，“卧以游之”，且对人讲“抚琴动操，欲令众山皆响。”这是说，画家按琴奏曲，以流转的目光，采取多重视点，从多种角度，让心灵盘桓于壁间往时历经的山形水色，空间感觉立刻随时间感觉而节奏化、音乐化了。后来唐人顾况《范山人画山水歌》所谓“山峥嵘，水泓澄。漫漫汗汗一笔耕，一草一林栖神明。忽如空中有物，物中有声；复如远道望乡客，梦绕山川身不行”阐发的也正是这种山水画的音乐化了的空间境界。

生于南朝晋宋之际的宗炳（375—443），是中国历史上第一位大山水画家。其时山水隐逸成风，山川游赏成癖，山水诗人相继涌现，山水审美意识走向自觉。宗炳《画山水序》提出的“畅神说”，影响其后中国山水画发展千余年，姑置勿论；这里又提出一个山水画与音乐节奏“通感”的命题。所谓“通感”，即“观形想声”或“听声类形”的心理现象或美学经验。按照中国对空间意识的传统解释，“无往不复，天地际也”（《易经》）。转义为画论语言就是“远山一起一伏则有势，疏林或高或下则有情”（董其昌）。画面的虚实浓淡、高下起伏，在观赏者低昂俯仰、飘瞥转瞬之间，动中流外，潜波滂沛，顿生旋律节奏意味，使得平面二维空间转化为流荡

《抚琴图》

中国画

［当代］刘二刚

不居的程序性体验，从而导引出一种独特的音乐美感。德国美学家费歇尔认为，视觉听觉是真正的审美感官，“视觉把握整个形象，它把形象外表的全部都吸收到自身之内……通过位置推移的变化，视觉便有了运动的知觉；既然运动同时又是音响的原因，所以视觉便与听觉相近，听觉根本上也就被安置在视觉之内，即使没有真实的听闻时，它也在视觉里用心耳听音，起了极其优异的协同作用”。这是对视、听觉推移及其协同的一种审美心理解释。何况在东方传统思维模式中，生命观念是综合的，而不是分析的，这种不可磨灭的生命一体化，沟通了多种多样的、形形色色的个别生命形式。艺术作为一种生命体的存在，当然不能与自然生命对峙。刘勰所说“目既往还，心亦吐纳”“情往似赠，兴来如答”，正是对“心物交融”这一生命一体化过程的绝好描述。时至近代，西方不止一位画家讲过，“一切艺术终极于音乐”。而这种“音乐精神”却贯穿着中国全部山水诗画的发展。试看清代刘嗣绾的《自钱塘至桐庐舟中杂诗》：“一折青山一扇屏，一湾碧水一条琴；无声诗与有声画，须在桐庐江上寻。”山水乃是充满灵性之物。应当说，宗炳面对自己所作壁画山水，按琴奏曲，“欲令众山皆响”，当是艺术欣赏的一种“高峰体验”。

“抚琴动操”的“操”，是一类琴曲名称。西汉刘向《别录》说：“其道闭塞悲愁而作者名其曲曰操。”宗炳生当晋宋乱世，绝意仕途，即使家贫如洗，亲事农耕，仍回绝了宋武帝的征召，却与庐山高僧慧远过从甚密；又“每游山水，往辄忘归”。儒道墨佛无所不晓，琴棋书画无一不精。豪族桓玄激赏的名曲《金石弄》，正赖宗炳得以传世；其所作《画山水序》，构成后世文人山水画的理论基石。至于宗炳的山水画，早湮灭不存，其大致形貌，据钱钟书先生推想，当“不脱地图窠臼”，盖其时山水画“犹属草创”。如以今存最早的一幅山水画，隋展子虔《游春图》摹本看，其形迹似仍隐约可见。

1994 年 4 月

萧贲：咫尺万里之遥

萧贲是南朝齐武帝的后代，齐竟陵文宣王萧子良的孙子，后在梁朝做官。他极有文才，能书善画。据《南史》卷四十四《齐武帝诸子》记载，曾“于扇上图山水，咫尺之内，便觉万里为遥”。这里的“咫尺之内，便觉万里为遥”，就是后来为历代山水画家孜孜以求的“咫尺万里”的“远势”境界。

萧贲在方寸般的团扇上画山水能做到“咫尺之内，便觉万里为遥”，反映了中国山水画画法上解决空间关系上的巨大进步。关于绘画中空间关系的处理，此前有秦烈裔的“方寸之内”，吴赵夫人的“方帛之上”，东晋宗炳的“数尺百里”，到萧贲的“咫尺万里”，这一切都显示了中国画家通过不断的绘画实践，逐步解决空间透视问题的历史迹象。这比西洋早千年的透视方法，对中国山水画及其意境的创造，产生了决定性的影响。杜甫在《戏题王宰画山水图歌》中就说王宰“尤工远势古莫比，咫尺应须论万里”。中唐张彦远在其所著《历代名画记》卷八说隋展子虔“山川咫尺万里”，卷九说唐卢棱伽“咫尺间山水寥廓”，卷十说朱审“工画山水……平远极目”。北宋沈括《梦溪笔谈》卷十七《图画歌》说“荆浩开图论千里”，又说董源“尤工秋岚远景”，僧巨然“祖述源法，幽情远思，如睹异境”。时至北宋中国山水画全面成熟的黄金时代，郭熙在其《林泉高致》中总结了中国山水画的“三远”法则，其一“平远”即提出了“平远之意缥缥缈缈”的“冲淡”境界。苏轼曾为其《秋山平远》一画题诗曰“不堪平远发诗愁”；我们从郭熙《窠石平远》和王希孟《千里江山图卷》诸作，就深刻感受到其水天千里的张力效应。这种对“咫尺千里”之“远”境的追求，至衍为南宋马远、夏珪诸人于团扇尺幅中笔简意远的诗意泛滥，且至开元人如倪瓒之荒寒萧索无人之境，构成中国文人山水写意的最高境界。

前人评萧贲画所说“咫尺之内，便觉万里为遥”，其实讲的就是一个“远”字：遥者远也。我们说，“意境”就是要以有限的艺术符号表现无限的意蕴，以“不了之了”（即不完整的完整）表现那“象外之象，景外之景”，从而趋向于无限。意境的美学本质是表现那灌注宇宙精神的“道”，而在晋人的心目中，“远”就通向“道”。一部《世说新语》，就充满无数的“远”：“玄远”“清远”“平远”“旷远”“远意”“远致”……“远”是魏晋玄学所追求的境界，“远”即是“玄”，“玄”即是“道”：山水画和山水诗能把人的精神引向远离尘世的自然山水之中，这正是晋人所追求的精神境界。正是在山水形质的“有”和极目旷远的“无”中，达到了有无相成、虚实相生的统一，展示出宇宙的一片灿然生机。这无疑构成了山水画与山水诗产生的精神土壤。至于如宗炳、萧贲等的山水画的具体形态，惜乎已片纸无存了；然据有关学者认为，其时山水画大致近于地形图一类，刻画之迹至为明显，这从今存摹本隋展子虔《游春图》可见一斑，但这幅作品体现的“山川咫尺万里”之势早为前人论及，这对后来中国山水画透视观念之发展，山水画意境之形成，当影响至巨。黑格尔曾认为，中国画“没有阴影”，不讲“透视”，是不科学的。看来这位哲学巨人至少是对中国哲学和中国绘画的不可剥离性缺乏了解，以致使自己在艺术哲学的审视中暴露盲点。

萧贲死得很惨。在梁朝时，曾因评议湘东王诗不合其意，被投入狱中，活活饿死，后又遭“追戮其尸”。想来，这位“幼好学，有文才”“形不满六尺，神识耿介”，颇有几分文人率直性格的艺

《松溪泛月图》
中国画
［宋］夏珪

术家，当死于迂直而“不识时务”，也许正因为这迂直、耿介的艺术家气质，才视艺术为生命，其画“矜慎不传，自娱而已”。而这恰又成为肇始唐代王维，普泛北宋及其以后的文人画家视作画为“墨戏”，而弃绝功利之滥觞。

1994 年 2 月

谢赫：气韵生动

“气韵生动”这一概念，源自齐梁间谢赫所著《画品》一书，通常指绘画艺术表现中呈现的蓬勃的生机、充沛的气势和独到的风神韵致。今已被公认为中国传统绘画品评鉴赏的重要审美准则，创作追求的最高目标之一。

秦汉时代的哲学观认为，“气”是宇宙间的本源，充溢宇宙间的“气”是构成万物与生命的基本原质。魏晋以来，实行按 9 个品级评定和选拔人才的制度，推动了魏晋在上层社会品藻人物的风气，常用“气韵”一词来指评人的精神气质和仪表风尚，如“风气韵度”“风韵遒迈”等。从风度仪表衡鉴人物，评定和选拔人才，褒贬毁成，事关重大，《世说新语》多有记载。谢赫时代的绘画，主要是肖像画和人物故事画，强调对人物仪表的生动再现，“气韵生动”也主要用来品评人物画艺术表现的高下优劣，限于对象或人物本身。到唐末五代，为逃避战乱隐居太行山洪谷的大山水画家荆浩，写了一篇《笔法记》，提出了山水画创作的“六要”，才开始把“气韵”作为重要标准引入山水画的创作和品评之中。他推重唐代王维是“气韵清高”的画家，张璪是“气质俱盛”的画家；而中唐美术史论家张彦远却认为，台阁树石是一些无生命的器物，只要把位置画对就可以了，并“无生动之可拟，无气韵之可侔”，对象既无“生动”又无“气韵”，画家也就失去摹拟和追求的意义。可见，荆浩把“气韵”的追求引入山水画审美，是对谢赫观点的创造性发展。

为了获得“气韵生动”这一审美概念在山水画创作和品评中的生动感受，可举明代开始公认的文人南宗画派的实际代表人物，南唐中主时的北苑副使董源的作品为例。清代恽格讲：“北苑画正峰，能使山气欲动，青天中风雨变化。气韵藏于笔墨，笔墨都成气韵”（《南田画跋》）。对于静止的山峰，烟岚风雨的笼罩游荡，能“使山气欲动”，而“动”字正是“气韵生动”的要义所在。此点早在北宋沈括《梦溪笔谈》中即有记载：“董源善画，尤工秋岚远景……其用笔甚草草，近视之几不类物象，远观则景物粲然，幽情远思，如睹异境。”其《落照图》：“近视无功，远观村落杳然深远，悉是晚景，远峰之顶，宛有返照之色，此妙处也。”这里的“景物粲然”“杳然深远”“宛有返照之色”的“妙处”，岂非正是在山川艺术化的过程中，艺术家倾注了自然审美观照的独特风神韵致之后，画面上那种生机勃发、气势滂沛的表现？显而易见，画家面对山川已不再是“意在切似”，追求酷肖，而是“丘壑内营”，以心接物；也不是“传移模写”，照葫芦画瓢，而是“气韵发于笔墨”，通过笔墨使意象脉络通联，生机充溢，让难以言传的“气韵”，化为生命的浮动于山川丘壑之间的浑然之气，成为可观可感的艺术形象。可见，艺术的真正要素在于含藏其中的生命。从这一意义上说，所谓“气韵生动”，正是黑格尔所说的出自艺术家心灵的那一“生气灌注”。而中国的山水画，向以无个性、无限定性的自然山水本身为唯一的理想媒介，可以由艺术家作最自由的发现，使个体生命与无边自然山水默合，从而由有限通向无限。荆浩把“气韵”引入山水画论之后，以“气韵”论山水画者甚多，这一概念已由客观转向主观，由再现导向表现，从写物走向写心，画家对自然山川的生动感受，都已化为一己的情思和意境了。

有关谢赫的生平资料极少，只知他是齐梁间南朝宫廷画家，善画人物、仕女，兼管画迹的鉴赏整理工作。《画品》将自三国以后的

27 名画家分 6 个等级加以品评。“气韵生动”即出自该书序文提出的“六法”：“一、气韵生动是也；二、骨法用笔是也；三、应物象形是也；四、随类赋彩是也；五、经营位置是也；六、传移模写是也。”“气韵生动”首当其义，它法分别讲笔法、形似、着色、构图、临摹等。北宋美术史论家郭若虚说：“六法精论，万古不移。”可见“六法”确已成为中国古代绘画理论具有稳定性、涵括力的原则。作为重要美学原则的“气韵生动”，至今仍是绘画艺术的最高目标之一。

1994 年 4 月

李思训：笔格遒劲，金碧辉映

李思训是唐代金碧山水画大家。

天宝年间，唐玄宗召李思训为大同殿作壁画，兼画掩幛。事后玄宗深为激赏，说道："卿所画掩幛，夜闻水声。"这是说，李思训画的山水，由于技艺精湛，使唐玄宗产生视听幻觉。稍后，生活于中晚唐时期的绘画评论家朱景玄，在其所著《唐朝名画录》中，把他所见到的唐代画迹，分"神、妙、能、逸"四个品次加以评议，李思训的画被列入"神品"，认为其"品格高奇，山水绝妙"，"通神之佳手也，国朝山水第一"。后来元代夏文彦在其所著《图绘宝鉴》中，对李思训的山水画风貌，曾有这样的描述："笔格遒劲，得湍濑潺湲、烟霞缥缈难写之状，用金碧辉映，为一家法。后人所画着色山，往往多宗之。"所谓金碧山水，又称青绿山水，勾勒设色，金碧辉煌，富于装饰意味；与纯以水墨描绘的水墨山水画相对而言。后世山水画中的青绿山水画派，如北宋的王希孟，清代的袁江、袁耀等人，就是对这一画风的延续。明代莫是龙和董其昌等人提出绘画上的南北宗论，将李思训列为"北宗"之祖。

鉴于年湮代久，李思训的作品流传至今的，已十分罕见，现藏台北"故宫博物院"的《江帆楼阁图》，据记载是他的作品。关于这幅作品，今人刘士忠先生曾有生动的描述："作者以劲利遒韧的线条和古雅绚丽的金碧设色，成功地表现出春天江边的坡岸山崖，

《江帆楼阁图》
中国画
［唐］李思训（传）

绿树楼阁，江水浩淼，渔舟轻荡，和游人赏春的优美景色。画面构图疏密有致，虚实相生，不画远处江岸边际，反以细笔勾出水纹，造成烟波浩渺、江天无尽的境界，从而更富于诗意；山石画法虽略感平实，但树木却分出前后左右，穿插有致，并用双勾法画枝干树叶，色彩亦较丰富。所有这些都较展子虔的着色山水《游春图》有了显著的进步，是中国早期山水画的代表作品之一。”

唐代是中国山水画开始成熟的时代。中唐美术史论家张彦远在其所著《历代名画记》中讲：“山水之变，始于吴，成于二李。”吴道子“往往于佛寺画壁，纵以怪石崩滩，若可扪酌；又于蜀道写貌山水”。可见吴道子的山水画有很强的立体感，与前人的画法相比，开始发生很大变化；到李思训及其子李昭道的山水画，在当时则被认为臻于完美，达到成熟的境界。从整个中国山水画史的发展看，就今传李思训的《江帆楼阁图》而言，不论与后来山水画高度成熟的北宋作品相比，还是与此前隋代展子虔的《游春图》相较，都可以明显地看到三者之间紧密的继承和发展的脉络。至于六朝早期山水画那种“案城域、辨方州、划浸流”的地图式的表现技巧，则更见其稚拙了。张彦远生活在中唐，见过许多前代和本朝的画迹，应当说他对山水画发展之“变”和“成”的结论，是不无根据的。

李思训（653—718）是唐朝宗室，李林甫的伯父，生活于高宗至玄宗时期。青年时代正值武后专权，宗室成员多遭陷害，他被迫“弃官潜匿”，至中宗夺回皇位，才重新出来做官。玄宗即位（713年）后，官至右武卫大将军。李思训的儿子李昭道，也以画工致富丽的金碧山水著称，官至中书舍人。据文献记载，“一家五人（即指李思训弟李思诲，李思诲子李林甫，李林甫堂弟李昭道，李林甫侄李凑），并善丹青”。后世山水画史上提及金碧山水创始者，每以“大小李将军”父子并称，其实李昭道并没有担任过将军职务。

1994年6月

王维：画中有诗，诗中有画

王维是唐代大诗人，也是兼擅音乐、书法和水墨山水画的全能冠军。

中国山水画从生发之日起，便不仅与哲学理性相通，即宗炳《画山水序》所称“山水以形媚道”，而且与诗情愉悦交汇。王微《叙画》所言“望秋云，神飞扬；临春风，思浩荡”，径可视为早期山水画追慕诗情、向往意境的滥觞，已预告了中国山水诗、山水画的血亲渊源。至北宋苏轼提出“味摩诘之诗，诗中有画；观摩诘之画，画中有诗”而成一凝聚点。此后千余年来，使“诗画同源”正式被确认为传统山水诗画的审美尺度，既是创作的最高鹄的，也是品评的重要标准。苏轼的认定，实出自对文化传统的再发现。从王维山水诗中，可以看到山水画的构思、章法、形象、色彩和意趣，而从苏轼所见王维的山水画中，又可窥得诗的意象、组合、情趣和意境，是诗在画中，画被诗化。“江流天地外，山色有无中”，“明月松间照，清泉石上流”，“山中一夜雨，树杪百重泉”，“行到水穷处，坐看云起时”，即使我们已无从一睹王维画迹，也至少可以从后来许多山水画中感受到王维诗中的诸般意境。北宋距唐未远，宋人或可见王维山水画真面目，苏轼议论不为无因。

中国古代山水诗人、山水画家绝多好山水，爱远游，观赏自然山川必取“边走边看”即所谓“步步移，面面观”的方法。“步步移”实为一种时间推移过程，而“面面观”恰是一种空间观照的序列展开。这就不能不影响到山水诗表现的意象分割，以偶句并列的枚举式展开。而山水画布局的散点透视，它的焦点也不是一个而是多个，适与山水诗枚举式默合。加之诗与画都追求精神气韵，讲究意境创造，我们从王维晚年隐居辋川的山水诗中，就可以看到这种观察自然、表现自然的切入角度。也正是由此而导致两种不同艺术形式的边缘会通，使得后世称诗为“有声画”，称画为“无声诗”。其实，这一指称又何尝不同时道出在建构两种相异的艺术形式时，其物质属性的不可超越性：诗中“画”只能在“体味”中获致，画中“诗”也终究限于“观赏”中得到。

王维的山水画，在唐人的心目中已有很高地位，“笔综措思，参与造化”，“云峰石色，绝迹天机，非绘者之所及也”（《旧唐书·王维传》）。由于唐代山水画正处在六朝至北宋的生发与成熟的转折点上，王维不仅有接近青绿山水勾斫之法的一面，也有“破墨山水，笔迹劲爽”的一面。五代山水画家荆浩讲：“水墨晕章，兴我唐代”。唐代兴起的水墨山水画，贯通了整个中国山水画史，也使这位笃信禅佛的画家兼诗人王维身价与时俱隆。特别是在北宋，文人画兴起，绘画深与诗文为缘，山水画群峰竞秀，万壑争流，使王维在画坛的地位甚至在“画圣”吴道子之上。苏轼《观王维吴道子画》中说：“吴生虽妙绝，尤以画工论；摩诘得之于象外，有如仙翮谢笼樊。吾观二子皆神骏，又于维也敛衽无间言。”在这里，苏轼推崇的是王维画中“象外之象”的意境创造，而对画工的刻画谨细予以贬斥，“妙绝”的吴道子因此掉价。这是其时以文人画审美标准衡鉴的必然结论，以至后世倡言的“南宗画”家中首列王维。王维对后世山水画的影响，主要在始用“水墨渲淡”（即破墨法），用劲爽而非刚性的线条，以及他的诗中有画意、画中有诗情的创造。遗憾的是，可靠的王维山水画的真迹我们已经无从目睹了。北宋郭若虚说五代董源“水墨类王维”。董源山水画用笔圆曲柔浑，用墨清润淡雅的特点，可以从今传《潇湘图》《龙袖骄民图》等作品

《雪溪图》
中国画
［唐］王维（传）

中见到。王维山水特色，或其类欤？

今传为王维所作山水画《雪溪图》《江山雪霁图》等是否出于作者手笔，难得专家认同，甚至连宋徽宗亲笔题写的“王维雪溪图”亦存疑问。《雪溪图》运笔浑厚古雅，柔性的线条施以水墨渲淡，染出凹凸高下阴阳向背。画中溪桥伸展，雪路行人，水中荡舟，雪坡远映，而于冬树环衬、山石掩映之间屋榭布列，生机隐然。这一平远构图的雪景，与其诗句“开门雪满山”“山色有无中”确有几分暗合。

王维的水墨山水画风，几乎影响到他身后山水画发展的全部历史，制约着古代山水画主流文人画的进程。苏轼首倡于前，董其昌踵继其后的文人画理论及其审美情趣，也被全部追认、具现于王维一身。

1994 年 8 月

张璪：外师造化，中得心源

张璪是唐代又一山水画大师，在唐人心目中高于王维，位居“神品”。

代宗广德元年（763年），当时任宰相的王维之弟王缙，曾推荐张璪为检校祠部员外郎，时人称“张员外”。四年后，任京兆少尹的画家毕宏，曾亲见张璪激情滂沛的作画场面，对其只用“秃笔”间或以手代笔大为惊叹，向他请教，张璪的回答是：“外师造化，中得心源。”致使当时已是“擅名于代”的毕宏就此搁笔。关于张璪挥毫泼墨的场面，后来在唐人符载的《观张员外画松石序》中更有极生动的描绘：

> “是时座客声闻士凡二十四人，在其左右，皆岑立注视而观之。员外居中，箕坐鼓气，神机始发。其骇人也，若流电激空，惊飙戾天。摧挫斡掣，撝霍瞥列。毫飞墨喷，捽掌如裂。离合惝恍，忽生怪状。及其终也，则松鳞皴，石巉岩，水湛湛，云窈渺。投笔而起，为之四顾；若雷雨之澄霁，见万物之情性。”

其时张璪已因故削职，贬衡州（今湖南衡阳）司马，是在政治失意之际参与的一次宴集上即兴挥洒的。此情此景，在后来画史上屡为称道。

张璪提出的“外师造化，中得心源”，是对中国绘画理论的重要发展。南朝宋宗炳曾提出“以形写形，以色貌色”，后托名王维的《山水论》又有“意在笔先”的说法。写貌山川形色旨在传达情思意境，而情思意境的传达实不可与山川形色两相剥离。张璪的观点表明，艺术的创造固然源于心灵，源于心灵营构的艺术虚象，然这心灵营构的艺术虚象，乃是自然造化在艺术家内心历经增删、凝想、积聚之后的折射、投影。这一艺术化的过程用明代董其昌的话来讲就是“丘壑内营”，这被“内营”的“丘壑”正是自然造化融于艺术家心灵而重新营构的山川之美。张璪的功绩在于把自然造化置于艺术创造的真正源头。师法造化，未必有得，却为创造提供了充分的可能性；闭门造车，则必无所得，因为它堵塞了创造的源头活水。这个如今尽人皆知的道理，在山水画发展处于转折时代，由中唐山水画大师张璪予以结晶，确是难能可贵的了。自此，“师造化”成为中国历代山水画创作实践的不易之则。中国传统绘画迄未蜕为抽象图式而至今运转于笔墨具象的范式之间，其因盖出于此。

在群星灿然的唐人艺术殿堂里，无所不用其极的技巧探索与创新实为一时之盛，擅于树石之妙的韦偃“山以墨斡，水以手擦”“戏拈秃笔扫”；后来的画家王墨以至“脚蹙手抹”。而张璪竟至“手握双管，一时齐下，一为生枝，一为枯枝。气傲烟霞，势凌风雨。槎枒之形，鳞皴之状，随意纵横，应手间出。生枝则润含春泽，枯枝则惨同秋色。”其作画“物在灵府，不在耳目，故得于心，应于手，孤姿绝状，触毫而出”，完全是一种“庖丁解牛”般的“体道”境界。或秃笔横扫，或双管齐下，或脚蹙手抹，这些出自唐人记述的，鲜活再现的那个艺术开放时代艺术家开放心灵的泉喷如吼的创造境界，真不知引出今人何等的企羡与景仰——那个绝无拘束的转折生发而又辉耀着极天之尽的创造力的时代！

“以掌模色”（即以手蘸色涂于绢素）和“捽掌如裂”（用掌猛触速划的特殊效果）这些逸出常轨的作画技巧，使后世一些论者以张璪为中国指画的开创者。据当代画家潘天寿《指头画谈》介绍，指画首创于清初画家高其佩，其作画技巧在指甲、指肉的相辅相成；当施用泼墨，不仅食指、中指、无名指并用，甚至可用手掌贴纸绢自由畅快地横涂竖抹，以取得写意画的那种圆浑沉着而又凝重古厚的意味。这就使我们油然推想张璪挥写松石的境界。张璪画迹早已湮灭无存，今从潘天寿指画名作《松石梅月》一类画作中，似可见槎枒之形、鳞皴之状，感受其气傲烟霞、势凌风雨之意，催发我们对张璪当年挥毫泼墨境界的联想。

1995年3月

董源：平淡天真，一片江南

董源是生活在五代南唐的一位重要山水画家，没有记载提到他曾入宋，估计南唐亡国前已去世。在历经百年的寂寞之后，是北宋大书家、画家米芾第一个发现了他的价值："董源平淡天真多，唐无此品，在毕宏上，近世神品，格高无与比也。峰峦出没，云雾显晦，不装巧趣，皆得天真。岚气苍郁，枝干劲挺，咸有生意。溪桥渔浦，洲渚掩映，一片江南也。"（《画史》）这里的"平淡天真"。"一片江南"，正是对董源山水画审美特质的一种独到把握，也是对山水画发展新风格的发现。"平淡"与"奇峭"对立，"天真"与"巧饰"相反，"平淡天真"正与文人画状物须得其天道自然之趣，从而呈现浑然天成风格的主张默合；而"溪桥渔浦，洲渚掩映"的江南山水，也极便于"尤工远景"的董源去表达自己对自然山川的审美感受。

今存董源真迹，《潇湘图》等之外，《龙袖骄民图》是其另一重要代表性作品。"龙袖骄民"意为天子脚下的幸福之民，实写南唐都城金陵临江之山。画中主山立于左岸，前后层次右高左低，一水逶迤空阔，苇丛草树依山临江；右侧山麓人家，树悬巨灯，左近水岸二船相衔，上竖彩旗，数十人白衣联臂，与路人相接奋力捶鼓，似歌似舞，一展其时风俗，实为题旨所系。此图山石俱用大披麻皴，山头丛木多以墨点攒簇而成，山石轮廓笔柔墨轻，浅淡着色，整体画面温润舒展，一片江南。董源画风，当时曾得到江宁画僧巨然的追随，故后世常以“董巨”并称。这与较早于他们的荆浩所表现的势壮雄强的北方气魄适成鲜明对比，在山水画全盛时代的北宋，尽领风骚的也正是这北方山水画派的全景式山水。可以说，除米芾、沈括等人赞赏董源之外，宋代一般论者并无太高的评价。

董源画风升值，是在元代之后。汤垕讲：“唐画山水至宋始备，如（董）源又在诸公之上。”“诸公”者，当指唐宋诸山水画大家；自元末黄公望、吴镇、王蒙、倪瓒四家始，更奉董源为典范；而明末“南北宗”论者虽然在理论上尊王维为“南宗画祖”，然王维画迹早已难得真传，实际上是在祖述以“水墨类王维”的董源：用短条子和小墨点组合，淡墨轻岚，温雅柔润，平淡天真，缥缈轻逸，而摈弃方折刚拔之气。这正是后世文人画以道、禅为旨归的审美情趣，这审美情趣的物化形态在相当意义上就是“披麻皴”法的运用。绘画作为一种视觉艺术，其内容只有形式化之后才能为观者感知，而“形态”—— 一种独特的形式状态的构成，比“形色”具有更强的造型功能和表现功能。就是说，用笔的形态在中国画中对形式的构成具有更重要的作用，这作用首先就表现于山石皴法的运用。皴法，是中国山水画家基于自然客观而创造的一种表现山石纹理痕迹的技法，作为山石气韵生动的形式载体，构成表现山水画内在精神的一种重要手段。“盖大家神品，必于皴法有奇”（董其昌）。李思训写海外山，董源写江南山，米友仁写南徐山，李唐写中州山，马远、夏珪写钱塘山……不同的皴法表现不同的山石，造就不同的画面形式感；皴法不同，各立门户，皴法变化也是流派与风格形成的重要因素。当人们面对一幅水墨山水画，首先笼罩眼目的，常常就是占据画面大部面积的山石皴笔，而构成皴笔笔法的“皴法”，往往决定着整个画面的基调，恰如一部乐曲的主旋律，于重叠往复之间尽现山石韵致。山石皴法，据历代诸家记述，有 30 多种，所谓“画家皴法如禅家纲宗”（董其昌），其中“披麻皴”与“斧劈皴”就分别构成南派或北派山水画的分宗准则。“披麻皴”

《潇湘图》

中国画

[五代] 董源

如同麻之披散，“大披麻”笔大而长，运笔轮廓与皴兼行，浓墨淡墨一气浑成，淋漓活泼，无一笔滞气；“小披麻”笔小而短，先起轮廓，然后加皴，由淡到浓，层层皴出，阴阳向背，或干或湿，纯任自然。两种披麻皴法皆始自董源，至元季黄公望《富春山居图卷》(主要是大披麻皴) 达于极致而为后人无可企及，而黄公望即曾尊董源画为山水之冠。董其昌认为，董源画为元末大家所宗，赵(孟頫) 得其髓，黄 (公望) 得其骨，倪 (云林) 得其韵，吴 (仲圭) 得其势，至明代的“吴门画派”和清初“六家” (四王、吴、恽)，更是一脉贯通。与董源披麻皴相比，“斧劈皴”则如铁斧劈木劈出的斧痕，或墨气厚重，或笔力苍劲，刚硬砍削，剑拔弩张，与文人画的温润秀媚，禅、道的虚静素朴适成反照，何谈“平淡天真，一片江南”。正是“斧劈皴”的这些审美特征构成“北派”山水画的分宗基础：前自李思训父子，后至宋代的刘 (松年)、李(唐)、马 (远)、夏 (珪)，以及明代的“浙派”山水。山石皴法作为视觉感知的重要形式，就这样构成了中国山水画分宗立派的准则，左右着山水画的审美情趣，触及到中国山水画艺术表现的核心之点，并且为以这两大主体流派——南宗和北宗的演化过程来阐述中国古代山水画史，提供了某种可能。

董源曾任南唐中主时北苑副使，北苑设在都城建业 (今南京)，是专供皇室消费的茶场。山水之外，董源还擅画人物、水龙、牛虎，但管理北苑茶场的生活，对于他观察体验大自然，刻意表现建业一带江南山川，并形成独有的披麻皴法，无疑具有决定性的意义。皴法在山水画艺术中的地位如此，始自董源的“披麻皴”的意义也在此。黄公望说：“作山水者必以董为师法，如吟诗之学杜也。”清代王鉴讲：“画之有董巨，如书之有钟王，舍此则为外道。”“平淡天真”“一片江南”——真是说不尽的董源！

1994 年 5 月

荆浩：搜妙创真，气质俱盛

公元 9 世纪末 10 世纪初，唐末五代后梁时期，在远离战乱的太行山谷，有一位山西沁水的儒生躬耕隐居，自号洪谷子，其人就是后世画史上备极称道的北方山水画派创始人荆浩。

荆浩有画论《笔法记》一卷传世。据载，作者一日登上洪谷深处的神钲山四望，见前有大岩扉，苍莽森严，欲附云汉。于是沿苔径露水、怪石烟云入深谷，见其地遍生古松，大者皮老苍藓，直如虬龙乘空；它则或蟠根出土，或偃截巨流，或挂岸盘溪，或披苔裂石，因惊其异，遍而赏之。后携笔往就写松，“凡数万本，方如其真”。

画松数万棵，才画出松树之“真”。“真”的含义究竟是什么？逼真？酷似？那种单纯强调客观真实的理论从来就不是中国绘画艺术的主宰。“真”的概念的提出及其在山水画创作实践中的展开，首由荆浩在《笔法记》中加以发明。荆浩认为，“真”与“似”不同：“真者，气质俱盛”；“似者，得其形遗其气”。“真”的获得在于忖度物象、广搜其妙，要历经“制度时因”“凝想形物”“品物浅深”“删拨大要”这样一个深入观察、凝想、提炼、概括的过程，从而直取自然生命的真髓所在，这就是“度物象而取其真”的“图真”理论。荆浩既为儒生，当必谙熟经典。中国传统哲学中的“真”，具有“本原”“本性”的含义，它是一种流荡广远而又浑涵无际的整体性存在，实则为宇宙生命的“气”，不得阻断和分割的生命整体。所以庄周讲“真者，精诚之至”，真性存于心，神采现于外，“不精不诚，不能动人”。所谓“圣人法天贵真”——效法自然而珍贵本真，就是尊重人与自然的浑蒙整一。可见，荆浩的“搜妙创真”，无疑是要艺术家在观察、凝想中使主客观的界限得以化解，使人与自然的鸿沟现出模糊，把天地宇宙和生命体验融为一体，从而实现对自然物象生命律动姿态的审美把握。“真”不是对自然物象的刻板描摹，而是沉浸山川中的“含英咀华”，眼处心生的“自然英旨”。僵化主客观的界限，强化人与自然的对立，就无异于切断宇宙生命的本原，分割了生命整体性的存在，使混沌朦胧中流荡的气韵受阻；只求死板酷似，就只能使绘画艺术类同死物。此正荆浩所谓“似者，得其形遗其气”之谓。

其实，艺术中绝对的真实，从来就不曾有过。18 世纪英国诗人、画家布莱克讲过，自然本身原无轮廓，是画家的想象赋予自然以轮廓；画家应去创造比肉眼所见更为有力、更为完美的线条。19 世纪德国画家利希特曾在其回忆录中提到，他年轻时同另 3 位画家朋友面对同一对象画风景，要画得与自然不失毫厘；但结果 4 幅画个性截然不同，虽然他们都成功地再现了眼前风景。可见根本不存在什么纯客观的视觉，人们对形色的领悟各有不同。凡·高甚至说：“我在全部自然中，例如在树木中，见到表情，甚至见到心灵。”进入现代，连惯以“模仿自然”为能事的西方艺术家也认识到，“艺术并不描绘可见的东西，而是把不可见的东西创造出来”，因此“整个艺术史是一部关于视觉方式的历史”（里德《现代绘画简史》）。一方面执着于分析、实验，以“征服”自然；另一方面又极度张扬主观精神，向“真”提出挑战，这使西方某些艺术家由对自然的反叛导致对具象的扬弃。而中国艺术家始终恪守“天人合一”的哲学观念，既要借客观物象表达情感，又不为客观物象所羁绊，实现精神超越，因此它必然是在“似与不似之间”传达出宇宙生命的自然律动。荆浩所言之“真”及其“图真”理论，似应作此理会。

《匡庐图》
中国画
［五代］荆浩

荆浩传世画迹有《匡庐图》——传说周代有匡氏隐居庐山，故后又称庐山为“匡庐”。此画有宋人原题“荆浩真迹神品”；元代柯九思在画上题诗发挥想象，“瀑流飞下三千尺，写出庐山五老峰”，后世遂以《匡庐图》名之，其实未必是作者原意。此图左实右虚，中部一峰挺秀，群峰迭出，如芙蓉初绽，似青刚玉立，作者把从不同视点观察而得的峰峦冈岭、林屋山径、飞瀑溪桥、渡船行旅，巧妙地组织为整体。粗壮而挺劲的线描勾画出山石轮廓并顺势皴染，点线结合，有笔有墨，形成结构森严曲折、虚实相生，气势雄伟、境界开阔的全景式山水画格局，正是作者“搜妙创真”“气质俱盛”之“图真”理论的实践展开。画家似乎并非意在物象的细枝末节，而力求表现天地自然的无限，宇宙造化之壮观，此正是元人赞叹的“千嶂排空青玉立”“天高气肃万峰青”的壮美风格。

荆浩奠定了稍后由其及门弟子关仝和另两位画家李成、范宽加以完成的全景式山水画格局，他那表现北方山形特点的“云中山顶，四面峻厚”的壮美风格，对北宋前期山水画的发展产生了极大影响，受到历代评论家的推崇，元代汤垕《画鉴》径称荆浩为“唐末之冠。”

1994 年 9 月

范宽：真境逼而神境生

中国山水画发展至晚唐五代，继荆浩、关仝、董源、巨然之后，北宋初年李成、范宽、郭熙等辈相续崛起，真如千岩竞秀，万壑争流，使人应接不暇。宋仁宗天圣年间（1023—1031）尚在世的范宽，其山水画即被时人刘道醇《圣朝名画评》列入“神品”，称“宋有天下，为山水者，惟中正与成称绝，至今无及之者”。范宽字中立，“中正”为其别名；李成当时亦声誉极高。在范宽今存山水画迹中，《雪景寒林图》《雪山萧寺图》之外，真迹《溪山行旅图》为百代称绝，独领风骚。

《溪山行旅图》为绢本墨笔，纵 206.3 厘米，横 103.3 厘米。此图采用高远章式，分三层布局，首先触目而来的，是大气磅礴、巍然耸立的主峰，山峦峻厚，茂郁的林木逶迤而生；右侧瀑出深虚，如千尺飞练，折落而下，空谷传响；而左侧小岭的存在，又使与主峰的对比更加鲜明。其次为巨岩兀然分列左右，其间山泉喷薄，穿越栈桥汇入溪流；岩顶古木丛生，盘根错节，楼宇山寺，隐然而现。近处为一盘礴大石居中，使画面整体稳定。磐石右上，有旅人沿山路驱赶群驴，向溪边行列而来，山林巨壑之中顿添生气，点出“溪山行旅”的主旨。全幅以山溪、路径把中景和近景剖离；蒙蒙雾霭又将主峰与中景、近景分割为两大块，其间起承转合，虚实相生，层次井然，简而有序。踞画幅三分之二的主峰挺然自立，扪之若铁，击之若铿然有声，逼人气势，压顶而来，正如文同题范宽画所言，“孤峰露苍骨，疏木耸坚干”“冈原草木秀，溪谷云霞媚”，使观者顿生“高山仰止”之感。

此画笔墨劲健攒簇。山石、树干以挺拔而富于变化的线条勾勒而成；山石纹理用中锋垂直的短线点凿，造成光中有点、凹中有凸，阴阳向背、参差变动的奇异效果，使山石形貌产生了重量感、坚质感。此即后人所谓“豆瓣皴”（或称“雨点皴”）的妙用。而树叶、人物精勾细点，形象逼真，从群驴负重的蹒跚步履中，似可听见驴蹄嘚嘚之响，山溪淙淙之声，想见高山深谷中长途跋涉的艰辛；与主峰映照，确透出人与自然气韵的混茫一体，托出全画的雄伟气魄。要而言之，由于寓形似于“骨法用笔”，逼真地表现出山石的质感和重量，造成观者似真似幻的错觉；又由于采用虚实相生、简练大气的构图，酿造出元气淋漓、太阴雷雨、枯老劲硬、势壮雄强的独到境界。已故画家潘天寿曾说，范宽、董源等乃“是泄人文中之秘者也，其所作，可与黄岳峰峦、雁山飞瀑并峙”；“盖绘画与自然景物，合之，本一致；分之，则两全。”植根自然而又超越自然的艺术世界，正是一个似幻似真、亦幻亦真的奇妙世界。——“空本难图，实景清而空景现；神无可绘，真境逼而神境生”（笪重光《画筌》）。此揭出的，岂非正是《溪山行旅图》打动历代观者的个中三昧？

在山水画史上，范宽的意义是重大的。据载，唐大画家吴道子，一日内绘三百里嘉陵江山水，其豪爽疏朗之体貌未必来自写实；而李思训所画金碧山水属同一母题，却“累月方毕”，其刻画之迹当至为明显。晚唐五代至北宋的一大批山水画家却直面自然山川：荆浩隐居太行洪谷；范宽移居华山、终南，终日岩边林畔，徘徊凝想，朝观暮察，月夜雪天不忍离去，终于写出山川云烟惨淡、风月阴霁难状之景，为山水传神。范宽自称：“前人之法，未尝不近取诸物。吾与其师于人者，未若师诸物也；吾与其师于物者，未若师诸心。”“师诸物”即登山临水，师法山川；“师诸心”即画

《溪山行旅图》
中国画
[宋] 范宽

家心占天地，得其环中，山水为我所有，发山川之精微。这就是对景造意，求其气韵，创意自我，自为一家。“师诸物”可出“真境”，“师诸心”方得“神境”。元诗人鲜于枢有言：“荆、关以后世有人，几人能得山水真？宽也老笔夺造化，苍顽万仞手可扪。”可以说，“写真”正是范画感人至深的首要秘诀，此点为历代所一致称许。另外，从画史发展看，北宋山水画家普遍的写真精神，使山川形貌的表现由刻画走向繁密，此点早已由大书家米芾指出。他认为，范宽“晚年用墨太多”“势虽雄杰，深暗如暮夜晦暝”，看来是一个缺点。但现代山水画家黄宾虹却胜古人一筹，指出：“倪、黄逸笔，多学荆、关，由繁而简。北宋多画阴面山，黝黑如夜行，层层深厚，一变唐人刻画之习，求神似不求貌似。”原来正是从写真入手。“于实处取气”的“深厚”体貌，一洗唐人刻画之习，扬弃“貌似”获得“神似”，推动艺术向前发展；而元代倪云林、黄子久超规越矩、笔墨精练、意趣出常的“逸笔”，竟又从荆浩、关仝的“繁密”而来。当然，这中间有一个过渡环节，就是米芾、米友仁父子的“米氏云山”，以“点”代线，由繁趋简。此是后话了。

范宽仪态孤高超脱，行为疏放粗朴，嗜酒好道，往来于雍州、洛阳之间，落魄而不拘世故，一生未曾入仕，很可能是一位民间画家。在巨匠辈出的元人心目中，“宋画家山水超越唐世者，李成、范宽、董源三人而已。尝评之：董源得山之神气，李成得体貌，范宽得骨法，故三家照耀古今，为百代师法”（汤垕《画鉴》）。

1994 年 9 月

郭熙：山水意境的诞生

中国画步入北宋，深与诗文结缘。前有晋唐诗文的雄厚积累和相应的理论表述，后有帝王对画事的个人爱好与亲事操作。宋神宗赵顼就激赏郭熙山水，“一殿专褙熙作”，郭熙作为宫廷画师也因此被升格为待诏。徽宗曾对群臣说：“朕万机余暇，别无他好，惟好画耳。”他是据今画迹遗存所见，在自作画上落笔题诗的第一人。宫廷设翰林图画院，聚考画工，试题就有“野水无人渡，孤舟尽日横”“乱山藏古寺”等诗句。关于诗歌对绘画的影响，文人也多有议论，“诗是无形画，画是有形诗”（张舜民），是以画观诗；“终朝诵公有声画，却未看此无声诗”（钱鍪），又是以诗观画。正是这种诗画交融渗透的浓重的文化氛围，孕育了郭熙山水画意境论。

郭熙认为，画家的首要任务是对自然山水作饱含情感的审美观照。所谓“春山烟云连绵人欣欣，夏山嘉木繁阴人坦坦，秋山明净摇落人肃肃，冬山昏霾翳塞人寂寂”，乃是借彼物理抒我心胸的精神拟态，是情以物迁、心物交融的物感生成。山情即我情，山性即我性。“身即山川”的“步步移”“面面看”的情感观照，又必当导致画家墨落情生，“见其大象而不为斩刻之形”，“见其大意而不为刻画之迹”，摈弃客观细碎而瞩目于总体意象的审美把握；使人“看此画令人生此意，如真在此山中”，生出“景外意”“意外妙”。“景外意”“意外妙”就是景与情随、境与兴会引发的象外之象与景外之景，它是画家为观赏者提供的一种无限的精神空间。正是在这里，画境与诗境构成交合之点。基于对自然充满情感的审美观照，郭熙提炼出的“画题”有：“春题”一十八目，“夏题”一十八目，“秋题”一十九目，“冬题”一十五目，诸如“早春烟雨”“夏日山居”“秋山晚照”“雪中渔舍”等；此外又有“晓题”“晚题”等。作为山水画家的郭熙深知，画境不同于诗境，诗句中不关主旨者尽可一二字点过，而画中晴雨寒暑，阴阳晦暝，朝昏昼夜，随形改步，必当逐物措置，一一落实为视觉形象。所以，只有“身即山川”时“品意物色”“布列于心”，方可在落墨时“立意定景”“见之于笔”。这些“画题”不仅反映了画家观察自然的深细，而且道出了对山水审美形象的诗意把握。郭熙就常借古人诗句“感而生思”，催发山水画意境的生成。他讲：“余因暇日，阅晋唐古人诗什，其中佳句有道尽人腹中之事，有装出目前之景”，每当“静居闲坐”“万虑消沉”，就会看出“佳句好意”，想出“幽情美趣”，立定“画之主意”。至此，方可谓“境界已熟，心手已应”，“纵横中度，左右逢源”，实现山水画的意境创造。在《林泉高致》中，就录有郭熙“尝所诵道”的“有发于佳思而可画”的“古人清篇秀句”，诸如“行到水穷处，坐看云起时”（王维）；“远水兼天净，孤城隐雾深”（杜甫）以及本朝魏野的“数声离岸橹，几点别州山”，等等。对于郭熙这一“感思”的方法同样如同“触酶”一般，引领画家进入山水意境的创造，更何况“诗人兴象与画家景物感触相通”（沈曾植）。正是诗的介入，使画家在观察自然时形成一种独特的审美视角，而对山水审美意象的总体把握，又引发了“景外意”“意外妙”的探求。可见，郭熙追求的乃是山水画的诗的意境。这样，由于诗的切入，由“有声画”而为“无声诗”，山水画被诗化了；而山水画的诗境又构成文人画的一大特征。与宋徽宗画上题诗相比，郭熙实现的山水画意境的“画中诗”“是在画里面，画的心脏里，内脏里”（吴冠中语）。西人乔纳森·切夫斯基说过：“在中国，诗与画几乎是不可分的，并以种种方式联系在一

《早春图》
中国画
[宋] 郭熙

起。”山水画的诗化及其意境的实现，是这种“联系”的最重要、最理想甚至可以说是最高层次的一种，因为它是通过形象系统的建构所达到的完满表现。就此而言，郭熙在山水画史上的地位功不可没。

郭熙有《早春图》《窠石平远》等画迹传世，但后者似更能看到画家对诗境的追求。此图绢本墨笔横幅，开山水“平远”一境，整体看，远取其势，近取其质，左偏实、右近虚；质实者历历分明，势虚者冲融恬淡。左右两侧从底部起，沿各自的形态在两棵光裸寒树的顶端形成某种张力聚合，遥承虚淡的远空，正是郭熙“三远”之一“平远”中所讲的“平远之意冲融而缥缥缈缈”的“冲淡”境界；它更多具备了目力虽穷而情脉不断，由有限通向无限的文人山水画品格，它蕴含的浓重的玄远意味，展现出大自然自由无碍的境界，展露出人与自然的潜在语义。这无疑又呈现出绘画从尚形向尚意的转变。

山水画意境生成的内在机制，本出于诗、画边缘的双向超越，而诗人、画家身即山川，对自然作审美悟对时，又在“心物交融”上殊途同归。所谓“气之动物，物之感人”，“情以物迁，辞以情发”的物感说，讲的就是“天人同构”“以类相召”，就是人与自然的统一。

郭熙，字淳夫，河阳温县（今河南温县）人，生卒年不详。主要活动于宋神宗时，师法李成而有出蓝之誉，“得云烟出没，峰峦隐显之态，布置笔法，独步一时”，“晚年落笔益壮”（《图绘宝鉴》），受到同时和后代许多文人的赞赏，苏氏兄弟和黄庭坚等都曾为他的山水画题诗，引起很大反响；由其子郭思整理而成的画论《林泉高致》，是山水画史里程碑式的著作，标志着山水画意境的诞生和山水画理论的全面成熟，成为元人山水意境的前导。

1994 年 11 月

二米：以放易庄，以简代密

米芾、米友仁父子世称“二米”或“大小米”，他们以独特的绘画语言创造的烟云变幻、雾气空濛的水墨山水画，被后世称为“米氏云山”。

米芾（1051—1107）字元章，世居太原，后迁襄阳，终定居润州（今江苏镇江）；米友仁（1086—1165）字元晖，是米芾的长子。大米活动于北宋，小米跨南宋三十八年始殁。米芾妙于翰墨，书法“沉著飞翥，得王献之笔意”（《宋史》本传），在宋四大书家中首屈一指，有真迹存世数十种，而画迹殊少于世；友仁书迹存世不多，而画迹则有《潇湘奇观图卷》《云山墨戏图卷》等6件，后人所称“米氏云山”即指二米水墨山水画作品。

《潇湘奇观图卷》纸本水墨，纵19.7厘米，横285.7厘米，作于南宋高宗绍兴乙卯年（1135），时米友仁五十岁。小米在画的自题中说，他父亲居住在镇江四十年，曾在城东高冈筑“海岳庵”，画中烟云掩映下的透迤山峦、茂密丛林和平湖村舍，是他居住庵上所见实景，又说：“大抵山水奇观，变态万层。多在晨晴晦雨间，世人鲜复知此。余生平熟悉潇湘奇观，每于登临佳处，辄复写其真趣。”“潇湘”在旧诗文中多指湘水，属今湖南，小米居“海岳庵”而得“潇湘奇观”，是说曾游宦长沙地接潇湘的米氏，在后居镇江登临“海岳庵”时所见山川“绝类”潇湘奇观，是从旧日所见获得画境，据景会心，把多次观察体验所得，用以写目前云气涨漫，冈岭出没，林树隐现之真趣。诚如元代邓宇志题跋所言："细观米友仁《潇湘奇观》，笔墨温粹，点染浑成，信夫钟山川之秀，而复发其秀于山川者也。"此画烟云吞吐的独特景色，实出于妙意师真，又可见米氏云山真态盖出于江南山水。

北宋前期，山水画界实为北方画派执其牛耳，画中多为擎天拔地险峻峰峦的全景式山水，画法细密求真，以真境求神境、求气韵，至妙臻幻境，而震铄唐末五代的南派山水画家董源、巨然的影响，为荆浩、李成、范宽辈覆盖，显得后起乏人而一时寂寞。北宋中后期，文同、苏轼等大文人涉足画坛，这些诗文书画兼擅的"全能冠军"，其绘画审美观自别有蹊径。曾被徽宗召为书画学博士的米芾，就认为荆浩画作"未见卓然惊人"，而独赏董源"平淡天真""不装巧趣"的江南山水；他摈斥名噪宫廷的花鸟画师黄筌为"富艳皆俗"，而称道苏轼以怪奇无端的笔墨写"胸中盘郁"。这都是大米《画史》中的夫子自道。小米画继父风，在《潇湘奇观图卷》自题中也声言此画"写其真趣，成长卷以悦目"，是为"戏作"。可以说，追求"真趣"以"悦目"，通过"墨戏"以"写心"，正是其时文人画的审美观念。米芾是一位大书家、大画家，尤其是一位大鉴赏家，他的《画史》实为一部绘画审美鉴赏史，米氏云山所体现的审美价值与笔墨技巧，实在是对董源、巨然辈的历史再发现。此点明代南北宗论创始者董其昌讲得最为明白："米家父子宗董、巨，删其繁复"，"欲自成一家，不得随人去取故也"。又讲，"云山不始于米元章……董北苑好作烟景，烟云变没，即米画也"。这就不仅指出米画在山水画史上的革新意义，即对细密求真的北派山水画删繁就简，而且从笔墨技巧上梳理其渊源所自。这种变古创新、匠心独运，正体现了艺术发展的内在规律。

绘画语言作为一种艺术符号系统，因主体与对象的同构或差异而形成各自体系，而符号则是标示事物的代码。北派与南派山水均取法自然，其异同既是自然对象的也是主体心灵的。据孙祖白先生对小米真迹的研究，认为其画法要点在于水墨的积、染、破、分和浓、淡、干、湿的运用。横点点簇的山头以下，上密下疏；云气用淡墨笔空勾如芝草形，并以淡墨渲染；树木枝干大多用浓墨一笔画成，上以大浑点作叶；山脚坡岸用浓淡墨笔横扫，多数不加皴斫，且所绘多是所谓“夜雨欲霁，晓烟既泮”之际的云山景色，并非雨景。点簇山头号称“米点”的横点，是米家山水的独创，绘画语言的特殊“代码”。这种以“点”代线的手法，标志着山水画创作“以简代密”的转变，是对绘画语言新的开掘，对水墨山水画的发展产生了重大影响，后世议论极多。元代吴师道说：“书法画法，至元章、元晖而变，盖其书以放易庄，画以简代密，然于放而得妍，简而不失工，则二子之所长也。”后人学米画，恶墨乱点而一片模糊，便妄称“米氏云山”，然“二米岂大理石屏风哉，何今人之不善学米也！”（清王概《芥子园画传》）

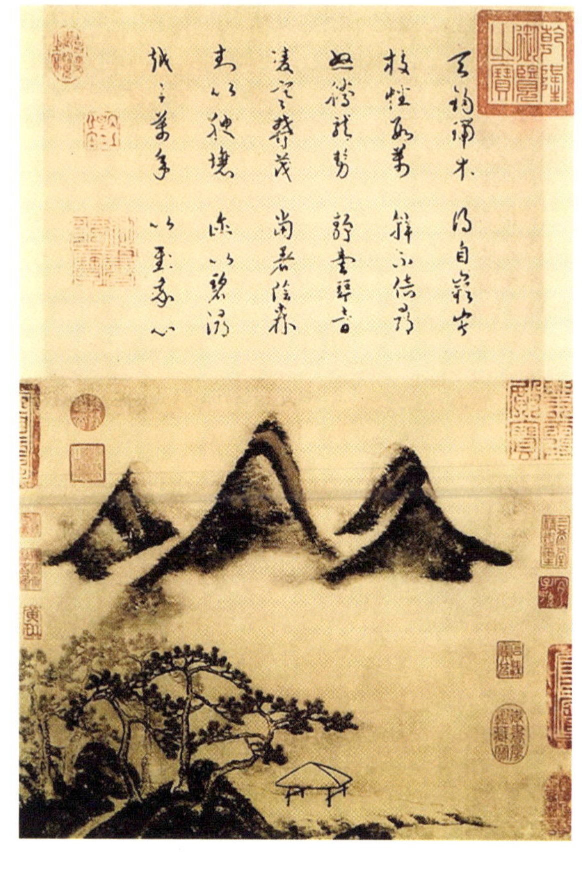

《春山瑞松图》
中国画
［宋］米芾

1994 年 11 月

马、夏：一角半边，方尺无涯

“马一角”与“夏半边”，是后人对南宋山水画家马远和夏珪的称谓。与北宋前期繁密的全景式山水不同，马、夏多取自然山川之“一角”“半边”入画，以简代繁，以疏代密，虚中有实，迷蒙旷远，以有限取无限，是一种精巧的诗意的特写山水，在中国山水画史上开创了新的格局。

论者向以李唐、刘松年、马远、夏珪为南宋四大家，而李唐是马、夏的先导。李唐以水墨为主，已开始局部取景，山石用“大斧劈皴”，枝干多用秃笔，造境苍古。至马远、夏珪，由局部取景发展到截取自然山水的边角之景入画，刻意剪裁，删刈笔墨，径趋简约。明代曹昭讲到马远的画时就说：“全境不多，其小幅或峭峰直上而不见其顶，或绝壁直下而不见其脚，或近山参天而远山则低，或孤舟泛月而一人独坐，此边角之景也。”（《格古要论》）我们看马远的《踏歌图》，这幅有人物情节的山水画，布局虽仍分近、中、远景，在取景、笔墨上却被大大简化——疏柳散竹取代了长松巨柏，层峦叠嶂化为瘦石削峰，对田垅溪桥间农民在阳春时节歌舞活动的刻意描画，既强调了主题的生活情趣，也冲淡了自然丘壑对观画者的心理压力。可以说，荆浩、范宽的北方山水，要旨在于展示自然山川的沉雄和伟力，观者的焦点在山川；而马远的山水画重在点缀山川映照下的生活情趣，观者的焦点在情趣的感受。适应这种变化，简洁的线条，刚劲如斧劈的山石皴纹，取代了披麻、豆瓣式皴笔的繁复和枝叶勾勒的细密，于精整中见浑穆，在简约中现苍古；取景简，用笔更简。至于表现幽崖僻涧一角，在梅花盛开下水中动态各异之野鸭嬉戏的《梅石溪凫图》，则创造性地使山水画和花鸟画得到完美结合，突出了自然生命的浑然一体。而《寒江独钓图》，更是显示马远简约风格的成功范例：江天空阔中，唯于渔翁垂钓之扁舟下微波数笔而已，形制之简约可谓“损之又损”，造境之独特，达到“含不尽之意见于言外”的境地，给观者留下丰富的想象余地。“千山鸟飞绝，万径人踪灭；孤舟蓑笠翁，独钓寒江雪。”（柳宗元《江雪》）此幅虽为人物画，意境却是苍茫无涯的山水世界。

形制简约、造境苍古、诗意追求，这些南宋山水画中出现的新

《梅石溪凫图》
中国画
［宋］马远

《烟岫林居图》
中国画
［宋］夏珪

格局，在夏珪笔下，于传承中又有增生；董其昌曾敏锐地指出，“夏珪师李唐，更加简率”，“其意欲尽去模拟蹊径，而若隐若没，寓二米墨戏于笔端”（《画眼》）。这是说，与李唐相比，夏珪欲尽洗对现实物象的模拟痕迹，力求在显隐有无的笔墨韵味中，呈露一种简率苍茫的意境。《烟岫林居图》是其代表作品。此图绢本，纨扇形，墨笔画，近景平坡窠石处树林一片，屋宇数间仅露檐脊，其间有曲折小路，蹒行一人；而远峰三二，侧立苍茫烟霭之中。画中多用秃笔，屋宇不用界尺信手而成，人物笔简神全。整体看，轮廓冲浸，水墨浑融，淋漓苍茫，咫尺千里。正刘泰所谓“夏珪丹青世无敌，远近浓淡归数笔”是也。

较论马、夏，其取景近同，均为一角半边，近景浓重，远景简淡，气势阔远。但马远多用尖笔，笔法爽利；夏珪多用秃笔，笔法苍润。马远山石多用大斧劈皴，刚猛劲利，线条清晰而较长；夏珪则大小斧劈皴、长短条子皴、点子与拖泥带水皴并用，造成冲浸模糊的苍茫境界。可见，马远笔法较为严整、工细，夏珪笔法较为简率、苍古，浓淡远近效果尤为突出，确能“方尺之楮，幻无涯之胜”，“使天地形色之妙，尽得于目睫，机动籁鸣，发胸中之灵秀，融为有声之诗”（元黄镇成《秋声集》）。“融为有声之诗”，是说夏珪山水画富于诗境，而马远亦然。

说到底，马、夏对自然物象“一角”“半边”的裁取，概出于对诗的意境的追求。在“梅石溪凫”“寒江独钓”“烟岫林居”“梧竹溪堂”等画题背后潜藏的，乃是在诗境参照下，对自然物象的有限选择、工致描绘和精心布局，是在有限的画面上传达出无尽的诗情，在细节的真实中表现出山川的神似，是一种精巧的、抒情浓厚的特写山水画的创造。有学者认为，它体现为宋元山水由“无我之境”向“有我之境”的过渡。我们看到，从北宋画院以诗句聚考画工，到南宋才算真正实现了这一创造性的融合，诗意追求走向自觉，“状难言之景如在目前，含不尽之意见于言外”，把中国山水画的诗意推向全面成熟，创造了前所未有的别一极高成就。 在董其昌以米家父子和倪云林为“南宗”骨干的同时，把马远、夏珪归为“北派”的中坚。马、夏绘画，还深刻地影响了明成化年间来中国旅游的日本画家雪舟等扬的山水画创作。

马远祖籍河中（今山西永济），生于杭州，南宋光宗、宁宗、理宗朝在画院供职。夏珪为钱塘（今浙江杭州）人，略后马远。马远画上题字多为宁宗或皇后杨氏；夏珪亦曾受宁宗赐金带。明王汝玉说，“宋之南渡，马、夏称首”，信然。

1994 年 12 月

夕阳远眺山外山

潘天寿被称为传统派大师巨匠之一。

《夕阳山外山》是潘天寿艺术全盛时期（1956—1965）的一幅山水画，作于 1960 年。其时年届 63 岁的潘天寿，思绪似乎又回到青年时代与弘一法师李叔同的交谊；也正是这个年龄，法师圆寂于泉州。当年李叔同的断发出家，曾给青年潘天寿以极大刺激，只是由于弘一法师的一再劝诫，他最终没有遁入空门；但出家的情结可以说笼罩其一生，直到晚年，他都与灵隐寺住持过从密切，并不止一次表达过出家的念头，特别是遭受世俗的打击时，他首先想到的是遁世。在潘天寿全部的艺术生涯中，道、佛与隐遁题材的作品占有相当可观的比例，从 33 岁的《观瀑图》到 63 岁的这幅《夕阳山外山》，都直接反映了这种心态。从 1942 年弘一法师圆寂到 1960 年，18 年过去，时至画家与法师圆寂的同一年龄——63 岁，且以法师《送别》诗作画，可以肯定，这是对法师的怀念，也是画家希企超越自身处境的一种自况。

《夕阳山外山》，指画浅绛写意山水。近景为杂树山居，中景之大山平岗有松柏寺塔，越过大空白为夕照中天外数峰；山居树丛中两株枯树挺立，各有枝杈如双臂分张，上承平岗左角虬垂之松树，而平岗右侧僧居隐现，佛塔矗立，直与山外之山遥相呼应；偏左底部粗壮的横线，右侧平岗极富变化的轮廓，上左高山的虚淡横墨，由粗至淡，曲折变化中远峰虚淡遥深，使画面于空灵静穆中透出生机。严整的构思也呈示出意欲摆脱枯败尘世而直起飞升的超然意象。这是一幅指墨画，即以指甲、指肉代笔，追求稚拙简古而不求细整，以似断似续的线条，粗细屈曲于点画之间。可以说，一反画家往昔苍悍浓涩的笔墨和奇崛迫塞的构图，在辉煌与沉静、简古与空灵中现出张力。加以画面恰如夕辉之浅绛渲染，而远山又仅染峰头，夕辉灿然。正所谓“天之涯，地之角”“夕阳山外山”。

《夕阳山外山》
指墨
1960 年
潘天寿

弘一法师曾有言：“一切世间艺术，如果没有宗教的性质，都不成其为艺术……靠着这不满足的精神，艺术去打开另外一个光华的世界。”而潘天寿也始终相信，艺术的至高境界，只能“从蒲团中来”。在那个境界里，有的是一种指向内在超越的人生定位，一种追求真实生命、终极意义的广大热情。而这一切，确让每一观赏者于《夕阳山外山》沉凝静穆、光华四射的境界中独有会心。

有人说：“要知道，真正的美，除了静默之外，不可能有别的效果……每当你看到落日的灿烂景色时，你可曾想到过鼓掌？”

2007 年 9 月

潘天寿：灵岩一角

当最后一笔夕照从窗际抹去的时候，柔和的荧光便来承继着署昼了。面对眼前这巨大的画案，他潜入了深沉的思索。

温州雁荡，天下奇秀。灵岩涧流，与山石曲折，随物赋形；山花野卉争妍，灼人眼目，依类赋彩。崖顶百卉垂艳，与岩涧相承，融而为一。

他身上已有几分燥热，毕竟青丝中分蘖出些许白发——终究是五十九岁的人了！但是，耳边分明回应着步履冲撞路石的清脆，有时竟至于是记记钝响，声声锤击；然而似乎又不见爆发，虽然那火花正将心壁烛得通体光明。

他步至灵岩涧一角。

万顷初阳，恣意泼泻，把这斗方山谷幻为一泓清水。在他的眼中，那苍润的巨石，无非是些似方非方的团块结构；而天然姿致的山花野卉，亦不外为清奇纯雅的点线组织。那该是粗拙与精微的极致，饱满与明秀的映照罢。他忆起三十年前蒙师吴昌硕《效八大山人画》“大石出花姿奇怪”的题句。这种执拗强项、生机勃然、非同凡响、不流甜俗的美学追求，正启示他未来沉雄奇崛、苍古高华的自家面目。这期间，他经历了“八大之奇”“石溪之繁”和“石涛之变”。他确曾说过：“凡事有常必有变：常，承也；变，革也。”何况值此50年代中期，际会吐纳有别，气象自然亦当不同；

《灵岩涧一角》
中国画
1955
潘天寿

造化人事，自非昔比。想到这里，他似乎真的陶醉于这充满神秀之气的灵岩一角了。

柔和的荧光伴着电流轻微的震响，光华驾着旋律在飞动：画室更显得静寂了。

当此之时，山川灵秀百物，乘其傲兀恣肆之时，咸来凑其丹府。他含毫命素，用积墨勾皴，赭色染石，浓淡墨块之间，配以胭脂山花，杂以石青为叶。两方巨石横镇上方，运笔直劈要害，显出方的苍崛和长的伸展。那妍艳的山花，与古润的浓墨为邻，在虚白的衬托下，有如闪闪烁烁的宝石，明眸似的向人凝视。正所谓造化美奇，透入性地，天真发溢，一时洒落。是的，中国传统的山水画布势，大多表现层峦叠嶂，就视觉形象的强烈感受而言，未能尽如人意。在这新的画幅中，他要以积墨之法写出雁山厚重之致；还要以强烈的分割、突兀的造型、特写的镜头，绘雁荡灵岩之一角，来表现这峥嵘壮阔的时代。末了，他以苍古的隶书，在虚白边缘写下画题"灵岩涧一角"，使画面布局更趋平衡。其后，又打开手边一册颇为精致的札记，看到了日前的一行随笔：

"荒山乱石间，几枝野草，数朵闲花，即是吾辈无上粉本。"

似乎这只是一点星火，犹有未尽之意。他沉想片刻，又重新写下了自己的创作感受：

"予喜游山，尤爱看深山绝壑中之山花野卉，乱草丛篁，高下欹斜，纵横离乱，其姿致之天然荒率，其意趣之清奇纯雅，其品质之高华绝俗，非平时花房中之花卉所能想象得之。故予近年来，多作近景山水，杂以山花野卉，乱草丛篁，使山水画之布置，有异于古人旧样，亦合个人之偏好耳。有当与否，尚待质之异日。"

他合上了札记。那封面分明有一行沉雄飞动的行书题签：

"听天阁画谈随笔　海宁　潘天寿"

时钟敲击了四响；天公发威，已将窗外涂得漫天玫红。

1985年4月

乡愁袅袅说《无题》

林风眠被称为中国画融和派大师巨匠之一。

他摒弃传统文人画笔墨程式，吸取其重神韵的本色；扬弃书法性笔墨而强调绘画性与诗境的抒情性表达；以充满力与速度的线打破以形式为主要标准的模拟，在色彩与造型的表现性中，呈现出某种粗拙与童稚的古典神韵。这幅在林画中少见的《无题》，既葆有上述特色，又别有异趣。

在这里，传统的笔墨（皴、擦、点、染）程式不见了，正方形构图取代了立轴或长卷，繁复多变的现代用色取代了古典绘画的浅绛青绿。中心为众多树木环绕，树木本身的自然形态也大多变形，山石的轮廓也大为简化，满是深浓怪异的迫塞之感中，于当心别开一境。这里尤其值得注意：其一，庭院中之松、竹、柳、芭蕉以至桃花、杏花等共为一时，并列呈现，令人想到王维画《袁安卧雪图》，以桃、杏、芙蓉、莲花与雪中芭蕉同入一景而不问四时。所谓“得心应手，意到便成”，“当以神会，难可以形器求也”。想来林风眠于此当有会心。其二，画幅中心体现画旨的庭院配置，则完全是传统布局“以大观小”的构图程式，即沈括所说画山水前山、后山、溪谷尽可重重悉见，画屋舍中庭、后巷以及人事自当面面尽现。科学家论画不讲“科学”，向以“科学”法“仰画飞檐”的李成挑战。此中奥妙生当现代的林风眠亦当自有领悟。我们在《无题》

《无题》
中国画
林风眠

表现的强烈的绘画性中感受到了这一点。其三，构成骨架的白色线条充满儿童画幻想的天真，刻意而用心；色彩则率意地彰显中国寺庙壁画的粗拙浓烈，甚或马蒂斯的尽情挥洒。那房屋、门墙、树木的白色细线，那山石、树枝树干与天空之布色的浓密与拥塞，都彻底将笔情墨趣、计白当黑一类传统绘画程式扫荡一空。最后，画中心有五个人物为两组，个个形同蚱蜢，状态天然而文质彬彬。左侧三人中淡色裙装者为一女性，相对二人似为男访客；右侧二人中着深色裙装略显驼背者似为一老年女性主人，相向则似为一中年女访客。或为远亲久别，或为挚友重逢，女性主人多显恭谨，而三位访客则颇多热情。那远逝岁月的乡音溢出画外，流露出画家对往昔的温馨怀恋和久别重逢的沧桑之感。这些真正神态毕现的人物，与传统绘画（尤其山水画）中人物笼而统之的勾勒点画相比，已面目全非，更与传统人物“小照”之类迥异其趣了。这才是正儿八经的“传神写照”，却并不“尽在阿睹”之中。

这幅作者自署《无题》之作，虽留给观者充分的想象空间，仍不妨姑且题之为《山居客至图》，依然是个传统画题。如此充满南国情调的画面，乡情依依，酷似画家对往日生活的回顾与追怀。

2007 年 10 月

意境滂沛赵无极

艺术没有疆界。不是吗？欧、美、亚、拉美等诸多地区举办过他的个人画展；法、英、美、日、意、西德、奥、加拿大、巴西等国的博物馆和美术馆都收藏他的作品。他——法籍华人画家赵无圾，以其独特的风格、高妙的手法饮誉国际画坛。

赵无极的抽象抒情风景画，提取自然的精髓，借助抽象的意象，把中国传统的书法运笔与现代绚烂的油画色彩挥写结合，传达出现代艺术家的独特感受。在艺术家的眼中，自然物象完全成了发挥主观意兴与情绪的手段，而其灵魂，则表现为故国传统的诗情。难怪法国现代美术馆馆长贝尔纳·多里瓦尔这样说道："本质上是中国的，某些外貌是现代和法国的，赵无极的绘画成功地创造了最赏心悦目的综合。"

在中国传统诗歌中，既有精描细刻、委婉曲尽的客观绘写，也有银河落地、大河奔腾的主观抒情。赵无极抒情风景画的美学风格正是后者：大笔挥洒，气势恢宏，绰有余裕而略无壅塞。盛唐诗人李白曾这样表达他登临庐山展望大江的感受："登高壮观天地间，大江茫茫去不还。黄云万里动风色，白波九道流雪山。"它完全摆脱了真实空间感觉的拘束，从总体抒写的角度，以大胆的想象和夸张，突出了山川的壮丽，展示了诗人壮阔的胸怀。与白居易的"江水细如绳，湓城小于掌"相比，迥异其趣。在这里，李白不仅舍弃了山水波涛的一般细节，甚至也舍弃了山水本身的具象形态，而只抓住客观对象的精神特质，用远镜头的大场面，或渴笔飞白，或大笔泼墨，准确而生动地抒写出它的气势、精蕴和涵容其中的诗人的精神境界。“日落沙明天倒开，波摇石动水萦回”“万里浮云卷碧山，青天中道流孤月”。唐代柳宗元流寓湖南永州，写有著名的《永州八记》，其首篇《始得西山宴游记》中有这样一段：“其高下之势，岈然，洼然；若垤，若穴。尺寸千里，攒蹙累积，莫得隐遁。萦青缭白，外与天际，四望如一。然后知是山之特立，不与培塿为类。悠悠乎与颢气俱，而莫得其涯；洋洋乎与造物者游，而不知其所穷。”这是登临最高处展望所见。山之高下，谷之幽深，溪之低洼，若小穴，若蚂蚁窝之土堆，尺寸之间，如同千里。四周景物，尽收眼底。景物之青白二色，与远天相接，四望如一。悠悠然与浩气同在，无边无际；自在地与大自然漫游，而不知所终。——这岂非一幅绝妙的抽象抒情风景！如以此作画，国人必当瞠目结舌，视为异类！这些诗句文句岂不酷似赵无极那些“帆布油画”所表达的审美境界吗？“意气相倾山可移”“开心写意君所知”。而它们所反映的也正是对总体形象的挥写，正是赵无极抒情风景画的灵魂所在。正所谓“意境滂沛”之谓。

然而，赵无极的抽象抒情风景画，何以又使我们感到陌生而有隔膜呢？

区别于诗，作为造型艺术的绘画，形线与色彩本身正是它的“语言因素”，在某些艺术家笔下，它甚至可以直接构成表达感情的因素。从某种意义上来说，绘画与音乐相似，因为二者都是感情的传达。“部分地由于在这两门艺术里内心生活的表现都占较大的比重，部分地也由于对材料的处理相类似。”所以，“在材料的处理方面，绘画可以越过边境进入音乐的领域。”黑格尔这里讲的“材料的处理”，主要指色彩的运用。“到了着色的技艺发展成为一种色彩的魔术时，客观的物质仿佛开始在消失，它的效果几乎不再是通过物质的东西来产生的。绘画在发展过程中终于达到了外形的解放，外形不再黏附到自然的单纯的形体上，而是可以在自己的活动范围里自由独立地发挥作用，显示出外形反复映照的游戏和明暗色调的变换”。可见，描绘外在的形象并非绘画的唯一内容，表现内在的情感却应该是绘画的主要任务。如同音乐中的旋律与节奏，绘画中的形线与色彩，同样是艺术家表达自身内心情感，与欣赏者沟通心灵的媒介。它已不再是客观物象的复写，而是反映在作品里的艺术家的心灵。从某个角度看，西方某些现代派画家对性灵的探索，正与中国文人画家对意境的追求异曲同工，赵无极也不例外。

早在南朝宋，宗炳就曾提出山水画在于“畅神”“形由神作”这样一些重要观点，把山水画理解为主观精神的抒发。他晚年老疾俱至，遂将平生游履图之于室，谓之“卧游”，且曰：“抚琴动操，欲令众山皆响。”莫非形色点染施之旋律、节奏？音、画相通，古亦然之。到明清的石涛、朱耷以至扬州八怪，形似便被开始忽略，主观的意兴得以强调，并且艺术家的个性特征也空前地突出了。所谓“法心源”“写意”“不可以形似求之”，讲的都是这个意思。赵无极近二十年来特别注意研究故国文化艺术遗产，从谢赫的“六法”到石涛的《画语录》，从战国帛画到扬州八怪，对他都有奇异的吸引力。赵无极的许多“帆布油画”——抽象抒情风景并无题目，然而无“题”却有“意”，显而易见，画家所表现的，是某种受到情绪的激发或哲理的启示，经过洗练、纯化，进而扬弃了表象的自然，其中灌注着勃勃生气，洋溢着作为现代艺术家自身的思想感情。当代法国评论家马尔什索曾认为，赵无极所创造的“既不是中国画”，“更不是法国画”，“这位画家的企图，想表达他概括了内心敏感的体验，以沁人的重音，来增强富于生命力的创作。在这些巨幅构图中，其色彩的表面，保持着旋律的平衡，使群山、海洋与江河，如镜子般融合着苍天”。并且借克劳台的话总结道，这些抒情风景画可以用“眼目倾听”。赵无极的《10.3.83》，就具有这种特征：黑云蔽天，飓风走石，大地上的生命正经受空前的浩劫。它使人想起《庄子·齐物论》中南郭子綦所描述的那种大块噫气，万窍怒号的“地籁’，引人进入视听感通的审美境界。

赵无极的抽象抒情风景画，是“形诗”，也是“音画”。赵无极的老师吴大羽讲得更好：“绘画是艺术家心灵深处诚挚的、热情的倾吐；它是诗，是美的，有着自己独特的语言。”至于他的另一位老师林风眠，对李白和王维诗的爱好，更是尽人皆知的事实。诗如一粒结晶，灿然一体，巧夺天工。诗以水天一色、群鸥历乱般的意象映照人们的心境；也以狂放淋漓的兴会、腾跃飞奔的激情点燃人们的心灵。赵无极的抽象抒情风景画，可以说创造了独特的诗的美学风格——“天风浪浪，海山苍苍”“行神如空，行气如虹”（《诗品》）的中国传统的浪漫诗情。因此，它具备了粗犷、激荡、运动的美学形态。如果不取“意气”，不以“心会”，“帆布油画”中那些团团块块，丝丝缕缕，纵横挥洒，虚实相间的色彩，粗如大帚过

帆布油画
150×162cm
1976
［法］赵无极

布，细如金针密走的笔触，或渴笔飞白、如屋漏痕，就无法理解了。赵无极回顾自己画风转变时曾说：“我的画变得认不出了。画面上不再有静物和鲜花。我倾向于一种任凭想象力驰骋的、无法辨认的挥写。”这种对“挥写”艺术效果的追求，正是中国的水墨山水，特别是写意水墨山水的一个特色。看来，充溢他内心世界的，仍然是故国乡土的精神气候；回荡在我们耳边的，依旧是中华民族传统的诗唱歌吟。

1986 年 8 月

从容细说刘二刚（五题）

发唱惊挺　操调险急：二刚壮美风格一例

1999年底，二刚调入南京书画院前，有一个相当长的困惑期，在此期间创作了一批深刻感人的作品。《公无渡河》即其中催人肺腑的一幅。用他自己的话说，那沉沉的画幅，那公之恐人的形象，那竖立的河水，歌之逐之的悲壮场面，“直是你那时的化身”。此作母题源自汉代古诗乐府《箜篌引》。据晋人崔豹《古今注》：“有一白首狂夫，披发提壶，乱流而渡，其妻随而止之，不及，遂堕河而死。于是援箜篌而歌曰：‘公无渡河，公竟渡河，堕河而死，将奈公何！’声甚凄怆，曲终亦投河而死。”《古诗源》编者沈德潜有言：“汉人每有此种奇想。”奇在诗确非指实。似在说，当人生之某种关节点上，身处歧路或某种困境与艰难，非全身家性命

《公无渡河》
中国画
1990
［当代］刘二刚

拼之一搏，无以定位或突围。其寓兴寄托显而易见。整幅画催人泪下——那大张的旗面上满写着勇毅、奋励和决绝。岂止粗服乱发，更似急管繁弦，坌乎其气，煊乎其华，发唱惊挺，操调险急，惊现于其画中少见的“壮美”风格，“直是你那时的化身”。“那时”如何呢？那时“山重水复疑无路”。即或从“一线天”艰难穿过，“走过一山又一山”仍难免不断“回头看看”，总觉“火候未到”；面对无尽“门”墙，直是森严壁垒，“敌军围困万千重”亦不免“歧路”歌哭……于是有司马迁《报任安书》发愤之辞书之座右，同乡刘鹗《老残游记》“自叙”中“八哭”之语悬之遗兴——盖忧艺事之半途而废也。应当说，这种压力并非来自读书，而是直接来自人生之阅历；正是传统的忧患意识，长期以来促成中国知识分子思想的升华。于是“以少年时代的心志刻苦自励，忘怀得失”（二刚语）。刻意化约琐碎细节，损之又损，将传统绘画中诸多元素压缩简化，终于完成了语境和符码的转换，使作品获得了强烈显著的个人印记。所谓“歪瓜裂萝卜”，“孤孤拐拐自有性，娉娉婷婷我不能”，盖有以也。于是有《风筝断线不下来》《小大由之》《治大国如烹小鲜》《指鹿为马》等具有高度现代文化综合性特点的作品问世，而其母题则大多发于传统。那断线而不肯下来的风筝，那意欲去掉“小大”而径取“由之”的境界追求，那“烹小鲜”而“乱翻不得”的寓意，“指鹿为马”也被翻新为“皇帝的新衣”。谁说二刚“不关时事”？这些话题就都显得有几分敏感而尖锐，也都涉及现代文化中的心理图式、文化模式等等

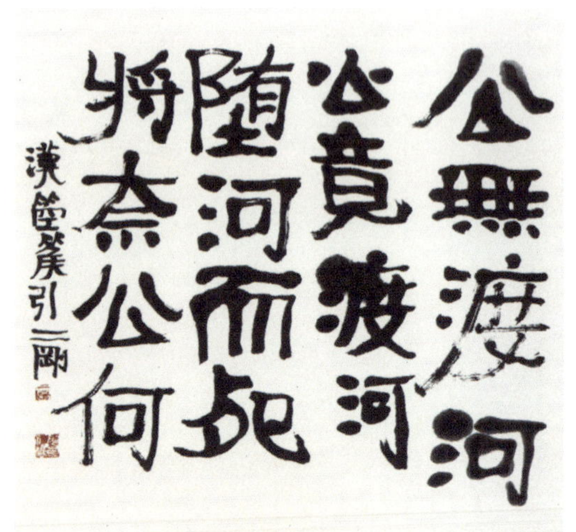

《公无渡河》
书法
［当代］刘二刚

“动能”的复杂性。简言之，传统绘画是抒情（或叙述）的，而现代艺术（尤其现代诗歌）却是间接的、迂回的。鸽子不被牵制，鸽子要是到了真空中，就能够更加自由地飞翔；然而，空气的存在降低了鸽子的飞行高度，恰恰是由于这种阻力，鸽子的飞翔才成为可能。不理解这一点的鸽子是愚蠢的。如果艺术不能成为它同时代不可或缺的东西，不能传达艺术家的苦恼与不安，那它就真成了一堆垃圾。然而，艺术家是面对商业化的力量，面对政治权力，始终追求自由，追求不可能实现的自由的人。爱伦堡曾说：“所谓创造性艺术，是与苦恼相连接的，我不相信没有经过太多悲哀的艺术家。”

公勿渡河，公竟渡河！一位深富现代文化意识的艺术家，径自周秦汉魏勇敢地向我们走来。于是我们看到，那“怪石中，一老翁”，正背负“十年一结实”又只有“内行知之最甜”的“歪瓜裂萝卜”，迎着“逆风”，也不时幽自己一默地站在我们面前；怪怪地，羞赧地，令人发噱，也让人静虑，更让人没完没了地端详，随后是放怀大笑，歌之哭之。

柔情万般风雨中：《松竹》解读

“高山险径，一人独行”的刘二刚，向以追求“歪瓜裂萝卜”之陌生化审美效应为其价值取向，而这幅《松竹》，从立意题写到笔墨经营，都表现出少有的抒情传统的意境创造。画面有他惯有的省减笔墨。松干破水破墨，枯润相间，笔墨淋漓散淡之间，丰致蔚然而潜虬直上；修竹亦多合《竹谱》之布叶诸式：四笔新花发，三笔金鱼尾，二笔如燕之初翔，一笔则宛然偃月悄然梢头，婷婷袅袅，径与老松枝叶相呼。清影摇风，柔情万种，绝似一首抒情小诗；那意味与感觉，又像古人那些即兴手札。由于即兴，能率意而为，真性发露；出于率意，故沉着潇洒，欹侧生姿，正米芾《德忱帖》所谓“甘贫乐淡，乃士常事”。士能甘贫，故能乐淡；清明恬淡，似水柔情，松竹依依，一生相伴。二刚尝谓“小画看情趣”，此之谓也。

画题云：“老树如奇士，修篁似美人，由它风和雨，相伴共一生。”然一生风雨之中，又涵蕴多少红衰翠减，阴晴圆缺！一曲《江城子》，让尘满面，鬓如霜，饱历人生风雨的眉山

《松竹》
中国画
［当代］刘二刚

苏轼肝肠寸断，如泣如诉地唱尽对爱妻王弗的百般思量。此为宋神宗熙宁八年（1075）苏轼因政见与人相异离京下任密州太守，妻亡10年后“记梦”追思之作。其时因蝗灾苏轼已“斋厨索然”，常“循古城废圃，求杞菊食之”。哲宗元符三年（1100），赵佶即位。因“乌台诗案”已流窜岭海七年，死生契阔，丧亡九口，65岁的苏轼遇赦北移，登琼州澄迈通潮阁北望，中原连山如杳杳一发，又是何等感慨：“余生欲老海南村，帝遣巫阳招我魂。杳杳天低鹘没处，青山一发是中原。”此后北移中又于雷州会秦观，白沙晤米芾，至次年七月热毒转甚，终绝命常州。

小苏轼八岁的苏门大弟子黄庭坚，亦罹党争之祸，贬黔、戎六年获赦；苏死二年后登上岳阳楼眺望君山：“投荒万死鬓毛斑，生入瞿塘滟滪关。未到江南先一笑，岳阳楼上对君山。”“投荒万死”！这是怎样的人生煎熬。这就是后世声名显赫的诗人、画家、书家的人生际遇。

情与爱是古今中外艺术中最富人情人性的主题，是人性自由表露的形式；钟情者总是在寻求表达自己情感深度的强烈方式。由于

非人力所可逆转的灾变，这种追寻常常使情爱的表达趋向激化，使艺术家之善与道义的光辉突然明亮起来，发出来自肺腑的呼号。那“风雨相伴共一生”的自抒情怀与几多期许，想必又历经几番风尘夜雾，几度骤雨穿林……虽比古人平和，然内蕴当尽在不言之中。

人生自有情难死。那是永恒的人性之谜，永难破解的人生密码。少女为失去爱情歌唱，守财奴绝不为失去金钱悲歌。将人生风雨中的无尽波澜化为艺术，乃是艺术家的宿命。就此而言，请刘君休言“小鱼入网无妨碍”——若“竭泽而渔”呢？更莫说“十级台风大树倒，奈何小草”——还有“放火烧荒”在候着！说到底，只有徒唤奈何。所以，还是俄国革命家赫尔岑说得好：“艺术，和如同夏日闪电般短暂的个人幸福，这是我们真正拥有的两样好东西。”不知刘君以为然否？

混凝土丛林中的荒天绝叫：《废墟》小言

现代生活的沉重压力，让受困的城市居民，把自己生存的这个拥塞不堪的世界，比喻为“混凝土丛林”。眼见得豆瘢似的点点“绿地”日见其枯绝，幼儿园教师只能领孩子们到城郊蔬菜大棚去“采蘑菇”，以重温永逝不再的岁月的美梦。自然的魅力原本来自生命的魅力，作为地球上的生命体，人只有与自然和谐才有尊严，在与自然相接中心灵才会充盈。然而，正是物质革命造成巨大的生态灾难，它不仅在熄灭艺术纯真的声音，也带来人类内心渴求的无奈和文化荒漠。当人类一旦觉醒到“梦想成真”后的悲哀，那面对的就只有“世界末日”了。近报，一些外国游客将作“末日旅游”，已知若干年后冰山冰盖将全部消失，海平面上升，要匆忙到极地去赶场；扎堆结伙，急不可耐，他们都将去，他们会在那里看到什么呢？

远天在夕辉中低沉下去，仿佛余烬熄前的闪烁，殷红的斑驳在作最后的告别；一轮苍凉的太阳悬置半空在冷漠地凝望。那是极地冰山还是巨大灰色的混凝土板块？顷刻瓦解倾覆，发出核裂变般电搏雷击的轰然巨响，蘑菇云似的烟尘水雾随之弥漫开来，尔后是死一般的沉寂，只有那面破烂得不成形状的旗帜在飘拂……这就是艺术家“半梦半醒”中“遥想一百年后”的“末日”景观。想必那些后现代工业的组成元素——方尖板块的几何形构件，永无止息的毒绝一切生命的臭气，寸草不生的混凝土森林，还有那物欲永无止境的疯狂追求，映现在画家心目中，正是这幅灰冷、颓圮而了无生趣的世界图像。就此而言，这幅画可谓一个寓言，一种警示，一声绝叫！是对生态危机的万般忧虑，也是对人类生存前景的慈悲心怀。《废墟·遥想一百年后》作于 1993 年秋。同年中秋前二日，二刚有书幅“画从半梦半醒授，诗向大悲大觉来”，边缝有题：“凌晨窗外虫声一片，繁星点点，不知老之未老，客中有得：将军庙神来启我、催我、助我活命之法，恍惚无形。”画家在另一处曾说：“佛法讲业（孽），业是自作自受的，贿赂法官，讨好上帝都没有用，惟有靠自己去消除，可是大部分人都不觉察。”其心迹于此可见。两千多年前中国的列子有言，“人未必无兽心”。那就是说，只有人类才有作恶的能力。然天地为万物之母，故庄子谓“无以人灭天，无以故灭命，无以得殉名”（不要用人事去毁灭天然，不要用造作去毁灭生命，不要用贪得去求声名）。可否有人以为，这是用死人和文化古董在拖“进步”的后腿，对人类向“幸福”迈进的步伐叫停？追求安逸、满足物欲未必是文明的特征，人的终极幸福也

《废墟》
中国画
1993
［当代］刘二刚

未必与物资的绝对占有相关；节省了汗水，逃避了辛劳，也就丢弃了爱、优美、健康和愉悦。说到底，人类未必一定就是进化的最终胜利者。生态危机也是精神危机。我们万万不可忘记今天的资本巨头两手拿的都是算盘，他们早已习惯于冷酷地面对穷人的灾难和死亡。既然人类的命运系于人自身，那就让我们尽早远离“梦想成真”后的悲哀吧！大物理学家爱因斯坦曾有言：“我强烈地向往着俭朴的生活。我从来不把安逸和享乐看作生活目的本身。人们所努力追求的庸俗的目标——财产、虚荣、奢侈的生活——我总觉得都是可鄙的。”

早在20世纪70年代，意大利著名社会活动家贝恰创建“罗马俱乐部”，与日本佛教思想家池田大作不断致信世界各国政要，为21世纪“生态危机”敲响警钟——物质革命造成价值空白，人类必须走出技术社会的恶性循环，否则，报应会降到我们头上，现代人会在物资丰富中灭绝。笔者最近在《中国当代画家丛书》第三辑曾经见到画家孙景波的一幅油画作品：《关于后现代人类生态问题的恳谈会》，画面以达·芬奇《最后的晚餐》的焦点构图，将耶稣、孔子、释迦牟尼、穆罕默德以及甘地、马克思等人集中一幅，从另一角度表现了与刘二刚《废墟》相同的主题。艺术家的良知，还让人想到毕加索。20世纪的1937年4月26日，西班牙一个只有7000多居民的格尔尼卡小镇遭德国纳粹轰炸，死伤2500多人，市镇化为废墟。毕加索以立体主义的变形和平面分割的画法完成大型壁画《格尔尼卡》，用黑、白、灰三色，“以隐喻性的情节和近于超现实主义怪诞夸张的形象”(钱景长语) 揭露战争的残暴和屠杀的恐怖，成为20世纪世界性灾难的纪念碑式的作品，如今已成为联合国的宏大壁饰，用以警醒来者。就此而言，二刚的《废墟》也好，孙景波的《恳谈会》也罢，同样面对的都是本世纪灾难性“生态危机”这一重大主题，是富有人类良知的艺术家对重大现实问题的回应，一种深切关注，一种危机感。

《玄武湖晨练》的组织艺术

汉末学者高诱在注《诗经》“执辔如组”时讲：“夫组织之匠，成文于手，如良御执辔于手而调马口以致万里也。”组织的艺术，如同诗文的结构艺术，绘画的经营位置，使之有序，皆称“组织”；而善于“组织”的艺术家，如同善执嚼辔的驾车人，完全可以调控马匹使之奔驰千里之外。被谢赫列为“六法”其五的“经营位置”，说的就是画面的组织、排布和序列。迄清以降的石涛、八大、金农以至近代槐堂诸人，或鉴于人生遭际，或出于个性表现，良知发露，天赋沛然，冲破画史诸家陈陈相因的结构套路，画面组织开始出现多姿多彩的复杂变化，使审美视域出现大扩展大解放。时至今日，现代生活的巨变和审美趣味的多元，更是催发了画家对

《玄武湖晨练》
中国画
［当代］刘二刚

艺术性的独特追求，笔墨之外，画面的组织艺术已然成为求新求变的重要支撑。

刘二刚《玄武湖晨练》，在这方面确有卓异表现。

从画面看，晨练者似在湖中陆地，环洲依依杨柳，湖中莲叶田田，不同性别不同年龄的晨练者，或太极相向，或依木展肢，挥剑起舞，辉发腾踏，如欣欣向荣的生命之花。人物大体可分为相互依托的三组。左侧一组为树下三人，形象由大至小，呈现为由近及远的空间系列；中间下部两列五人为一组，三二相向，由孩子至中老年妇女，一种因年龄由小至大的形象分别，明显地表现出年龄（时间）的次第排布；上部有一老者，如天外飞来，形象巨大，訇然而至，挥臂舞剑，腾踏而起，成为触目的画面中心；与右上角年轻舞剑者呼应，将前两组空间与时间的组合瓦解而勾连，打破平衡对称，构成有机整体。设若把天外飞来的老人视为历史，与自然天候相应，那么这一画面实际上表达的是一种历史与现实的联系，时间与空间的相对，以及它们无法分割的整一性，生命文化的浑然一体。此时和彼时，此地和彼地，此物和彼物，此生和他生，在这幅画中交融为一，造成观者的远想近默，诗意和沉思。所谓“连林人不觉，独树众乃奇”，似乎苍然拔地的“独树”正可消解人们“连林”而至的审美疲劳；“独树”者，独树一帜、只此一家之谓也。二刚在画面组织上的这种惨淡经营，正表现出一位现代艺术家良好全面的文化素养。不知各位看家是否以为有过褒之嫌?

时空相对整一观念的表现在传统诗歌中早有前车。初唐诗人陈子昂有一首人们耳熟能详的《登幽州台歌》：“前不见古人，后不见来者。念天地之悠悠，独怆然而涕下。”美国斯坦福大学刘若愚教授对此诗曾做过如下分析；把过去说成在他前面，把未来说成在他后面。他是向后转以后向着“过去”走动，因此“古人”在他前面，“来者”在他后面。在无限的时间与无限的空间背景下，他既看不见前者，也看不见后者。这就导致一种广大无边的孤独感。“悠悠”一词，既含有时间的“长度”，也含有“空间的”宽度。这种观念也为现代诗人继承。试看诗人卞之琳一首诗中的前两句："独上高楼读一遍《罗马衰亡史》，忽有罗马灭亡星出现在报纸上。"据 1934 年 12 月 26 日《大公报》报道，英国天文学家发现，一颗新星异常光明，估计约距地球 1500 光年，其由爆发而至突然灿烂，当远在罗马帝国倾覆之时，直至今日，其光始传至地球。就是说，罗马帝国灭亡时爆发的星光，历经 1500光年，时至 20 世纪 30 年代某一瞬间，才投射到正在高楼上读英国历史学家吉本所写《罗马帝国衰亡史》的诗人头顶。这不正是对爱因斯坦时间与空间相对关系的诗意诠释吗？此诗为卞之琳代表作之一，题目就名为《距离的组织》。多年来为评论家争论不休的时间艺术、空间艺术、焦点透视或散点透视，至此似乎也应转换一下话题了。善驾的二刚好像让自己的马跑得也太远了。

《玄武湖晨练》应作于 1999 年二刚调南京书画院之后，玄武湖即其院址所在。场景当为作者习见，题材也非常现实：那年高德劭者沉潜爆发之力显示的浪漫，那众多绝无懈怠的生命之欣然鲜发。笔者长期蛰居北国，遥想金陵的梅花放得火烈，绿柳垂荫也随之而至的时刻，北地尚是冻土始苏万木待荫的季节，关于这座历尽沧桑劫难城市的远想便油然而至。自战国楚威王置金陵邑，至秦之秣陵，东吴建业，晋、宋、齐、梁、陈之建康，南唐江宁，以至洪武之南京，由榛柸茅茨而人文华奂，终成"江南佳丽地，金陵帝王州"。然而，当卷地黄尘中铁骑自北驰骤而至，那历朝末代帝王们便只有延颈受戮死于非命，或仓皇辞庙，转烛飘蓬而归为臣虏，只能于梦中再现昔日琼枝玉树、凤阁龙楼了。至于 1937 年 12 月那场血洗，更是留下了永难抹去的历史伤痛和至今无法驱散的历史阴霾……

腾跃而起的老人，那是历史生命复苏的深沉和活力；而稳健专注的晨练者，更显当今这座历史名城的无尽潜力与鲜活。

人物小品系列："三忍"发微

1922 年 2 月 12 日，北京《晨报副刊》载毕署名巴人的《阿 Q

正传》。阿Q短暂的一生，怯懦，贪心，无知，无骨气，骑墙，欺弱怕强和他的“精神胜利法”被表达得淋漓尽致。在小说连载的两个多月里，每发一章，即引起许多人紧张，总觉写的就是他自己，疑神疑鬼，以为所写都是他的隐私。可见鲁迅用他“穿掘灵魂深处”的笔，画出的正是一个“国民的灵魂”。

在小说终局，这个并不“团圆”的“大团圆”中，作者把阿Q给毙了！死到临头的阿Q，捏着笔只是抖，一抖一抖地把圆圈画成了“瓜子模样”，直到最后喊出“过了二十年又是一个……”，无师自通地说出这“半句”从未说过的话；同时就听到“豺狼的嗥叫”般的一声“好！”这叫“好”的是看客，围观行刑的人，他的麻木不仁的可爱的同胞。“过了二十年又是一个”，“一个”什么，“好汉”么？怯懦无骨的阿Q有这个胆么？鲁迅先生极妙地用了个省略号，去让他的同胞猜想——那没有说出的，也许正是阿Q自己。这是小说中阿Q最后的一次“精神胜利”。阿Q的肉体早已溃灭，然而其“精神”却至今不死。

“过了二十年又是一个”。八十多年过去，“精神”不死的阿Q，该第几世了？我们在现代作家的作品中，可以不时地看到探头探脑的阿Q；而在画界，虽不多见，却仍有现身。在二刚以人物为主的众多画作中，阿Q就再度抛头露面，那正是阿Q“精神”的现在时。

二刚在不同时期画有《今天且不与你论短长》《伸手莫打笑脸人》《惹不起，躲得起》等三幅作品，这一组画作似乎都贯穿一个“忍”字。我们姑且称之为“三忍”系列。“今天且不与你论短长”是“退”而忍之；“伸手莫打笑脸人”是“屈”而忍之；“惹不起，躲得起”是“避”而忍之。“退”也好，“屈”也好，“避”也好，当然只能是暂时的退让，屈就，逃避，然而矛盾并没有解决。设若对方不依不饶，“且”不过去该当如何？当“笑脸人”的巧滑被一旦识破，大巴掌扇了过来，有勇气举起拐棍么？狡诈的狼固然不会爬树，但可以来个“守株待人”，难道要在树上等死不成！

退一步说，即使“且”了过去，未遭打，狼狈退去，也都是暂时隐忍的得过且过的“精神胜利”，矛盾并未得到最终解决。读者须知，这种“隐忍”的得过且过对国人来讲是极奏效的。既然矛盾一方能克己忍耐、忍辱屈就，就使矛盾另一方也许会作出“得饶人处且饶人”的妥协，于是尖锐的矛盾化为“温吞水”“牛皮糖”，消解了刺激与锋芒，终至双方都现出圆熟老到的自足自得。这该是中国文化保守性的一个重要方面。为了使问题更加清晰，不妨看看西方学者的见解：“中国人由于这种社会逻辑和他们的历史，他们像怕瘟疫一样回避公开的敌对行为。”“他们尽可能避免直接的对抗，如果需要的话就间接地予以处理。”“这些策略包括通过调解人或仲裁人的‘间接’对抗，或者用假装允诺或者退出和等待的方法来避免对方作出反应。”注意：这里的“退出”“等待”就是“避让”“隐忍”，都包含时间的概念，让“时间”去解决问题。作者又说：“中国人回避西方的敌手逻辑，因为他们认为这使仇恨徘徊不去。”（［英］彭迈克《难以捉摸的中国人》）什么叫“敌手逻辑”？“如果遇见老虎，我就爬上树去，等它饿得走去了再下来，倘它竟不走，我就自己饿死在树上，而且先用带子缚住，连死尸也绝不给它吃。但倘若没有树呢？那么，没有法子，只好请它吃了，但也不妨也咬它一口。”这是鲁迅指示许广平在走“人生”长途，遇到“歧路”这一难关时的回答。他在晚年《死》的一篇短文中又说：“我的怨敌可谓多矣，倘有新式的人问起我来，怎么回答

《今天且不与你论短长》
中国画
［当代］刘二刚

呢？我想了一想，决定的是：让他们怨恨去，我也一个都不宽恕。”这是鲁迅的临终遗言。鲁迅终究是受过现代思想文化洗礼的人，他站在现代人生哲学的制高点上，看到中国传统文化中的痼疾，从而塑造出阿 Q 这一不朽的思想典型，镜子般悬在那里，供我们时时自鉴，催我们不忘自新。

有学者指出，现代中国知识分子的一个最基本的精神特点，就在于内心充满了无法消解的矛盾。他们不能正视人生，却在传统文化的糟粕中寻求避风港；因此情感向内压抑，导致自我意识丧失，苦度“百忍人生”，这正是典型的阿 Q 精神胜利法。当然，那些深刻的内心矛盾，固然会束缚知识分子的思想翅膀，却也同时能帮助他们摆脱传统文化的魅影，只要头脑清醒，战胜怯懦，正视矛盾，就会迈出精神发展的一大步。因为现代知识分子的精神发展，正是以他的内心矛盾作为动力的。

2007 年 12 月 2 日，时年 60 岁年届退休的刘二刚，在北京中国国家画院美术馆举办“天高云淡·刘二刚书画展”，展厅打头的一幅画作就是《今天且不与你论短长》。这是一幅只要提到刘二刚就会被人首先想到的作品，是一幅只要过目就会被人深记不忘的作品，是刘二刚人物画的标志性作品。为什么？当人们面对这个古服古貌而举止熟悉又心态极为复杂的人物，或许会有些不自觉地难为情，不由自主地脸红心跳；尽管不愿认可，却总像照见了自己，想起自己周围的种种人事。在下午举行的座谈会上，一

《伸手莫打笑脸人》
中国画
［当代］刘二刚

位老画家说：“这幅画已经成为经典了。”

什么是经典？经典是经过时代的阅读、阐释和淘洗之后才留存下来的。刘象愚先生认为：“过去任何时代的经典，其旺盛的生命力表现在它总是现在时，总是与当代息息相通。因此，经典的这种跨越性，也可以称之为当代性。经典与当代的关联越密切，经典性就越强。”就此而言，鲁迅先生创作于距今 86 年前的小说，《阿 Q 正传》自当入彀；而刘二刚的“三忍”系列，正是从当代新文人画这一独特视角，对阿 Q“精神胜利法”之“现在时”作出的创造性阐释。

《惹不起躲得起》
中国画
［当代］刘二刚

2007 年 12 月—2008 年 7 月

心随笔运，气质俱盛

——王如何山水画解读

宁静的绘画展览大厅里，每一幅画作的背后，仿佛都有画家本人的眼睛在与观赏者对视。这是对自己设定的潜在赏人的追寻。当笔墨与色彩生发的视觉神韵，催生出艺术的真实幻觉进入观者的心灵，潜在的赏人变为现实的知音，观者的审美取向获得现实的满足，艺术的交流便告完成。这种艺术的真实幻觉，使观者产生一种高峰体验，一次精神升华，一种暂留于瞬间、压倒一切的欣喜至极、如痴如醉的非物质性的精神体验。

2003 年岁末某日，我便为如何先生 2001 年的斗方《斜阳万壑金》俘获。那是金属质感般的浓墨、夕照辉煌的殷红所造就的巨大反差和匀停过渡产生的一种艺术幻境。墨线之胶着雄辩，殷红之鲜缓过渡，留白以分割画面，岗坡以起伏回环，凡此皆造成强烈的动势。几幢窑洞只作为符号，隐而不彰。特别是笔墨功夫，密笔几不透风，疏处肌理明晰，正荆浩所谓“心随笔运，气质俱盛”。满幅洋溢出生命的丰富、坚挺与无穷活力。在这里，深秋的枯寂已转化为心灵的充实，纯熟的笔墨挥洒取代自然物质的空疏荒凉，坚执的现代审美趣味一反传统文人的孤傲幽寂，古人的悲秋情怀更为气质刚健的现代诗情荡涤净尽。对一位画家，这需要怎样的文化积累，何等生命的激情，以及笔墨、色彩的修养和技巧的旷日持久的归集与磨炼！

完成这幅作品的如何先生，时已 57 岁，是否有“斜阳”将至之感我们不得而知，但只见后来作品笔墨更为纯熟自如，大有随心所欲、不逾规矩的气度。这可以 2003 年时已 59 岁的《秋岭云岫》为例。这是一幅高堂巨幛式全景山水。画中各不相同的笔墨组合与微妙的虚白走向，形成盘互攲侧、趯荡多姿的动态结构，有如黄庭坚以侧险取势的书法篇章，使全幅最终在笔墨与色彩的变化统一中获得稳定平衡。仍然是墨处黑得要死，色处艳得要命——所谓“寺观壁画的富丽斑驳”已构成如何先生许多画面的组成部分。画面整体的张弛捭阖之势充分呈现出大自然的幽深叵测与变动不居。其所折射的，乃是人的精神的强势和生命的伟力。在如何先生众多的山水画作品中，这是一幅最为雄浑而令人回肠荡气的作品。是画家黄金般盛年期的代表作。雄浑壮美之外，也还有秀润幽深的一面。可以 2007 年的《巉岩毓秀图》为最著。这也是一幅巨幛。在巨大的平面上，布满由石青与淡墨交融的画面：或如虫蚀木、蚯蚓屈伸，或如木削败叶、随势刮扫，造成不质不形、如静似动的效果，使山石肌理的走向若隐若现，就为连造成空间感、为平衡画面点缀其间不多的浓墨草树，也于隐迹立形之间显出些许朦胧，呈现一种极富油画意味的效果。肩柴渡桥的小小樵夫和欲附云汉的巨嶂高崖反差极大，更显出自然的宏深幽眇，宇宙的亘古沧桑。艺术要穷究自然之物，妙传山水之真，这毓秀巉岩的斑驳陆离，同样折射出人的宏伟幽深的精神气度，画家不拘一格的艺术面目。

黄金时期的宋代山水画，强调以自然山水为真的写实精神，是五代传统的延续。何者为“真”？荆浩以为，“真者，气质俱盛。”“真”与“似”不同，“真”的获得在于“忖度物象”、“广搜其妙”，要经历“制度时因”、“凝形想物”、“品物浅深”这样一个深入观察、凝想、提炼和概括的过程，从而直达自然生命的真髓所在。一般说，画家的理论表述，限于历史时代和表现技巧积累的限制，未必会在其作品中得到完全的实现。荆浩《匡庐图》有欠自然地刻露皴笔，已为其弟子关仝超越；今天的笔墨写意山水与荆浩相比，也更易为现代人所接受。唐末五代以来千余年的时代变化，审

《秋岭云岫》
中国画
2003
［当代］王如何

美观念的递嬗，特别是文人写意笔墨的介入与更新；现代中国山水画水墨表现力的丰富，时代精神和审美趣味的崭新面貌，显然与古人不可同日而语；但要与先辈的创造精神相比，如荆浩一改笔墨分治而将笔与墨有机结合使用，从而解决了自山水画产生以来表现技法上的最大难题，岂不令后辈刮目！仅此一点，即可为画史垂范，更当受今人景仰。人生活在历史的时间中，也存在于地域的空间里，一切皆流，一切皆变，然流变中寓有不变因素；这一贯穿古今的因素，甚至包孕在未来之中。就此而言，我们不难在荆浩、关仝以至李成、范宽诸大师的北派山水中，窥见王如何先生画中某些历史文化元素的承传。如何先生出生于山西北中部的原平，西有云中山东有太行山，中有滹沱河流经其间，这不能不让人想到五代后梁隐居太行洪谷的同乡人沁水儒生荆浩。荆浩“写松数万本，方如其真”，真性存于心，神采现于外，此于《匡庐图》即可见之。也正是这幅作品，成为北方山水画派的创始之作。如何先生的画作中难见“平远”，亦甚少秀润山水，而绝多高崖巨石雄浑壮美之全景式山水大幛；而这些巨幅的雄浑壮美正是民族文化特质的一个重要方面。尽管是写意山水，然而却画得认真而不刻板，木石云水舟桥人居也都一丝不苟，而这也正是荆、关、李、范画作的基本品质。后人难以如先辈般在画史上开辟一个新时代，然而在后继的步履中却分明感受到前人的精神延续，那正是贯穿古今内在的文化之根。至于笔墨之胶着雄辩，色彩之鲜活夺目，在墨与色的巨大反差中以光怪陆离的色彩平衡布局，凡此均属如何先生本人的创意。东山魁夷以为，笔墨表现精神，色彩传达情感，如何画可谓二者兼得，且运用得别有新意。

在2009年出版的《共和国六十位国画大家精品集·王如何》卷的“后记”中，有画家的夫子自道：“在绘画领域中，开拓往往伴随着对传统的回忆。在学习应用传统水墨淋漓的写意画技巧的同时，以回首寺观壁画的富丽斑驳，我似乎窥探到了自己的绘画艺术前景平坦而光明。”“我要用自然赋予的纯朴、凝重、浑厚的气度去表现这块土地上的人们的火热生活。”

话说得好极了！

2010年5月

论画书简：致王如何

如何吾兄：

感谢亲示《秋山晚眺图》卷。当时记得，随手卷有几分神秘地徐徐开展，只觉动静盘郁、生气滂沛之晚秋万象豁然如置目前。有力的中锋用笔与湿枯并用的渲染，托出整体的苍浑，而浓艳的红黄色斑更强化出晚秋的画意。至卷尾竟如曲终奏雅，直入返虚入浑之妙境。诗曰："重岗细草履坡陀，风引松花落涧阿，草屋雨余云气湿，开门不厌好山多。"相形之下，这元人郯韶的题诗意境，竟显得不够阔大，有些细琐而"小"了。不知如何兄以为如何？台湾美术史论家李霖灿先生有言："中国画是线条的雄辩。"雄辩者，勇武有力之谓也。此正道出兄笔墨追求的一贯风格，即横空排奡，直取"雄浑"一路。

山水画长卷，当以南唐李煜亲题之赵干《江行初雪图》为首见，其中人物众多，人物画的叙事性仍很突出，而山水景物的置陈布势也显单调而平平，尽管用笔清刚、爽利，却明显带有向成熟山水画长卷过渡的性质。后经董源《夏山图》《潇湘图》等推进，山水景物放大，人物进入景物深处；其山水景物所创之披麻皴与苔点，浓淡相间，近视无工，远视则杳然深远，景物粲然，如睹异境。从此，山水画的抒情品格得以舒张。直到北宋徽宗朝，经赵佶授意，十八岁少年天才王希孟作 12 米长卷《千里江山图》，方臻完美。此前神宗朝郭熙提出之“高远、深远、平远”的“三远”，在其中得到完全的实现。其后山水长卷之作不绝如缕，以至于今。当然，作为山水画长卷，也未必幅幅必具“三远”，但“三远”更能“笼天地于形内，挫万物于笔端”则是无可争议的。集“三远”于一卷，当自求诸多变化，那就全在画家本人的才情了。兄 2001 年所作《秋山远眺图》，长 720 厘米，高 55 厘米，当为惨淡经营之作，从未见公开，想来也未必轻以示人；而我竟以先睹，岂不快哉！感兄好意，随附短句二章，聊供一粲。

其一：金风浪浪，岗峦苍苍；夕光向远，秋霭微茫；影带沉辉，叶红花黄；山岚送晚，日落川长；真力弥漫，万象在旁。

其二：盘郁动静，繁简相当；渲淡皴擦，墨濡笔长。背弃传统，笔笔无方；竟似古人，非尔所长；雄浑一格，自我主张。

专此　即致

兔年佳胜

弟　李亮　谨拜

2011 年春节

《秋山晚眺图》
中国画（局部）
［当代］王如何

附：王如何《读〈论画书简〉》

值此新春佳节之际，喜读李亮老师的《论画书简》，很激动，没承想一幅《秋山晚眺图》竟引发李老一篇感评，谢谢李老至情至真的点拨。这幅《秋山晚眺图》长卷是我在太行山陵川马武寨和锡崖沟采风时对周边山水环境的印象之作，也是激情所至，信手拈来。记得当初作画时用八尺屏宣纸悬于当时画室不大的墙面，连草稿也未打就放笔直取，以“移纸布景”之法连续画了三张。确实在当时满脑子都是太行山村的一些记忆，太行山秋天之美，美得使人无法用语言形容，那沿峡谷两边延绵的山峦奇峰突兀，山峰下树丛林木中错落有致的农家屋舍，或红瓦白墙，或灰顶粉壁，在金风瑟瑟中与火红的栌叶枫树，墨绿的松柏，经霜后的山楂树、山杏树，红的、黄的、棕色的、胭脂红的以及无数不得其名的树木植物，五

光十色，相互映衬，在灰紫的山峦背景下爽气十足。我用手速写，用相机不停地记录。也许是我从小生长在农村的情结所致，感到分外亲切，这是发自肺腑的，如同儿子对母亲的亲情。好山好水汇成绝妙的好景，我欣然挥毫，一气呵成。作品完成后，我置于楼道间总览，疏密布局，生活气息以及墨色的变化还算过得去，用笔也还畅快，只是显得毛糙些。是一份遗憾，也是一份心得，以资今后创作中引以为鉴吧。

李老师对于这幅作品的抬爱，我知道是一种动力，将使我在山水画创作中能做得更好更精。李老在评文中以古示今，析历代绘画大师之经论比照出我辈画家应怎样继承传统，怎样创新，是对如今画人的恳切希冀，理当重视。我看过几篇李老评论，分析透彻，因人而论，总体与个案相融，具体观点明了，且文风缜密，显示出李老对历代大家及山水经论的研究功力，使我等专业画家汗颜。李老大我十岁，又是文学专家，如此专研山水美学的敬业精神为我等垂范。艺无止境，我当奋力精进不懈。我深为感谢，祝李老兔年吉祥！

2011 年正月

荒率散乱，姿容便娟

——梁海福水墨山水画札记

画家梁海福先生长期致力于水墨山水画创作，不固化笔墨，不拘守程式，淡化以致扬弃肌理表现，重视笔墨多样性功能的开掘，并将此视为实现“力的图式”的起点与归宿。他特别看重笔墨图式变相还原所显示的张力效应，力图使观赏者在接受过程中感受到笔墨图式的荒率散乱、飘瞥飞动及其幻化而出的生气灌注。近年来，他愈发看重笔墨所固有的抽象表达功能，通过笔墨让变化与疏密组合，使客观物象变化还原，去揭示自然山川的生命律动。近作数幅，似可见其笔墨特色一斑。

《山荒水野》
扇画
［当代］梁海福

《乱峰丛木欲飞举》是一幅较大的作品。画面给人的印象是丛木与乱峰纠结，具象与抽象并举，或意到笔到，或笔不周而意周，或密致或缺落，在笔与墨胶着相持的疏密变化中，渗透作者的情思笔力，呈现扶摇直上，意欲飞举的强势生命。作者成功的关键，当在方、圆、粗、细、燥、湿诸多线条的运转变通，如飞如动一气呵成。近写杂树几丛，中布小屋数间，孤立看似为具体之物，而在整幅的笔墨运转中，却又变通为对自然生命激情奔涌之气的瞬间妙得，即顾虎头所谓之“通神”“悟对”，即画家“悟对”山川的一种审美把握。正是这一瞬间妙得，使通体画面达到在似与不似之间呈示心灵的一种微境。同样表现激情奔涌的《山风骤起》为一小幅，在笔尖上更多使用了离披点画的顺向走势——似飓风骤发于山麓之下，如草树旋卷于水石之间，风势因山形而上扬，笔势就水石而穿行，喧天揭地，不可阻遏；尺幅之中饱含激情，方寸之间极见气脉。几株动荡中的小树与笔墨抽象整体又一次表现为自在与统一。它如《林木清华》之清丽华美，《涓涓清流依佳木》之静谧怡然，则更多地展示为具象与写实，但仍为提炼概括的心象表现；两者多为点、线，后者又以渲染烘托。这又可说明画家因势造型，具有多种笔墨技巧。

尤可注意者，是画家的一批水墨山水画扇，与往昔作品相比，笔墨追求上大有出新之势。其中，《山荒水野》是颇具代表性的一幅。

扇面上，展现在观赏者面前的是一片荒率散乱、姿容便娟而又绝无人迹的景观。在笔墨的离披点画时见缺落之间，透露出原初生机的浑混和率意，提示出生命的滂沛和广远，而这一诗意的魅力实来自笔墨的翻新出奇。扇画上进入观赏者视野的，首先是那些互不连属而又互不相关的笔墨痕迹；这些布满画面的笔墨具有很大的抽象意味。就是说，局部看来，它们与客观物象绝不相同，而细加品味，却又形似万端而韵味十足。只有那些草树构成了处于具象与抽象之间的水墨符号，形成某种微妙的空间感；然而似乎又不尽然。

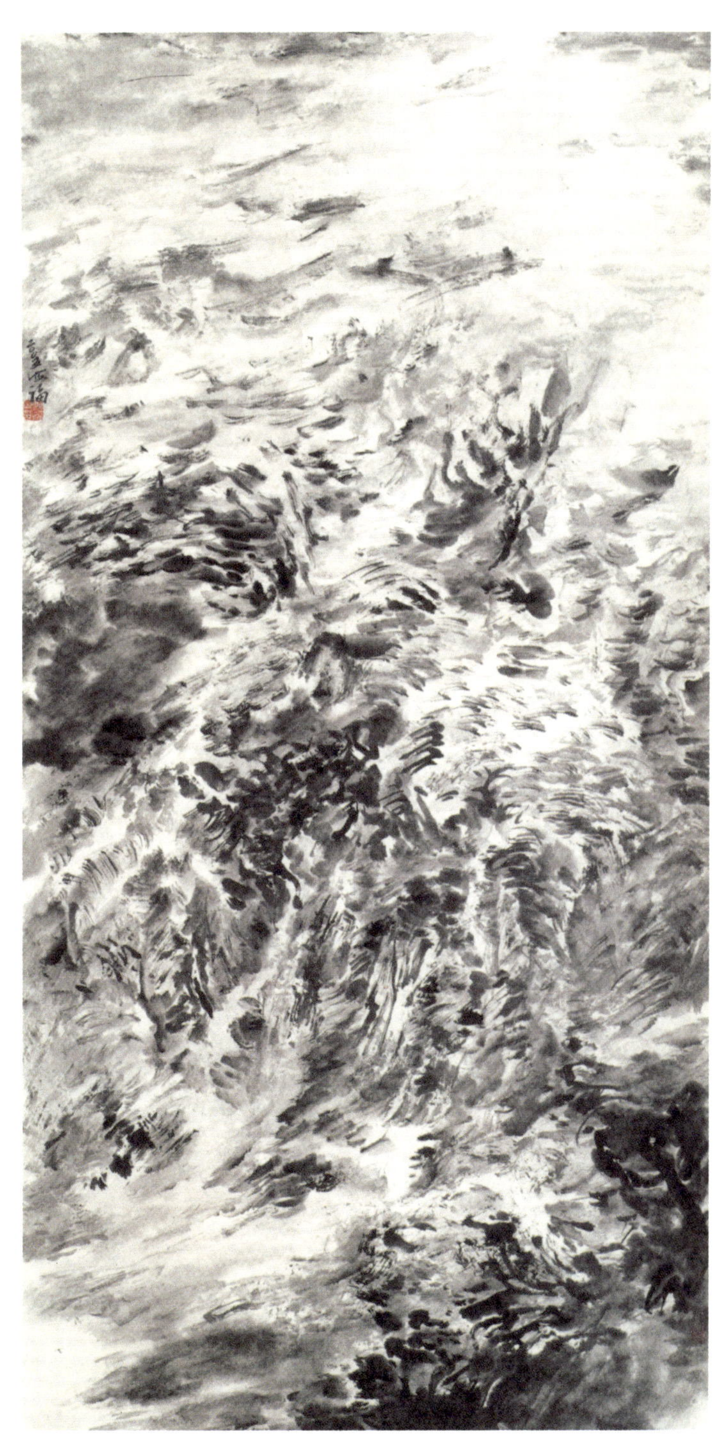

《苍茫山色》
中国画
2007
［当代］梁海福

试看左上方那部分笔墨表现，几乎可以说是以手运心，纯属情感释放的意象运作。作者用笔或拖或劈，或顿或扫，勾画点戳，离披散乱，又在不经意间用淡赭轻加扫拂，使色墨极尽多变之能事。这种以水墨为主调，色墨融通、相为变灭的整体，使人感受到明暗阴阳、凹凸远近、混沌荒率、元气淋漓；于姿容散逸之间现出生机的潜波滂沛，恍对岚容川色，似觉万物有声。真可谓“和景色于草昧之中，味之无尽；擅风光于掩映之际，揽而愈新。密致之中，自兼旷远；率意之内，转见便娟”。便娟者，回旋飞舞之谓也。清代画家笪重光的这些生动描述，正道出我们观赏梁海福水墨山水扇面所获得的审美感受。

画家的实践再次证明，中国画笔墨表现的生命力是无可穷尽的，谁能说“笔墨等于零”？

画家梁海福有很好的西画基础，至今他仍在不停地探索自己的中西融通之路，不倦地追求传统水墨画中的诗意境界。近期他又远赴欧洲诸国，遍访各地馆藏名画，于中西绘画比较之间再次看到西画中的造型、色彩和空间透视对传统笔墨的制约，从而又一次确认了中国画笔墨的强势表现功能。而这一认识，正充分表现在他对笔墨表现力的新的开掘之中。比如，他很注重散碎笔墨表意的多样性和丰富性，扬弃与客观物象过于贴近的线条勾勒与轮廓造型。这些就似乎表现了某些印象主义技巧的蛛丝马迹，但他却能做到有机融通，隐而不彰。有心的观赏者当会发现，这也许就是梁海福笔墨的新境界。

2006 年 9 月

图式理论与艺术出新

——以刘志强中国画“枣树”系列为中心

以枣树为对象入画，依笔者陋见，在吕梁地区最早为交城的申延寿君，20世纪60年代即以版画刻枣树知名。之后画家们一直在“形似”上下功夫，力求把枣树的枝与干表现得与别的树种不同，有的竟总是“弄不像”，很是吃力。因为没有先期心理“图式”，就是说，还无现成的具有枣树特征的“图式”可供参照。这似乎应了英国美术史论家贡布里希的理论：“没有一种媒介，没有一个能够加以塑造和矫正的图式，任何一个艺术家都不能模仿现实。”从事中国画的各位大概没有不知道东晋大画家顾恺之《洛神赋图卷》的，请留心那画中诸树的画法，树干一律勾线不说，树冠竟形同蘑菇、云朵，举凡山野，何曾见过这般树种？盖中国画史上人物画先于山水画，人物画达到很高水平的时代，山水画尚待起步。山水树石的表现技巧有一个历史积累的过程。即便作为山水画滥觞的南朝宋宗炳的山水画，据钱钟书先生推想，也只如“地形图”之类。直到17世纪的清代，举凡山水画诸要素如山石、树木、河流、云朵之类，用笔的皴、擦、点、染诸般法式，才累积了丰富的经验，终于形成了一个“图谱”，那就是为贡氏一再称赞的《芥子园画谱》。“芥子园”是清代戏剧家李渔在南京的别墅。李渔女婿沈心友家藏明代画家李流芳的课徒山水画稿，即请山水画家王概先整理编成“山水”部分。其中“树谱”，举凡松、柏、桧、榆、梧、柳以及以

《深秋》

中国画

［当代］刘志强

平头点、仰头点、尖头点、垂头点及大小混点表现的诸般“杂树”。“杂树”是什么树？诸树的表现符号而已。唯独没有“枣树”这一图式。“枣树”图式也许不像松、柏一类富有象征意味，难入文人雅士之眼？王概之后，又有人将“梅兰竹菊”“翎毛花卉”以至“人物”诸多图式编入，终于成为学习中国画必备的一部“图式汇编”。李渔誉之为“上穷历代，近辑名流，汇诸家所长”，“有观止之叹”，为“不可磨灭之奇书”；更被后人称为“画学之金针”，“艺林之宝玩”。它对艺术家图画再现心理的形成产生了不可估量的作用。世无争议的大画家齐白石 20 多岁时一边为人做雕花木工养家糊口，一边用借来的彩色套印本《芥子园画谱》勾影半年多，装订 16 本，他说“翻来覆去地临摹了好几遍”。当然，并非临摹《芥子园画谱》的人都能成为大师，但成气候的画家无一不知晓或谙熟这套画谱。而画谱即“图武”，“图式”正是艺术史积淀的产物。依贡氏的观点，“图式”是一种“共相”，反映出物象的基本结构和本质。达·芬奇的“画蛋”如此，现代绘画之父塞尚也认为“表现自然要用圆柱体、球体、锥体”的观点，则更是对世间万物的哲学式审美把握。他晚年在给一位画家的信中说：“我们不能满足于前辈的美好公式，我们要走出这些公式的圈子，摆脱它们，我们要研究美好的自然。”而“研究美好的自然”才能从先期心理图式中解放出来，才能摆脱大师的阴影，出新而有创意，形成自家面目；而不至于枣枝枣干，千人一面；枣干枣枝，你我相似。

一般而言，学习绘画必有临摹大师真迹和直面自然写生两途。临摹是“源”，图式是“流”，临摹是“守常”，写生是“求变”；临摹是对大师既定图式的把握和积累，写生是直面生命源头，对既定图式的矫正或再制作，而矫正或再制作的过程正是画家底色（诸如天赋、个性、阅历、后天修养等方面）全面浸透的过程。就此而言，面对《吕梁红枣颂》画集所选众多作品，刘志强就确实有些不同了。想必他对许多表现枣树的画幅心中有数，做了研究比较，想的当然是突破既有程式，求新图变，植入个性。这首先在 2008 年的中国画《深秋》中反映出来。200 cm × 100 cm，这显然属高堂大幛。画面几乎难见物象，满是以书法中锋用笔的屈曲顿颤墨线织就的丝丝缕缕、疏密相间的网络；右上方有密笔组成 Z 字图形，大面积疏笔枝枝叶叶则自左上方铺陈开来，如瀑如风，扩展而下，彰显出生命的葳蕤，呈现陌生化的审美效应。红枣的点缀极为用心而审慎。当红枣丰收的深秋来临，一只飞鸟正冲向殷红的曙色。志强的笔墨和卓越的布势，就此催生出强烈的现代审美趣味。再说《千年唐枣》，是传统的四季条屏。画家吸纳传统中国画“花卉”或“竹石”近于“岁朝清供”的图式，将千年老树“石化”，如“春屏”“秋屏”；或立条石其上，如“夏屏”；而“冬屏”竟将石树交缠纠结，现出难解难分，充满张力的奇崛之美。正是这些游走于似与不似之间的笔墨，将苍劲与鲜活并举，粗拙与精细融汇，其书法之枯槎意味的审美取向在画中得到了完全的实现。作者对传统的把握与扬弃，冲破“图式”的艺术智慧，特别是他深厚的书法修养，以及困顿艰厄的生活阅历，使其如一堵“老墙”：栉风沐雨，饱历沧桑，从不言败。

有人会说，不就是把枣干、枣枝画成细枝、枣叶吗？不就是把独幅变成四条屏，加两块石头吗？何难之有！这样说，并无不可，问题是刘志强之外没有第二个人这样画，画得这般好，如此耐看且值得一再玩味。人是一种文化动物，人受文化制约；艺术家离不开艺术传统，正像人不可能抓住自己的头发让自己离开地球；艺术史每前进一步，都要付出灵感和艺术智慧，汗水和辛劳。革新也好，创意也好，总要有个基点，总要像“画”、是“画”；小众也好，精英也罢，总要有受众才是。绘画很难谈，绘画需要看，要反复地看，仔细用心，调动全部知识储备和艺术修养。笔者以为，能驻足良久于一幅画前，是画家最大的期待，如能议论两句就更好。齐白石的画“雅俗共赏”，这就有个“行家看门道，外行看热闹”的问题。据我看来，刘志强的书法和绘画，属于力排甜熟，直取奇崛一格。别看是一位“山人”，那几十年的书法功力，对艺术有如怨鬼缠身般的执着和投入，以及对既定程式、套路冲击不已的精神，圈内人了解，多数人不知。“看似平常最奇崛，成如容易却艰辛”。不知读者以为如何？

回到图式理论。贡布里希说：“训练有素的画家学会大量图式，依照这些图式他可以在纸上迅速地画出一只动物，一朵花或一座房屋。这可以用作再现他的记忆图像的支点，然后他逐渐矫正这个图式，直到符合他要表达的东西为止”。故而，“19 世纪的艺术史就成为跟图式斗争的历史”。贡氏的理论可以提炼为一个公式：“图式—矫正—再制作”。这是图式再现心理学的一种表述。也许正是鉴于传统绘画中“枣树”这一图式的稀缺，让一些画家长时间费劲地去把握“枣树”这一特定树种的图式，最终在画家心理形成一种物象记忆，成为铭记在心的形状，才有可能让继起者以此为矫正、再制作的出发点；而“矫正、再制作”就正是向既定“图式”的冲击以至于破坏，需要很大勇气，更需要修养。这样，刘志强绘画的创新意义就显而易见了。可以说，艺术家的图式储备（特别是大师作品的观赏、临摹）的多寡，会在相当大程度上影响到艺术的创新。说到底，对既定图式的矫正、调整，直至把它们修改得面目全非，实在就是艺术家对自身个性呈现和审美价值取向追求的表现。

读者诸君！笔者是在用“图式”理论解释刘志强中国画的创新意识呢，还是在用刘君的创新意识印证贡氏的“图式”理论？或是提示画家不可自断传统“图式”流程，而面壁妄作？抑或介绍一种辨识艺术的尺度，以为提高艺术鉴赏能力提供某种可能？请予自加审断。

2010 年 6 月

深邃·厚重·奇绝今古

——刘志强和他的“吕梁山居”系列

读者诸君：你见过徽州的民居，苏州的水乡，广东开平的雕楼，福建客家的土楼，湘西的吊脚楼，北京的四合院，以及辽阔草原的蒙古包，但你绝没见过吕梁黄土山居究竟为何种式样。遍览古今中国山水画的所有“山居图”式，不外北方深隐大壑的草屋，南国林下潇洒的水阁，千年陈陈相因，已成一种既定符号，生气尽丧。就此而言，刘志强表现黄土高坡的“吕梁山居”系列，其图式冲破老套，直取造化，别开生面，将岁月淘洗至今留而存之的黄土“山居”，以传统中国画的形式呈现在我们面前。

中国古代的文化中心在黄土地带。黄土是由西北方沙漠和戈壁地区吹来的尘土堆积而成的，质地疏松，土性肥沃，便利于原始农耕的发展。文化地理学家陈正祥先生认为，黄土又是一种特殊的岩石，有特殊的性状节理或垂直节理，便于挖穴构屋，冬暖夏凉，极利先民定居聚落的形成。黄河曲折流过黄土高原，其众多支流，如原始汉文化圈的血脉，支持原始农耕和村落的发育。黄河之名，便因黄土使河水变黄而来。黄色是中国的国色，高贵的象征。中华民族的始祖黄帝，其活动范围便在黄土高原及其周边，他的陵墓正坐落在黄土高原的核心。亿万年来，人与自然的相互依存和协调发展，造成了独特的地域文化，也成就了人文历史的独特景观；而黄土坡地的居址建造，无疑是其文化生态的一个重要方面。刘志强的

“吕梁山居”系列，就其总体气象格调而言，可谓深邃、厚重；就其图式而言，可谓奇绝今古；盖因其“山居”式样为古今中国传统绘画中所绝无仅有。

请读者先看《西湾古巷》。西湾古巷乃晋西黄河岸边临县的一个古老山村。砖石老旧固陋，墙面离披斑驳，高宅屹立，窄巷深邃，沿坡而上，如夜行狭谷。携杖的老妇，背书包的孩子，墙壁垂挂的电线，处处道出它是现代人的生存居址。密致的用笔写出狭巷的坚紧壁立，淡赭的挥染道出岁月的沧桑。时光迁转，沐雨栉风，它建于何年，历经几世？最初的主人何在，后继的居者为谁？然其依然故我，不改初相。作者说：“看那墙头瓦上，到处彰显着历史的深邃厚重和岁月的流变沧桑。”这就是历史，这就是文明。2003 年国家建设部、国家文物局将其命名为首批“历史文化名村”之一。再看《张家塔遗韵》，此为方山县民居。方山地处吕梁中部，傍北川河，东为关帝山。此图别有意味：砖砌之门当首而立，其上杂草丛聚，虽历经岁月，“五福门”三字恍然在目；咫尺之间，直面壁立高楼，几不容身；此楼似需再经一门方可进入居所，其上弧

《西湾古巷》
中国画
［当代］刘志强

拐的电杆和殷红的门联，点出现代的生活气息。居宅高耸而与其后之建筑群落相邻而上，形同一“塔”。可见此“塔”并非佛塔，乃依其就山势高耸而建居称之，堪为一绝。此图用浓淡墨线于虚实间彰显结构，而用淡墨融以淡赭烘托层次，井然有序而气象浑厚。还有一幅名《石楼山乡》。石楼是吕梁偏南的一个县。此为名实相符的土窑土洞，仍依坡而筑，“黄土高坡我的家”，此之谓也。这种窑洞内壁以砖旋砌，门窗则为木构，夏凉冬暖，恒温常存，为山居理想所在。西晋“竹林七贤”之一嵇康的老师孙登，所隐居之“土窟”，当更其简陋原始，绝非今之窑洞可比。此图近景有枝柯扶疏，隐然归牛二三；中景土柱直上，草树从密；主体窑洞重叠，洞前平旷处有白头巾老妇与红衣小儿，悠然自得。一种清享自得的生活气氛令人神往。墨色与赭石相交，似不经意的留白使得画面疏朗而豁然可观。与前两幅不同，这该是“吕梁山居”之又一类型，或竟为主要类型。今人画黄土高原之窑洞，常于坡间或坡底勾出一些弧线轮廓，方形线为门窗，亦早成僵化符号而了无生气。山居的多样式反映了人之生存环境的多样性和精神文化需求的差异性，道出人与自然的

《张家塔遗韵》
中国画
［当代］刘志强

相互依存与协调发展，因而形成一种地域与人文历史造就的独特景观。

刘志强，号老墙，又号吕梁山人，吕梁市中阳县人氏。中阳地处吕梁腹地，这位黄土中生长的汉子，纯靠拼打自学成才，自言“庚寅虎相，松柏木命，结缘书画，心手较劲”；“老墙”一号就标示着他对黄土地历史沧桑的认同与不屈不就的自励。张璪说：“外师造化，中得心源。”人能言之，人尽言之，真正做到，诚非易事！在长时间里，他不避寒暑，无论冬夏，不择地势，艰辛跋涉，写生数以百计，然后以心接物，借物写心，虚实相生，措手而出，自当别样。他有几十年的书法功底，由唐楷入手，以二王作底，融汉隶魏碑于一体，端庄中求变，险绝中求生，追求古拙、浑厚、苍茫的书风。他主张以书法笔法入画，以绘画意味入书，焚膏继晷，心手相搏，兴致与勤奋齐驰，终有所成，在“吕梁山居图”中，正是紧劲坚实的笔墨构成物象的密致，达致意象的深邃，从而酿造出一种苍古深沉的独特气象。既是对传统民族文化之根的发掘，也具有现代民俗文化之观照意义；而传统笔墨形式的表达，则更彰显了现代人对传统文化的认同——它的深邃厚重，以及中国传统绘画中“山居图”式的奇绝古今。

2012年3月

刘树山：细腻的现代

青年油画家刘树山日前画展展出的51件作品中，有7幅题为《肖像》的油画展品。这些《肖像》，以其细腻的性格刻画，素朴中托出鲜丽色彩的生动创造，展示出民族服饰包藏下的现代心灵，呈露出20世纪90年代改革开放大潮激荡下现代人的文化心理，并在某种程度上显示出文化冲突的意味。

所谓“细腻的现代”，是笔者对青年画家刘树山某些油画《肖像》艺术风貌的一种理解和阐释。

20世纪这册伤痕累累的大书已经剩下不多几页了。当西方艺术仍在继续经历着上世纪末即已开始的心理“断裂”困扰的时候，中国一批青年画家却清醒地意识到自己肩负的历史使命。他们从古老的文化基地出发，从“今天”反顾“昨天”，用现代人的视野重新审视传统艺术发展的链条，抉发民族文化生命的内在机制，力图在现代人鲜活的内心世界中获取创造的灵感。近年来，我们在相当一批油画肖像作品中看到了这一点。刘树山油画《肖像》中的人物，不仅具有张扬、外向而又娴静、内敛的心理特征，而且表现出安详、从容而又不甘循规蹈矩的内在性格；更引人瞩目的是，通过某种背景或服饰的适中而又有几分不谐的色彩与表情的对比，微妙地传达出变革时代人们内心的文化冲撞，表现了开始走出古老传统的年轻一代对现代世界的渴求。所有这一切，都被画家以极为细腻娴熟的

《肖像》
中国画
［当代］刘树山

笔触淋漓尽致地传达出来。平心而论，刘树山的油画不仅接受了法国画家伊维尔的古典油画技巧，而且可以从中看到文艺复兴时意大利和尼德兰某些油画大师，以及近世诸如奥地利分离派代表人物克里木特等人的影响。然而，更重要的是如画展“前言”所说，“神秘的幻想情调”，明快而鲜艳的色彩和装饰味，实则又来自地道的民族文化，即某种古代哲学蕴涵和民间画风。正是古代东方哲学的朦胧性与神秘感，民间画风中明快鲜亮的对比和固有的装饰风，并运作以西方油画熟练的表达技巧，通过现代人心灵的生气灌注，造就了刘树山某些油画《肖像》“细腻的现代”画风。“细腻”而“现代”，既立足民族，又面向世界，正是现时代中国艺术的基本走向。

1996 年 1 月

陈艳麒：诗情鲜活的风景画

诗情洋溢而鲜活、生动，是陈艳麒风景画习作的最大特色。面对他的画幅，我们甚至能感受到光斑在脸上滑过，嗅得到墙角泥土的潮湿，置身于清新静谧的氛围之中，以至沉醉于自然生命的伟大而难以自制。究其实，这种感受正来自画家面对自然写生的“临场性”发挥。在“习作”中，画家面对的所有形象都是活生生的，都是鲜活的生命存在，而要把它们转化为艺术，势必通过提炼、概括的手段，即所谓“每一个笔触都表现出心灵对自然的干预”；在这一顷刻，画家的艺术修养和文化储存，生活积累和心脑记忆，都会在瞬间作出个性化的反应，决定着对客观物象的选择和调整，从而构成画面中鲜活与生动的诗意表达。正是“习作”的这一特性，与“创作画”的刻意精工形成对比，而这种刻意与精工，又往往与画家对时尚鉴赏趣味的迎合与求得评论家审美趣味的认同不无关系。

风景画的迷人之处说到底是画面蕴蓄的文化内涵。而对自然生命的诗意表达，正构成历代风景画大师，特别是 19 世纪俄国风景画大师的一个特色。二三板屋，一塘池水，树梢风动的顷刻，夕辉沉落的瞬间，都呈现着人对自然生命的依恋和追怀。这在列维坦、萨弗拉索夫等人笔下已达极致。作为一个后继者，我们在陈艳麒笔下看到的是光的明媚，花的馨香，生命的颤动和生机勃勃的鲜活的诗情。关于《抖动的阳光》，作者曾有如下的表述：“这样的小景，

《抖动的阳光》
水彩
［当代］陈艳麒

在北方的农村到处可见，平淡、杂乱和无序是其特点。但是阳光下树影婆娑所形成的黑白节奏让人陶醉，我感觉黄花在跳跃，阳光在抖动。”就此而言，画家一洗俄国风景画中的忧伤与苦难，而把清新敞朗与光明的诗情呈现给自己的时代。这确是一种翻新出奇。而在《皖南秋天》中，则更多地表现了画家对“绘画性”的追求和把握。这是一幅皖南秋日的乡村小景。收割后的稻田，远处散落的村庄，乌云压顶的黑灰色山脉，形成了美妙而富有诗意的景观。画家以浓郁的黑、灰、绿色为主调，而在画中央则保持了明亮的柠檬色光泽，从而使画面的黑白灰节奏平衡有序；远山部分则用画刀处理的灰紫色和整体色调形成微妙的冷暖变化，这就使暖褐色的暗部显得更为凝重而透明。这一切正显示了画家对微妙色彩关系的审美把握，虽为习作，实可与创作画颉颃。

2001 年 10 月

荆生之花的怀念

今年（1995）元月4日21时30分，美术理论家赵荆走了。去路匆匆，闻之者不胜唏嘘……

大约在离世前，赵荆迁入新居以后，曾欣慰地告诉我："总算有个书房了，了结了多年来的一个心愿。"他所谓"书房"，是近10平方米的一个北向小间，一桌、一椅、一床而已；余皆堆累叠架的书籍、画册、卷轴，还有数包有待启封整理的手稿。略显宽大的木桌是旧式的，铺着墨迹斑驳的画毡，堆垛的书画占去了大部分，只留下很小一方可供操作的余地；藤椅早已黄旧，简易折叠床上唯简易枕褥而已。在讲了他的种种"计划"之后，忽然说了这样的话："人这一生，最宝贵的，是已经丧失而不可复得的，和正在追求而难以实现的……"这是去年深秋季节的事。赵荆的这些话，实有感于"书房"，而一代中年知识分子价值失落的悲凉和重新振作的艰难心态确乎也正由此而引发。好像是对这些话中人生苦涩意味的咀嚼，使我们相向无言，凄然而对，相觑良久。他似乎首先意识到了这一点。为了打破心照不宣的沉寂，甚至是手舞足蹈地从书柜顶端取下一轴新近装裱的横幅给我看，是由著名老一辈书画家、书籍装帧高手钱君匋先生为他题写的斋名横幅："花自荆生斋"。我不觉一惊：是钱先生深谙求字者的人生履历呢，抑或是沿赵"荆"之名随意生发？"荆"本为一种落叶灌木，开蓝紫色小花；

而“荆棘”则泛指丛生山野的多刺灌木，常为人引喻为纷乱艰难或违逆不顺。世上非荆而发之花自多，然自“荆生”之品灼灼其华者亦不为少，为世人钟爱的蔷薇及其同科之月季，则既“荆”且“棘”。笔者本不了解赵荆和钱老的交谊，然而那舒展飞扬、凝重深沉的书体，正确乎传达出某种理解、企盼和对受字者人格的激赏。其时，从赵荆向我眉飞色舞地对求字过程的讲述中，这一点也淋漓尽致地表现了出来，然而，又像是只可意会、难以把捉的心绪波澜。

1993 年 9 月，也就是赵荆离世前的 16 个月，他曾给我一信，说“我明天动身去南方，这大概是最后一次返乡了……”“最后一次”是什么意思，为什么是“最后”一次？难道人之离世的信息是自身能够预测的吗？在交通高度发达的现代，何以竟然自称“是最后一次返乡”？然而又确乎成了“最后一次”！

赵荆，你为什么走得这样匆忙……

此刻正是春天。当北方多刺灌木萌蘖待发的时候，南国的荆生之花正该是漫野灿烂吧！朋友们仿佛又一次看到你回到了自己的家乡……

1995 年 4 月

达·芬奇：澄明之境

穿越芬奇镇枝条扶疏红叶如火的秋林，可以远眺佛罗伦萨教堂那巨大的穹顶。夕阳在那里正不断地辉耀，似要把晚照的澄明永远地留驻这故乡城市的上空。

他无疑已步入暮年；然而却客居异地。他被法兰西王宫克鲁堡接纳，获得国王首席画师的称号且有众多亲近的弟子环绕在他周围。人们仿效他文雅的衣着和翩翩风度，期待着他新的杰作。他有时检阅身边的笔记，觉得有许多想法尚待付诸实施，比如工程设计、实验和机械学方面的研究，特别是关于飞行器构想的最新方案。此刻，面对适才完成的自画像，他却陷入了深沉的梦境：那闪灼睿智灵光的眼神，那深深镌刻着人生艰难与坎坷的皱纹，与那拂然飘动的长髯一起，又把他拖回往昔那不断创造的岁月……

《自画像》
素描
［意］达·芬奇

……当初他进入大师弗罗基奥的工作室，也还只有14岁。十年寒窗，画蛋起步，终究跻身佛罗伦萨画家行会的名簿，实有出蓝之誉。之后便是他创造力的全面展开：他曾设想用一种机械设备搬迁佛罗伦萨全城，也曾设计并改建了米兰城堡的工事，还领导过建筑水渠的工作；但终究还是《最后的晚餐》和《蒙娜丽莎》这样的绘画杰作使他无愧于那个产生巨人的辉煌时代。《最后的晚餐》本为作于米兰格拉切修道院食堂的一幅壁画，在这一当时画家普遍采用的题材里，他描绘出的却是一场人世道德冲突的深刻戏剧。一方面是人的本性的慈爱与崇高，另一方面是背叛行为的丑陋与卑鄙。他以耶稣为中心，将其安置在中间光照明晰的背景上，把 12 个门徒均分为四组，每组三人。当耶稣说出“你们中间有一个人要出卖我”的瞬间，一场使众门徒震惊的悲惨场景便展开了。处于左端的巴多罗买不相信自己的耳朵，从座位上跳起来；安得烈惊讶地举起两掌向上的双手；夹在他们中间的小雅各则力图转向老师。靠近耶稣右边的多马，伸着一个手指好像在问：“有一个人要出卖你?”和他并坐着的老雅各则身向后仰，张开两手；而腓力则好像表白自己：“难道能怀疑我对老师的忠诚?”右端一组由马太、达太和西门组成，正议论这骇人听闻的消息；唯一知道耶稣所指的犹大，身体稍向后仰，紧抓着钱袋，窘迫地等待叫出自己的名字；激昂的老人彼得朝向耶稣，右手握着刚切下面包的刀；而年轻温顺的约翰却只有惊愕，交叉手指的两手放在桌上，低垂着头……这里，丑就在美的旁边，畸形靠近着优美，诡诈藏在崇高的背后，恶与善并存，黑暗与光明相共。正义和慈爱是伟大的，难道不正因为它与邪恶相邻，才显示了它的存在吗？在这里，艺术家只不过是借彼岸世界的纠葛，折射出人间道德力量的光辉。诚如他在一则“笔记”里所说：“如果所爱好的对象是卑鄙的，它的爱好者也就变成卑鄙的。”设若几枚金币真的可以主宰历史，那么人类智性和慈爱的步履便只能永远面对无穷的幽暗和无底的深渊了。

然而，人们在《蒙娜丽莎》中看到的，完全是另一种境界。那是一片辽阔的河谷，如带的涧流奔泻而下，在桥下激起飞湍的浪花；左侧蜿蜒而上的道路，又把观赏者的视线引向峥嵘欲出的群山之间。正是在这一澄澈的空间背景上，一双呼之欲动的眸子逼视着你。她是那般心怀宁静而又充满自信，那含藏不显的喜悦和无所疑惧的目光，像窗口一样透露出思绪和情感的谐和，反照出那个时代蓬勃的创造活力和一往无前的进取精神；而那极富表情的手，竟如从衣袖里缓缓流出一般，对人物的心境作了有力的拓展和回应。当初，为了使模特——佛罗伦萨市民乔孔达的妻子——能有一个欢愉娴展的心情，曾请音乐家为她演奏，自己有时也讲故事和笑话给她听。也许正是这一切，打开了这幅肖像画模特微妙的内心世界，展示出安娴、自信及其奔涌于心灵深处的激情，因为只有心灵才涵盖一切，只有在涉及这一较高境界并由这一境界产生出来时，才真正是美的。就此而言，往日那些艺术杰作中栩栩如生的形象，便常来到他心灵幻想的海洋中漫游……

他还想到几十年随身携带的笔记簿，上面绘满了速写和解剖图，许多数字计算，摘录和图解，以及随时记录下来的种种感受、思想的吉光片羽，自己也记不清究竟有多少册！经过整理，也许可以编为《论绘画》，或辑为《论水的运动和测量》《论鸟类飞行的法则》，等等。他曾渴望把毕生时间精力都献给对大自然的研究和探索，绘画只是其中的一个部分而已……

莱奥纳多·达·芬奇望着眼前这用有色铅笔完成的自画像，以天赋技巧描绘出来的巨大前额，深邃的沉思默想的充满智慧光芒的眼神，连他自己都惊异于它的感人力量。此刻，夕阳正穿过克鲁堡王宫豪华的窗棂，把如水的金黄铺展在这幅自画像上，于是整个大厅便化为一片澄明之境……毕生坎坷的他心里明白：卓越的人的一大优点，就是在不利和艰难的遭遇里百折不挠，因而常常在厄运中出现奇迹。就生命历程而言，如果美丽的少年人是大自然的奉献，那么饱历沧桑的老年人该是艺术的杰作了。因此，风度和皱纹结合的时候极为可爱，暮年于他乃是一种真正的澄明之境。

1993 年 7 月

凡·高：迟到的纪念

当荷兰著名画家凡·高逝世100周年，世界各地都以自己的方式对这位旷世奇才表达了深挚的纪念。他是中国人民最喜爱和研究最多的外国画家之一。其时中国艺术研究院举行了国内首次凡·高艺术讨论会，荷兰驻华大使、文化官员应邀出席，并于会后邀请全体与会人员到他的官邸作客。俗言："迟做总比不做好。"这篇短文志在以"追补"的方式，通过对凡·高艺术生涯转变期的介绍和一幅静物画的鉴赏，表达我们对这位画家的诚挚纪念。

1886年2月，33岁的凡·高离开使他厌倦的比利时城市安特卫普，这座16世纪一度繁荣的艺术城市；在弟弟提奥的安排照护下，来到巴黎，满怀信心地开始了他艺术跃进的新时期。这样，直到1888年。在这一段时间里，他进一步了解了法国画家米勒、杜米埃和巴比松画派。其时，印象派画家在艺术上正处于全盛时代。他先后结识了高更、德加、毕沙罗、塞尚、雷诺阿和修拉等印象派健将，并在画店里和他们一起探讨光线、色彩和绘画的新技术。他受修拉（主要是点彩派）的影响尤为明显，然而，他却能从更广阔的范围和更多的角度来欣赏、吸收和学习（其中包括日本的浮世绘），使自己的画风发生了巨大变化。1887年到1888年，正是凡·高艺术创作的黄金时代。作为凡·高艺术象征的《向日葵》即作于1888年。这里要说的，是他此前一年完成的《插着雏菊和秋牡丹的花瓶》。

这是一幅室内装饰静物画，原作 61cm × 38 cm。其时凡·高 34 岁。初看这幅作品，似乎是响亮的色彩和逼人的光感首先攫取了观者的视线，待稍加仔细观察之后就会发现，是画面所形成的强烈的流动旋律，灿烂的色浆喷射出的火一样的热情使我们不能自已。先是由台面、花瓶的斜向透视和瓶花最高点几乎形成从左上角到右下角的倾斜，正是这种倾斜造成了画面的动势。尤其值得注意的，是花丛中的那片阴影，不仅加强了花丛的纵深感，且已构成画面向左上方飞动旋律的主要部分。其次，台面用线斜向而短促粗壮，并列用色，背景则施以大小不一的钉头笔点那样的皴笔形式，深沉凝重而又颤动不已，空气之流动隐约可感，充溢着花的馨香和蓬勃的生命力。依据对象的不同结构，用长短、粗细、疏密不等的线条来处理远近透视，是凡·高独具的艺术特色之一。一般是近景、中景用线粗犷而疏松，穿插变化，并列用色，对比强烈，以突现主体，这从对台面、瓷瓶、花丛的处理上可得到印证。相反，远景却用细密的短线。就这样，凡·高使自己的作品形诸层次，结构谨严。他曾说，希望“用深色背景上的亮调子的辐射来表现思想”。在这幅作品中，我们除了看到黑与白、红与蓝、黄与紫的强烈对比外，也还看到所有亮色（白、红、黄）背景上为大面积的暗紫色所衬托，使得整体醒目，饱和鲜明，清新艳丽，犹如画面上闪闪发光的宝石，暗夜里燃烧不已的星空。

静物画是绘画品类中的一种特殊形式，“瓶花静物”在其中占有独特地位。它以大自然赐给人类的美的灵魂——花，和人类自身的创造物——瓶为表现的基本内容；依据艺术家表达思想感情的不同需要，按照描绘对象的固有特征，配置构图，协调色彩，把自然的和人工的美融而为一，创造一种别具一格的崭新的美。这种美，不仅使我们感受到大自然的美好存在，尤其触发了我们对生活中美好事物的向往和追求。艺术家德拉克洛瓦甚至讲过这样的话：“为什么一切用来维持我们生命的东西，在我们眼中，不如无用的美那么珍贵？这是由于在我们心中有对永恒的和崇高的生活的敬仰，正

《插着雏菊和秋牡丹的花瓶》
油画
[荷] 凡·高

是美使我们联想到这种生活的存在。”不要以为静物画只是撷取复杂、多样现实中的一个极小部分作为艺术的描绘对象，似乎它的思想表现和艺术造型能力是极其有限的；尤其是“瓶花静物”，其中的许多描绘对象（如雏菊、玫瑰、芍药、向日葵等等）曾被不同画家所重复表现，似乎再无新意，无可观览了。其实不然。如果认为艺术以临摹自然为能事，那无疑是艺术欣赏的笨伯。雏菊和秋牡丹在凡·高的笔下，表现的不是它们那种普通的闲雅、清淡的格调，而是蓬勃的生命力，火样的激情，对创造新艺术的渴求，对崇高的美好生活的向往。它反映了只为这位19世纪末饱历磨难的画家所独有的生活感受。可以认为，面对同一描绘对象，不同时代、不同国度的不同艺术家，完全可以在同一对象中用新的眼光、新的感受、新的方式，去表达他们独有的激情和与众不同的美的感受；正如同一名曲，演奏家会各自表现出自己不同的风格。这正是历代（特别是在近代、现代的油画品种中）有那么多画家喜画瓶花静物并乐此不疲的原因所在。假如我们把历代瓶花静物这一独特形式的作品加以汇集，似乎可以构成一部异彩纷呈而又别具一格的审美观念演变史，其中必将透露时代的影子，民族的情调，地域的殊异，特别是与时代、民族、地域相联系的艺术家个人的独特个性，将对我们产生别样的艺术魅力。

温森特·凡·高，1853 年 3 月 30 日出生在荷兰农村一个普通的牧师家庭。中学毕业后，16 岁即踏上独立谋生的道路。他曾在穷苦的矿工中从事传教，也曾在海牙、伦敦等地的画店中充任店员。他帮助矿工，热爱农民，同情妓女，愿把自己的一切献给穷苦不幸的人们，但终因社会的冷酷，使自幼孤僻寡言的他屡遭折磨和痛苦，变为几近一文不名的乞丐，四处流浪，靠弟弟提奥的接济存活，靠自己的艰苦努力来从事绘画。1890 年 7 月 29 日开枪自杀了结一生。

凡·高极为赞赏法国农民画家米勒和莱尔末特。他画中的人物都是农民、邮差、医生这样一些普通下层人民。由于独特的气质和坎坷的生活经历，使他在艺术表现上特别强调如火如荼的主观感受，形成表现主义的独特画风。他毕生最亲密的人是小他四岁的弟弟提奥，正是提奥，为他在巴黎和法国南部阳光明丽的阿尔，创造了良好的艺术环境和较为安定的生活条件，使他在艺术创造上产生飞跃。前述那幅静物画，作于巴黎，其中明显地透露出少有的愉快乐观的情调。只活了三十七个年头的凡·高，竟然画了六百幅油画，八百多幅素描，而他对于生活和艺术的精辟见解，都反映在给他弟弟提奥的书信，即三大卷《温森特·凡·高书信全集》之中，成为后人研究这位无论生活道路和艺术生涯在历史上都堪称独绝的艺术家的宝贵资料。

凡·高，这位火一样的人创造的火一样的艺术，不仅以匠心独运的技巧成为现代表现主义艺术的先驱，而且以对生活的美的火焰般的激情，启迪后人。

谨以此纪念凡·高逝世百年！

1991 年 5 月

关于绘画艺术中的崇高

——读凡·高与弗鲁贝尔作品札记

一个受雷电轰击的巨大树干被劈开了……这个庞然大物的影子，又如一位遭受失败的骄傲者——它和残存着的玫瑰，那苍白的微笑形成了对比。①

这是1890年凡·高谢世前最后给弟弟提奥信里的一段话。其中颤动着活生生的生命，回响着痛苦而不屈的呐喊，暴露出一具被风沙打击得粗暴的灵魂。几乎是生活在同一时代的另一个逆子弗鲁贝尔说：

> 很多人对我描绘的“淡紫色云雾”感到不解和气愤……可我当时不想用另一个方式说话，因为除了“存亡与否”的问题外，我眼前没有看见任何东西。②

和那位荷兰人一样，这位俄国人也敏锐地感到了其时那个动荡不安的世界及其内在的悲剧因素。他们想冲破束缚自身也桎梏别人的精神枷锁，但终其一生，也只能走着布满苦难、荆棘丛生的道路。然而，却在艺术领域里显示了“不朽”，在以视觉感知为特征的绘画中，通过生动而独具个性的物态化形式，呈现出实践与现实相对抗的艰难态势，留下了主体和客体相斗争的浓重痕迹，反映出对客体现实性的紧张探索和对主体目的性的强烈追求。纵横争持，沉郁惨切，震撼激荡，启人深思。尤其是凡·高的创作，以对比响亮的色彩挥洒和扭曲颤动的形线结构，如沸水置于烈火，阳光辐射大地一般成为20世纪绘画艺术的伟大先驱。

凡·高（1853—1890）比弗鲁贝尔（1856—1910）早三年来到人世，弗鲁贝尔比凡·高多活了十七个年头。他们生活在19世纪后半叶那个沉闷忧郁的时代；在新世纪到来的前夜，世态炎凉，令人窒息。凡·高说："死亡是冷酷的，但人生更冷酷无情。"[3]弗鲁贝尔的父亲曾目睹儿子"口袋里只剩下五个戈比了，真令人难过，令人痛心得流泪"[4]。凡·高说："我自信我有足够的创造力。"[5]弗鲁贝尔说："一种非说出点什么新东西不可的怪癖一直没有离开过我。"[6]环境的威胁使他们不胜其荷，机体的适应也失去了平衡：神经错乱终于夺走了他们的生命；然而，却终竟未能泯灭他们清醒的探索、热情的追求和创造的渴望。弗鲁贝尔所创作的一系列充满忧郁、惶惑和渴求发泄创造力的形象，说明他已不能满足于90年代俄国画坛巡回展览派的成就；也反映了俄罗斯年轻一代在新的历史条件下，对时代问题的痛苦思索和对艺术创新的艰苦探求。而对于凡·高来说，纵然对他创作的那些未来不朽之作在当下世人心目中不值分文，但他本人却对艺术事业的前景抱有坚定不移的信念："将来一定会出现一种非常美丽非常朝气蓬勃的艺术。真的，倘若我们目前能在我们的艺术里保持着我们的青春，那么，我们就一定能取得胜利。"[7]他的作品，不仅深刻地体现出这个坚强性格的成长和发展，而且预示了新世纪绘画艺术的伟大革新。既然沉闷、冷酷的时代铸造了内向孤独的他，那么心底的炽热和真挚就必然引爆出创造的火花：冷酷与热情、压抑与腾冲、皈依与反叛、守旧与革新，纵横拼搏、顿挫激荡，从内在精神到外貌表情都统一于紧张、艰难、痛苦的心理过程，在物质化的形、线、色结构上留下矛盾、对立、排斥、抗争的严重痕迹，在感性形式上呈现为粗犷、稚拙、丑陋以至出离常态等为崇高所必备的审美特征。

1890年开始，弗鲁贝尔着手创作一系列天魔（亦译"恶魔"）

的形象。到逝世前八年，计有《天魔肖像》、《塔马尔与天魔》（1890—1891）、《坐着的天魔》（1890）、《飞翔的天魔》（1899）、《被翻倒的天魔》（直到逝世尚未最后完成）等五幅之多。这一取材于神话传说的形象，深沉而复杂，高傲而痛苦，雄伟而又严峻，在孤独而又忧郁之中，蕴藏着亟待爆发的巨大热情。这是一个受到压抑的反叛的强者的形象。他思考着的问题只有一个："生存与死亡"；他渴求着的目的也只有一个：那在当时尚属朦胧的新的什么。他像哈姆雷特，在对人生意义进行深沉的思考；也像浮士德博士，对创造在进行不断的探求。主体严肃的思索和创造的渴望受到客体残酷无情的扼制，形成了压抑与腾冲严重而热情的内在矛盾统一。弗鲁贝尔的天魔形象似乎是时代的一个象征，那个充满危机感的历史时代，人的精神的伟大和痛苦的象征。"严峻的风格是美的较高度的抽象化，它只依靠重大的题旨，大刀阔斧地把它表现出来，还鄙视隽妙和秀美。"[⑧]《坐着的天魔》形象宏伟，笔触阔大，色调绚烂，有如彩石镶嵌悬于山崖峭壁之上，鬼斧神工，似梦非梦，示形于人间天界之间。在神话题材的躯壳中隐匿着的，是现实世界孤独、激奋、反叛的灵魂。他外表寂寞、忧郁，而内心却沸沸扬扬，如岩浆奔涌地下，大山正待喷发。它与拉斐尔的圣母、安格尔的贵妇相比，属于别一世界，而与罗丹的圆雕《思想者》近似。它排斥隽秀、浑圆而直取粗粝、阔大，用庄重的形象唤醒人们摆脱平庸的生活，使人对自身潜在的精神力量顿生敬畏之心。

"人是在对象上面意识到他自己的：对象的意识就是人的自我意识。"[⑨]（费尔巴哈）这个对象可以是人（天魔等）本身，也可以是人本身之外的自然。凡·高说："我爱一个几乎燃烧着的自然。"[⑩]正是在相当数量的作品中，凡·高以描绘巨柏、月夜、星空这些自然界巨大、无限的事物来倾诉他火一样的激情，表达他内心的抑郁、深刻的矛盾和对人生真谛的苦苦追求。《柏树》（1889）、《金黄色的庄稼和柏树》（1889）、《星月夜》（1889）、《星夜路边的柏树》（1890）就属于这一类作品。在凡·高的画幅中，柏树不是一般的物

《坐着的天魔》
油画
[俄] 弗鲁贝尔

质化了的形、色、线结构在二度空间平面上的再现，而是一种伟大的渴求献身精神的象征。对于人生，有着强烈的执着的爱慕，以至于负伤、流血，苦闷、悲哀，仍不能放弃，不愿忘怀；也是一种暗示，一种隐喻，一种激发创造力的媒介，一种深藏在艺术家内心生命之火的示现；它们扭曲着身躯，火舌般向上腾冲，和教堂的尖顶、闪灼发光的星月、大气回旋的夜空遥相呼应，恰与深沉静谧的大地形成鲜明对比；大自然呈现出一派活生生的颤动而神秘的生命，渗透着不安和痛苦；并使人想到生命的永恒与不朽。凡·高说："我在全部自然中，例如在树木中，见到表情，甚至见到心灵。"[11] 这种自我意识的对象化——主体转化了的现实，造成了一种特殊的戏剧情境：强烈的色彩引发出紧张的情愫，蜿蜒曲折的笔触激荡着生命的涡流，内在的韵律冲突构成了统一的过程。这是艺术家生命的表达。大自然的心灵，不仅存活于巨柏、星月和无边的夜空，甚至也跳动在像麦田（《麦田上空的乌鸦》，1890）这样一些平凡普通的景物中。那不是习见的庄田，而是奔涌的海洋，大地倾斜着，在苍茫无际、动荡不宁的天宇下，翻飞着一群惊惶无着的乌鸦。作为凡·高的绝笔，它也许是艺术家生命之光的最后返照了。

对于凡·高与弗鲁贝尔来说，艺术中的“崇高”是和他们生活于其中的时代有关的，是和能够充分表现时代的艺术家个人的思想和才华紧密相联的。其真正价值就在于：它不是教人安于现状，屈从于“命运”，而是强调思索、行动，启迪人们为了光明和合理的生活（尽管有时是含混不清、朦胧渺茫的）去和“命运”抗争，“体现出人的实践、斗争的伟大，体现出伦理、理性的不可征服。”[12]即使是他们几近于畸形、反常、病态的艺术心理，形式表现上的粗、陋、拙，也都可以视为被社会锋刃所斫伤的心灵的审美观照。“我们是处在压迫里，但将来的世代会呼吸得自由些。”[13]当后人翘首无边星空，听到凡·高这深沉的呼喊，从内心升起的，又岂止是敬仰之情！形式是精神的个性，风格即人，而人如其画。由于对一种崇高事物的执着追求遭到阻难、排斥和否定，从而导致如同地火被压抑得难得突发的郁忿，甚至伴随痛感，流露出某种悲剧气氛和复仇心理。从世俗的眼光考察，无论在人生的舞台上还是艺术的王国里，他们都显得有些“反常”，使人感到某种“不习惯”“不熟悉”，背离那“和谐”的美；在这“反常”和“背离”中，造成对视觉感官的强烈刺激，伦理心理的激励昂扬和精神境界的感奋敬畏。这就是凡·高和弗鲁贝尔的艺术给人的审美感受。

作为一种美的形态，“崇高”是通过严重矛盾斗争的痕迹体现某种时代社会发展的本质、规律和理想。造型艺术中的绘画，以一种静止、生动可感而充满个性的物质化产品来再现现实；与动的再现艺术如戏剧等相比，有其不同的形态。它虽不能像后者那样充分、集中地展示出矛盾斗争的“过程”和明显的理性因素，却具有其本身独有的审美特征。

首先是视觉感知的鲜明性。绘画是以形、线、色诸手段在二度空间的物质平面上去直接构形造象，这形象以视觉感知的鲜明的物质形态呈现在我们面前。这种灌注生气的外在形态，对于指引我们认识和理解内在的意蕴具有不可忽视的独立审美价值。如色彩的冷暖之间的斗争，线的结构和影像的组合，构图的对比和概括简练，

《麦田上空的乌鸦》
油画
[荷] 凡·高

以及技巧拙辣的"味"，笔触奔放的"力"，这些都已在一个确定的平面上得到了理想的安排和合理的解决，使这些同时存在于空间的"物理刺激物"诸部分直接作用于人的视觉感官；和凭借联想而"仿佛亲限看见"的语言艺术，依托"绵延于时间"展开情境冲突的戏剧艺术相比，绘画艺术的生动具体的形式感便显得更为异乎寻常地确定、直接而突出了。凡·高的响亮的、发光的、很匀称的色彩（"在对比中两色增到最高的强度"[14]），扭曲旋转的线条（"使用具有特征性的线"[15]）；弗鲁贝尔极不确定的紫蓝色、紫红色（"淡紫色云雾"[16]），玻璃镶嵌式的块面结构以及反映在他们作品中的那种创作过程中的丧魂失魄的精神状态，都作为物质形态，在二度空间的平面上留下了主体与现实相抗衡的严重"痕迹"。

但是，这还只是绘画艺术的一般审美特征。作为美的形态，"崇高"在绘画艺术中主要表现为内部的运动感、象征性和外部运用技巧与物质材料中体现的粗、陋、拙。

运动感。绘画艺术限于它表现上静止的形态和凝冻的顷刻，只能通过"外在的面貌展示内心的一切，静止的场景表现运动的行程"[17]。这一目的的实现全赖绘画内部的运动感。所谓运动感，本是客观存在的物质运动形式在艺术家头脑中反映的产物。运动才有生命，运动才有创造，而严重的对抗冲突可以说属于运动的高级形态。画家在作品中追求瞬息变幻、生命飞驰的运动旋律，正如同悲剧作家以行动冲突表现性格命运一样，都属于“崇高”这一美的形态。闪电、暴风和波涛的怒吼，丛林中的狮虎，雷电中的奔马，固然使人感奋，使人感到它与人的实践相抗衡的气质；就是普通的麦田、习见的向日葵，也能在凡·高的笔下激起动荡的旋律，更不要说那些舞动的巨柏、旋转的星云、晃动的大地、蒸腾的天宇了。在弗鲁贝尔《坐着的天魔》中，无名的巨大花卉和徐徐沉沦的紫红色夕阳，有力地烘托出天魔的孤独、痛苦和渴望；硕大的身躯、强健的臂膀和悒郁的眼神、反扣的双手，深刻地揭示出沸腾的内心世界，显露出实践与现实的严重冲突。从深沉孤独的《坐着的天魔》到在黑暗深渊上空《飞翔的天魔》，以致最后粉身碎骨仍圆睁双眼的《被翻倒的天魔》，恰是行动冲突的系列，它本身就展示了内在的斗争过程和悲剧的结局。因此，从特定题材的选择到旋动的形线结构、强烈对比的色彩和具冲突性情节的构图，都是绘画表达的重要手段。把这些手段集中在一个焦点上，聚合为内在的紧张、冲突、对抗的力加以凝冻，便形成绘画艺术内部的矛盾运动。这是绘画艺术内部意蕴的生命所在，具有“崇高”审美特征的关键。我们在凡·高相当数量的肖像、风景、花卉静物作品中看到这种东西。当然，这种“运动感”只有让想象自由活动才能获致最有意义的效果，取得最理想的审美观照。

象征性。为了如同动的再现艺术那样，能充分、集中地展示“崇高”明确的理性内容，绘画艺术常取象征与暗示的手法，用可视的有限形象，表达视觉感官无法企及的深广的精神境界，从而排斥对现实生活作平庸、琐屑的描绘。与绘画中的象征派排斥故事性，只表现一种虚幻缥缈的情感不同，凡·高和弗鲁贝尔只是从表现更激烈的感情冲突和更深沉的时代内容出发，来使用这一手法。区别于象征派的梦幻境界，凡·高和弗鲁贝尔的象征手法具有更明确的理性因素，它与某种特定的题材和形线结构一起，展现了主体与现实的激烈冲突，唤起了人们积极的审美感受。弗鲁贝尔以极大的痛苦代价描绘的“天魔”，实则是那个沉闷时代的怀疑者、反叛者的形象，虽然并不一定像凡·高那样具有自觉明确的意识。凡·高曾大谈“色彩的暗示力量”[18]，他在给一位艺术家朋友作肖像时，曾以无限的天空代替普通的墙壁，用发亮的金发衬以强烈的蓝色，“像一颗亮星涂在蓝天上”[19]，以表现对他的挚爱之情；他还曾用红与绿来表现夜咖啡馆中的“人们的火热的情绪活动”[20]。他本能地“感觉到暴风雨来临前的当代的不健康和窒息”[21]，并声称这就是导致他强烈激动的原因。而所有这一切都足以说明：这些艺术家的作品绝非只有感性的肤浅内容，而恰恰证实“美的表现是和艺术家所能获得的思想力量成正比例的”(库尔贝)[22]。因此，作为表现这种“思想力量”的象征或暗示手法，自然就不再是宽泛而无足轻重的东西了。事实上，对于在绘画艺术中表现“崇高”这一美的形态，只能使冲突的痕迹倍加鲜明，理性的因素更为明确。至于选择什么或以何种手段作为象征和暗示，关键在于表达的需要和发自画家内心深处的兴趣。

在运用艺术技巧与物质材料中体现审美特色。物质材料是绘画艺术表现的基础。造形艺术的形式特点，主要体现于物质材料及其使用技巧。熟练掌握物质材料的艺术技巧，不仅注入了艺术家的思想和感情、品格与情操，而且不同的物质材料也制约着不同的艺术形式和表现技巧。在情节或性格的发展过程中显示出主体对现实的艰巨斗争的悲剧，只能在限定的时间范围内再现；而运用形、色、线物质化手段再现的绘画艺术，却能以“凝冻”的形态使人作相对久远的审美观照。其中灌注艺术家劳动和智慧的“物质痕迹”，如齐白石的水墨晕润，黄宾虹的浑厚华滋；雷诺阿圆熟细密的笔触，马蒂斯狂野、奔放的色彩，都具有相对独立的审美价值。凡·高对色彩和线条的运用曾刻意作长期的探索，他那“猛冲式击剑一样的笔触”[23]，和在外光下作画时把铅管中的原色直接注入画布的操作方式，曾使旁观者莫名惊诧。弗鲁贝尔大刀阔斧的块面结构和响亮的色彩斑点；天魔披风的鲜蓝色和夕阳返照的紫红色，其运用物质材料的技巧本身，即具有极大的魅力。正是在这种粗、陋、拙为审美特色的“物质痕迹”中，显示出撕心裂肺般的焦灼不安和忧郁孤苦的悲剧气氛，使人由压抑转到振奋，感到“强烈的生命力的洋溢迸发”（康德）㉔。如果说，作为圆熟、精细、谨严、富丽等“优美”的审美特色，是艺术家对物质表现材料的驯服处于和谐统一状态的反映，那么以粗犷、生涩、稚拙、雄健等审美特色为标志的“崇高”，正是艺术家对物质材料的征服处于对立、冲突与抗争状态的表现㉕。事物斗争的过程比事物成功的结局对人更富有吸引力，人的伟力与智慧能得到更为充分的发挥，因而在“崇高”与“优美”这两种美的形态中，前者的技巧美与后者相比，显得拙辣、粗犷，“对人的想象力仿佛在施以暴力”（康德）㉖，使观赏者的心灵处于动荡状态，具有更大的艺术魅力。

这就是“崇高”这一美学形态在绘画艺术中的一些基本审美特征。

在西方美学史上，18 至 19 世纪浪漫主义运动的兴起带来了审美趣味的转变，传统的典雅、精致的审美观念开始动摇，“崇高”这一美学形态日趋受到重视。德拉克洛瓦和安格尔在艺术理论上的斗争和创作实践上的对垒，最清楚地反映了这一点。安格尔曾大骂鲁本斯是“肉贩子”，而德拉克洛瓦却盛赞鲁本斯、席里柯等为“美学界的荷马、艺术中的热与力之父。”“在所有这些作品中，都有着某种伟大而崇高的东西。”㉗从这种意义上讲，席里柯的杰作《梅杜萨之筏》和德拉克洛瓦本人的《自由在领导人民》《暴风雨中的马》等一系列作品，不仅是具有以“崇高”为特色的代表性作品，而且是人们审美趣味转变的标志。另一方面，同是具有审美特色的作品，由于画家艺术素养和心理气质不同，也表现了不同的审美情趣。19 世纪德国浪漫主义画家弗里德里希，以细腻的笔致描绘了荒凉的山野、孤独的橡树（《一棵孤独的树》）和面对茫茫大海的孤僧（《海边的修道士》），特别是《冰海沉船》的崇高感和悲怆感。而后来俄国的艾瓦佐夫斯基一系列以描绘沸腾奔涌的海洋为题材的作品（《九级浪》等等），则更显示出自然的混茫和粗野，“标志出体积和伟力”（康德）㉘，把心灵的崇高激发起来。“要画闪电、暴风和波涛的怒吼——自然界这些不可想象的事物”㉙正是他们创作的一贯主张。到 19 世纪末 20 世纪初，不仅浪漫主义运动奠定了它牢固的历史地位，而且绘画艺术在近、现代之交流派纷呈，更预示了许多新的发展因素。荷兰的凡·高和俄国的弗鲁贝尔都是有代表性的人物。由于他们所处的时代和他们特殊的生活经历、独特的心理气质与狂热的艺术追求，使他们更强调主观表现因素，更侧重于对主体心灵作审美观照，从而显示出绘画艺术中“崇高”的许多本质方面。正是基于这一点，以凡·高和弗鲁贝尔的代表性作品为抽样，探讨“崇高”这一美学形态在绘画艺术中的诸多审美特征，是不无意义的。

注释：

①⑤⑦⑮㉓［法］雅克·拉塞涅：《凡·高的创作思想》，《美术译丛》1982 年第 3 期。

②⑯［苏］吉萨罗娃：《弗鲁贝尔的艺术》，《世界美术》1982 年第 2 期。

③［英］阿德：《温森特·凡·高的生平》，《世界美术》1981 年第 2 期。

④⑥［苏］德鲁任宁：《怀疑·探索·发现——弗鲁贝尔的创作道路》，《世界美术》1982 年第 2 期。

⑧朱光潜译黑格尔《美学》第三卷上，7 页。

⑨㉒转引自：《西方美学家论美和美感》，209、241 页。

⑩⑪⑬⑭⑱⑲⑳㉑宗白华译：《欧洲现代画派画论选》，32、28、37、34、3、5、35、36、37 页。

⑫⑰李泽厚：《美学论集》，212、405 页。

㉔㉖㉘转引自朱光潜：《西方美学史》375、376、375 页。

㉕王菊生：《论造型艺术的材料和技巧美》，《美术》1982 年第 2 期。

㉗德拉克洛瓦：《德拉克洛瓦日记》，333~334 页。

㉙转引自任满鑫：《心灵的艺术》，《美术丛刊》第 13 期。

1987 年 4 月

现实世界中的超越与失落

——凡·高与列维坦

上　篇

当艺术家的心灵向世界展开的时候，他们整个的生命便从狭窄的自我天地中涌出来，沿着山峦奔驰的韵律鸣奏，随着溪涧婉转的曲线，穿过幽暗的峡谷，掠过明灭的树梢，直达天涯芳草，与天光氤氲交融渗化并消释开来，同无形的宇宙生命合而为一。他们活跃的意识是如此深沉，把无知无觉的自然尽都吸入自我之中，激起心潮惊人的澎湃；他们深邃的目光是如此广远，把芸芸众生的世相尽都投向无边的混茫。他们似乎在追索一种物质现实以外的彼岸世界，企图获取人类只有在睡梦中才得以实现的心灵的超越。于是，他们在静穆中观照，在沉冥中求索，透入造化的精微与玄机，仿佛在纷纭的感知里腾踔万象，穿过秩序的网幕，那充满智慧的眸子闪发着灵光：在心灵幻觉的飞升中走向精神彼岸，在意象恍惚的梦境中摆脱实在现实。在他们创造的艺术世界里，精神生活得到无限的提升，时空也获得了凝定。

然而，现实世界却是如此残破、病态，充满了缺陷和丑陋。凡·高曾数度疯狂，只活了三十七岁，以自杀了却一生；列维坦终生与孤独为侣，三十九岁谢世，在忧郁中死去。他们都没有妻室家小，孑然一身走过苦难的尘世。尽管凡·高曾任矿区教士，怀着拯救苦难的真诚面对世人；而列维坦长相竟酷同耶稣，曾被朋友画家目为救世主的模特儿。但是，他们终被从现实世界中抛了出来，悬在空中，摇来摆去，带着苍白的面容，瞪大惊异的双眼，痛苦而尴尬地面对自身的处境，忧伤而怅然地审视着这纷扰不堪的现实。

《自画像》
油画
1886
[荷] 凡·高

为此，凡·高愤激了。他在给弟弟的信中写道：“画家的一生当中，死还不能算最苦的事。”他画幅中那夸张的手法、扭曲的线条所表现的星空月夜，丛柏夕阳，乌鸦飞掠过的波涛汹涌的麦田，教堂脚下震颤而骚动不安的大地，缜密凝聚，旋转升腾，无一不呈现出活生生的战栗而神秘的生命，于燃烧的阳光中渗透了痛苦，迸发出呐喊，悲苦而激越，欣慰而又充满了忧郁，投射出梦想中的真实生命和对别一事物的殷切期待。显然，凡·高企图用炫目的光色去缓解尘世的苦难，破解人生之谜。

列维坦也企图在深沉的忧郁中超越。这位全身充溢着沉郁诗情的歌手，以他深沉的挚爱灌注着心灵的潜流，展示出俄罗斯大自然的无尽魅力。他说：“不仅需要眼睛看，而且要用心去感觉自然，聆听自然的音乐，体验自然的幽静。”寂静的农舍在晚照中默默地发散着质朴的忧伤，荒径恰指向画家心灵幽深的通道。在金色的秋天，澄蓝的小河浮荡着凋零的树叶向生命告别；在盛夏的残阳里，余晖透射颀长的桦林闪烁着依依惜别的光彩。绚烂的湖面，飘过暴风雨离去的最后一片乌云，恰似艺术家忧伤的心灵告别尘世时发出的最后一声轻微的叹息；在墓地上空，凝结的阴云奏出悲怆的安魂曲，抚慰着这长眠地下饱历人世沧桑的灵魂。列维坦更是想以永恒的自然的宁静中流泻的乐音去熨贴世人伤残的心灵。

使人困惑的是，不论是炫目光色中映出的愤激，还是自然宁静中流泄的忧伤，都使得他们超越的企图难以实现。实在现实无情地粉碎了他们这种心理均衡的尝试！艺术家的生命，好像在精神和现实这两个强权之间恐怖而战栗地运动和激荡。一种充满痛苦的命运还是热诚的渴望，都既不能使他们的躯体远离尘世，也不能使他们的精神沉潜现实。无望的挣扎、呼叫和深沉的感伤悲哀，使他们那些传世而尚待于后人"演奏"的永恒不朽的乐章，挂满了自己真诚的眼泪和看了使人辛酸的血渍。不幸的是，这泪的晶莹和血的斑斓却再度幻出这现实世界的缺陷。

远在救世主降临这苦难世界之前的古代希腊，当圣餐礼进行中先哲曾发过这样的预言："放弃你所有的，你才可得到一切的东西。"艺术家之所以想获得某种满足或实现某种愿望，乃是因为他们需要这些东西，即在人类心灵的正常生活中占有一席之地。他们认为，这种"高级需要"比低级需要的口腹名利具有更大的价值，这种满足更接近于自我实现，这种追求与满足能导致更伟大、更坚强以及更真实的个性。然而，在现实世界里，他们却过着最不正常的生话，要他们做那种"适应"社会的"正常"人，"正如要他们永远睡在普罗克拉提斯床上一样难受、一样无聊、一样绝望"（荣格）。其之所以如此，是因为在他们的心目中，"不仅有感官的音乐，而且还有精神的音乐；不仅有目前正在演奏的那些音乐，而且还有没有被演奏的，但却是永恒的，不朽的音乐"（黑塞）。为了那精神的音乐，永恒不朽的音乐，他们都成了一些无法适应社会的畸零人，好像他们的真正需要，便是在求取一种"不正常"的尘世生活。

他们终究"不能放弃所有的"！

这样，心灵的超越便永远只能是一种期待。这是人类心灵史上的千古之谜。

下　篇

1987年3月30日，一个多世纪前凡·高在法国南部城市阿尔创作的一幅《向日葵》，以2250万英镑的高价拍卖成交，创造了当今世界绘画售价的最高纪录。然而，当年艺术家在这里的贫穷生活和刻苦的艺术追求，却远没有引起时人瞩目；他在阿尔期间用过的有意义的纪念物也荡然无存。同样，列维坦在他的风景画中所揭示的俄罗斯普通自然景观中独具的诗情和朴素的平民审美情感也已成为世界性的精神财富；而在当时，画家好友契诃夫曾沉痛地说："人们对列维坦的作品太不重视，太不珍贵了，这简直是耻辱！"当然，也有一些例外。法国印象派大师毕沙罗当年即曾发现凡·高的潜力："我早就看到，凡·高如果不会发疯就会把我们全都远远地甩到后面。我可没料到，两种情况都出现了。"这些于当时超凡脱俗、独具慧眼的谈吐，在今人眼中，自然是凤毛麟角的杰出之辈。百年之后，当不同国度的众多凡·高崇拜者，几乎是怀着"朝圣"的虔诚，涌向法国阿尔艺术家的墓地，望着它周遭太阳燃烧般的向日葵，缅怀长眠地下的他，轻轻地呼唤着，默默地谈论着，而不得一睹其再世丰采的时候，他们个个深怀内疚，深觉愧对于艺术家，深感时人对艺术家的冷漠、残酷……这时，一种由人类集体无意识所催发的潜在的悔罪感，竟无情地噬啮着他们那一颗孱弱的心，——他们感到了沉重的失落！

在当今世界一些人的眼里，财富是权利的物化。然而与此同时，世间还有一个与此完全相反的原则，伟大的精神原则。它的恒久与永存的力量，它超越现实世界的伟大企图所激发的内驱力却正如漫漫长夜的远方明火，导引人类冲出现世的泥淖，扫荡前行的艰难，达到肉体所无法企及的精神彼岸，一个世代孜孜以求的理想世界。正是这根强大无比的精神之绳，维系着这个混浊不堪的现实世界而不致沉沦。日人浜田正秀曾认为，现实原则产生于"水平世界"，而精神原则则诞生于"垂直世界"。"垂直世界"能随时切断

“水平世界”而使现实价值颠倒，实现人类永久的愿望；而“水平世界”只能产生出“水平人物”，与地球上生存着的原始生物的原则毫无二致。然而，“垂直世界的追求者把一生献给了一瞬，并为这一瞬而终生受苦”。是的，当面对现实世界的时候，他们确是一些众生中的“异类”。具有非凡的敏感，动荡的情绪，憧憬于彼岸世界而又拥有巨大创造力的骚动不安的灵魂。他们颠簸于坎坷、磨难之中，永世为贫困所苦，终生与孤独相伴，穷愁潦倒，甚或死于非命。使“水平人物”困惑不解的是，这种来自外在现实世界的巨大压力，竟然引爆出精神产品内在创造的灿烂火花，透射出崇高的人道精神，作为人类预言家的殉道者的自我牺牲精神，以及那种执着于艺术的孤军奋战精神。这种不可抑制的内在精神向着冷漠的外部世界燃烧、扩散，施放出竟如瘟疫般的侵蚀力和辐射式的穿透力，消融了他们心灵蒙受的现世尘埃，使污浊的灵魂向着另一世界升华。

当世人愕然面对艺术家的杰作失魂落魄而不能自已的时候，实在是不无遗憾地感到，艺术家那种似乎永无止境的创造力和那些无可穷尽的伟大的艺术构思，都已经伴随着他们弥留之际的朦胧意识而归于寂灭了。时人由内疚、愧悔而滋生出沉重的失落感，从而导致置身现实世界价值观念的严重倾斜。

《列维坦画像》
油画
1890
［俄］谢洛夫

早在1933年，前苏联就出版了普罗科娃的研究专著《列维坦》，且被列入高尔基所创始的《杰出人物传记丛书》。1951年，日本首次上演三好十郎再现凡·高生平的戏剧《火一样的人》。演员泷泽修追踪凡·高生前足迹，研究了所有能看到的资料，成功地塑造了凡·高的形象，并因此获得当年的艺术奖。泷泽修回忆说："我工作的时候，常常想起凡·高，常常想到自己是最没有用的，常常想到自己的工作不及凡·高脚下的灰。所以对我来说，凡·高至今都是我生平中敬仰的一颗星星……总好像觉得凡·高就生活在我的身边……"对时人的这些溢美之词，不知长眠地下的凡·高听到后作何感想。但是，德国哲学家叔本华却曾在那本当年被出版商预感到将"变为一堆废纸"的《作为意志和表象的世界》中不无感慨地说："一个诗人能够深刻而彻底地认识人，但他对于那些具体的人却认识不够；他是容易受骗的，在狡猾的人们手里他是被人作弄的玩具。"

呵！生前寂寞的列维坦，孤独一世的凡·高；还有你，世代幸运的后来人！

1988年8月

你多美，罗斯，我亲爱的罗斯

——俄国风景画家列维坦素描

1899年12月25日，伊萨克·伊里奇·列维坦来到其时的俄罗斯南方滨海城市雅尔塔，探望正在那里疗养的安东·巴甫洛维奇·契诃夫。久别重逢，多年的友谊使他们自有说不完的话题。

一天傍晚，列维坦坐在壁炉对面的安乐椅上，而契诃夫则像往常那样，在书房里来回踱步。他说，看不到北方俄罗斯的大自然，让他很是寂寞。列维坦听了，对作家的妹妹玛丽亚·巴甫洛夫娜说："玛莎，请您给我一块纸板。"她拿来一块硬纸板。列维坦把纸板裁成了需要的形状，按在壁炉上，只用一个半小时就完成了一幅油画，这就是著名的《黄昏中的草垛》。99年过去了，时逢"中国国际美术年"的1998年4月，这幅作品竟不远万里来到中国美术馆，它就陈列在中厅。画幅不大，只有7.5cm×23cm，却为宽大的银灰色画框包围，在众多展品中极为夺目。画面上夕光隐去，黄昏来临，几垛干草似沉沉睡去，初月笼罩在升起的薄雾之中，朦胧的色调，透出宁静和感伤。它显示出画家成熟期作品的高度单纯，尤其是对总体氛围的把握表现了与契诃夫小说单纯、简洁与节制之审美取向的同一性。然而，与契诃夫不同，就其作品的精神内涵而言，列维坦通过对俄罗斯自然的广泛描绘，以风景画的形式，深刻地传达出19世纪后期的时代氛围，且以无言的忧伤、宁静的沉思呈现出对古罗斯土地淳朴、深挚的情怀，以及那种俄罗斯特有的深重的宗教式悲剧精神。

《黄昏中的草垛》
油画
1899

他有一副基督的形容

清瘦，黑色须发，脸形美丽而高贵；列维坦是犹太人，却具有西班牙—阿拉伯人最优雅的外表，相当忧郁的神色中似乎深藏着俄罗斯心灵中最隐秘的东西；当他用那双富于表情的黑眼睛瞧着你，特别是当他讲话的时候，就会流露出内心的温和、真挚和诚恳。在聆听女友库符申尼科娃为他弹奏贝多芬的《月光奏鸣曲》的时候，列维坦常常会习惯地唉声叹气。

有一次和几位朋友旅行，他突然在田庄停了下来，像等待什么。这时莫斯科大剧院男高音歌手顿斯科依问道："您在想什么？""您看到了这块云吗？"列维坦指着天空："它马上就要把太阳遮住，那时四周就要笼罩在半明半暗中，我就是等着看这个。"契诃夫在 1896 年 12 月 21 日的日记里写道："列维坦患了主动脉扩张，胸上敷了黏土。绝妙的习作和燃烧般的生之欲望。"

有一年，画家波梁诺夫准备创作《基督与罪女》，正苦于找不到模特儿，忽然想到一个朋友，便找上门去，正是列维坦为他扮相画中基督的脸容。1893 年冬，画家谢洛夫为列维坦画像。画中列维坦左臂横卧椅背，绝妙的手绻曲下垂，光亮突出的前额，黑色须发，些许倦容正衬出一双深沉忧伤的眼。其时列维坦三十三岁，正值创作的巅峰期。列维坦对自己的画像相当满意，他说："谢洛夫是位了不起的画家，我相信，他画的这幅肖像，将来一定会挂在特列嘉柯夫绘画陈列馆里的。"他的话应验了。当后人在这一绘画馆参观时，惊奇地发现，谢洛夫的列维坦肖像，竟与伊万诺夫 1835 年的《基督显圣》、克拉姆斯科依 1872 年的《沙漠中的基督》两画中的基督，其形容颇有几分相似。这是俄罗斯宗教文化中的基督，深沉、凝重而忧伤，有别于西方那般惨烈。

俄罗斯的苦行僧

学生时代的列维坦，在给一位亲戚的信中说："真对不起，我好久没有还你的钱。原因是我现在囊空如洗，穷到曾经一连三天没有午餐，我想不久就可以有钱了，那时必定奉还。"

1873 年 9 月，十三岁的列维坦进入莫斯科绘画雕塑建筑专科学校之后，贫穷、饥饿、侮辱和委屈阴霾般无所不至地笼罩了他生活的一切角落。起初是因为缴不起学费遭到退学的威胁。继之是居无定所：只要方便，就在熟人或陌生人家里过夜；学校的更夫出于怜悯，让这个无家可归的孩子在自己的小屋旁过夜，用马车夫的坐垫给他当床铺；有时竟至钻进教室窗下的大木柜里，还顺便盖上几块木板，以免被人发觉，在那里度过漫长的冬夜。他每天只吃三戈比的伙食，或仅以一块小小的黑面包充饥……

1879 年，沙皇亚历山大二世在索罗维耶夫遇刺，时风严酷，开始要犹太人迁出莫斯科。双亲早逝的列维坦兄弟姐妹四人，只得迁至莫城十五俄里以外的下新城附近，陷入极度贫困的境地。已经十九岁的列维坦竟没有一件体面的衣服，身着一件旧红色衬衫，破裤子，光脚穿一双破鞋……

其实，同情和怜悯从来就是这个民族的良知。就在列维坦遭到退学威胁时，曾有人代他缴付学费，但画家始终不知道是谁。1879年，画家的勤奋和天资引起道尔果鲁科夫公爵的注意，终于将其列入奖学金名单。也就在这一年，他进入风景画家萨甫拉索夫的画室，名作《索柯尔尼基的秋天》正是在萨氏指导下完成的。当初，列维坦因贫困几近绝望的时候，画家的姐姐曾去找特列嘉柯夫帮助，却遭到拒绝。这位收藏家说："当列维坦画出一幅好画，我将同意购买，并会出一个好价钱。"这道理很简单：天才只需激励，而庸才则无须一顾。1880 年 1 月，《索柯尔尼基的秋天》成为特列嘉柯夫购藏的列维坦的第一幅作品。

贫穷是伟大天才的伴侣。"对于青年时期来说，唯有贫穷才算得上体面。"哲学家洛扎诺夫如是说。然而，贫穷终究给心灵蒙上了忧郁凄凉的阴影，以致成为一种情结。1885 年 4 月，应契诃夫邀请，画家来到其所在附近的一个小村度假。有一次突然为忧郁侵袭，列维坦竟然在麦秸堆上开枪自杀，幸而没有击中。大约十年后，在写给他的医生蓝果沃依的信中，曾有如下陈述："您是我的医生和好友，我可以向您吐露全部真情。忧郁症逼得我到了用枪自杀的地步。我还活着……这就是您的忠诚的仆人自我作践的结果。"看来他做这种蠢事已非一次。画家的好友契诃夫认为，这种

《索柯尔尼基的秋天》
油画
1819

情绪是某种病症，某种不是由外界引起的，而是人体内在的病症。据画家利普金回忆，列维坦有一次说："在我们俄罗斯，绘画买不了房子，也许还会挨饿。"他去过列维坦的居室和卧房，"那种简朴到几乎像苦行僧般的陈设，使我感到惊异"。正是痛苦的生活，使列维坦画中充满如此般的忧伤。尽管后来他成了教授，被授予院士称号，却仍不止一次地为救助饥饿的农民义卖画作，为救助穷困的学生慷慨解囊，并力所能及地帮助那些急需帮助的人。

1896 年 7 月，列维坦在一封信中曾说："我们是陷在绝望里，我们是堂·吉诃德，但还要比他不幸百倍。因为我们知道自己在跟风车作战，而他则不知道。"这位天才在其创作的盛期，面对俄罗斯的无边暗夜，在与命运的抗争中，呈现出一种可谓悲剧性的生命痉挛。1900 年 7 月 22 日，列维坦终于大限来临，他死于严重的心脏病，只活了不到四十个年头。重病中，契诃夫等众多友人曾关怀备至。这一年，在巴黎的世界博览会俄罗斯艺术馆，列维坦的最后作品围上了黑纱。

深情的"农舍"系列

19 世纪的俄罗斯是一个巨大的庄稼汉王国，深为农奴制束缚，尽管 1861 年颁布了解放农奴的法令，但庄稼汉的苦难并无根本性的改变。敏感而多情的俄罗斯知识分子无不承受着巨大的心理压力。"为什么""怎么办"成为响彻整个 19 世纪俄罗斯文学艺术的主旋律。先是文学中的普希金、果戈理、车尔尼雪夫斯基，继之是陀思妥耶夫斯基、列夫·托尔斯泰和契诃夫；在绘画领域，先有瓦西里·佩罗夫的《送葬》《三套马》，继之有巡回展览派发起人克拉姆斯科依，他曾以《沙漠中的基督》表现当时知识分子对时代的沉思，而列宾的《伏尔加河上的纤夫》和苏里科夫的《近卫军临刑的早晨》等作品，表现的也都是一些悲剧性的主题。其中深刻反映苦难题材的瓦西里·佩罗夫，乃是列维坦的校友。俄罗斯文化是苦难的文化，为真理而牺牲的文化。早在 1842 年，普希金在阅读《死魂灵》时就感叹道：“上帝就像我们俄罗斯一样忧伤。”哲学家别尔嘉耶夫认为：“这是整个19世纪所有俄罗斯知识分子的叹息。”

这就是画家列维坦置身其中的文化语境。

在风景画家列维坦的作品中，毕其一生是画之不尽的路、黄昏、夕晖、月夜、忧伤的树、沉凝的云、静静的河湾以及五光十色的湖面。特别是那一幅又一幅寂静的农舍，空寂无人而又引人沉思，仿佛能听到充满忧伤的心灵诉说。据艺术史家格涅季奇回忆，有一次契诃夫曾说：“要是我有钱，我一定向列维坦买一幅‘农舍’，他那灰色的、可怜相的、孤单的、难看的，但却流露着难以言喻的和无以抗拒的魔力的，人们朝它看了又看的‘农舍’。”其实，“农舍”的创作，早在1877年，十七岁的列维坦已经有《黄昏》问世。画中一条泥泞坎坷的路，弯曲地通向远处晦暗的农舍，阴空重压下，只有低沉的为夕阳反照的云层。1883年又有《耕地上的黄昏》，那是一位俄罗斯老农，在辽阔的土地上，时至黄昏仍耕作不辍，人与马在夕照中犹如剪影。直到1900年画家去世前创作的《月色黄昏》，沿围栏而上，仍是薄暮月色中沉睡的农舍。在俄

《月色黄昏》
油画
1900

语中，农民（Крестbянин）与基督徒（Християнин）本为谐音。在列维坦画中反复出现的农舍，莫非是敏感的画家对农民无尽苦难的一种表达符号、一种良知的献祭、一种深情的倾诉，抑或把这种淳朴的美当作上帝来祈祷？俄罗斯哲学先驱恰达耶夫有一段“箴言”说得好：“自然界每一个对象的背后，都有着我们用智慧或想象放置进去的某种东西，这也就是艺术家应该在作品中再现的无形之物，因此，使我们感动、使我们激动的正是这种东西，而绝非我们所见的对象。”正如人的个体一样，俄罗斯民族的每一个个体，可以是一块泥土，可以是一片树叶，也可以是一缕阳光，或拂过白桦林树梢的一阵轻风，都是这民族的一个微粒，那是人在画中的无形存在。

淳朴的农舍毕生激动着画家的心灵，淳朴无华的风景只属于大画家，何况列维坦从来就无视所谓“美丽”的风景。

悲怆与辉煌之美的丰碑

19 世纪90 年代，是列维坦创作的高峰期，大型纪念碑式的作品相继涌现。1892 年有《深渊旁》（150 cm × 209 cm），其习作最初完成于一位男爵夫人领地的磨房附近。这是一个“祸地”：传说从前一位磨房主的女儿爱上一位马夫，但她父亲极力反对，竟然买通当局将马夫征去终身当兵，致使姑娘痛苦绝望，最终投渊自尽。在最后完成的作品中，这个民间传说促成了作品叙事的传奇色彩。画面中的板材和圆木表现出画家惊人的写实功力，幽深的树丛和投射于水中的暗影，显然酿造出某种神秘气氛，而画风的淳朴和总体氛围的把握，也充分传达出俄罗斯大自然的诗情之美。真正令人震惊的是同年完成的《弗拉基米尔公路》（79 cm × 123 cm），这是一幅真正地老天荒而令人顿生绝望之感的作品。在铺天盖地的云空下，众多歧生的小路归于一条砾石错杂、行进艰难的大路，并最终消失在无尽的天边……据库符申尼科娃回忆：“我和列维坦走在旧的弗拉基米尔大道上，道路像一条白色长带；在远处可以看到两个女巡礼者的身影，一根倾斜的墓标带着被风雨侵蚀的圣像。这是古老时代

《深渊旁》
油画
1892

的遗迹。”这就是从莫斯科经过弗拉基米尔城去西伯利亚的一条大道，帝俄时代流放犯人的必经之路。而“路”是俄罗斯文学艺术中被反复表现的重大主题，它与这片广大辽阔的土地和这个民族的苦难密切相关。列维坦说：“从前，沿着这条道路，有多少不幸的人，在镣铐声里走向西伯利亚……”一种深藏心底的哀伤使画面表达的寂静变得忧郁起来，灰色的天空也显出了愁惨，仿佛受难的、忍辱负重的俄罗斯灵魂布散在广袤无垠的大地上。列维坦研究专家费多罗夫－达维多夫甚至认为，画家在这里依据的是当时的现实和成为先进知识分子特征的那种国民感情，用纯风景画表达了丰富的社会思想，是一类历史风景画。同年，列维坦还作有《晚钟》(87 cm×107.6 cm)；那是听到傍晚钟声的召唤，乘小船赶去河对岸教堂做晚祷的信众，在夕阳的笼罩下，远处教堂的尖顶金光闪耀，宁静的自然在晚霞里弥漫着天国的声响。与此相关，此前还有《黄昏·金色的普寥斯》《雨后的普寥斯》《静静的修道院》《教堂秋色》以及最后的《湖》等，概可视为“教堂系列”。那就是画中或远或近反复出现的东正教的教堂圆顶；不论晴天的灰蓝还是晚照中的金黄，那指向苍穹的十字架都是圣灵的召唤。作为自然的奥秘和画家的心灵，它所呈现的乃是与土地相联系的宗教意识。土地是俄罗斯民族最终的庇护者，土地就是人民。“谁喜欢俄罗斯人民，谁就不能不喜欢教堂；因为人民及其教堂是二者的合一。而且只有在俄罗斯人那里，才是二者的合一。”洛扎诺夫的这些话，实在是道出了俄罗斯宗教文化的精髓。

就此而言，画家 1894 年完成的《墓地上空》(150cm × 206cm)(又译《在永恒的寂静之上》)，是画家终其一生，献给俄罗斯民族的一曲深沉宏伟的挽歌。画面下方是一个隆起的丘岗，若隐若现的小路通向一座简陋而饱历岁月风雨的小教堂，窗口一粒烛光依稀可见，倾圮散乱的墓石或十字架尽显人世的变易沧桑；而在教堂和墓地之间，是仍富生命的小小树丛，晚风拂过树梢，恍有亡灵飘动……这一切尽在高远的俯视之下。在浩大湖面之上的广阔天空，有巨大运行的云团，呈现一派奇幻、凝重甚至诡谲而变动不居的悲壮意味；一线负载夕照的云束如箭一般穿过巨大的云团，尽显生命的顽强、力度和迅疾的流逝，使原本虚幻的天空透出强劲的生命感；而人世

《弗拉基米尔公路》
油画
1892

生存的大地丘岗之一角却散发着浓重的死亡气息，消逝的生命已进入寂静中的永恒。人生是何等短暂而无常！人生有限而宇宙无穷——这就是这支庄严宏伟的悲怆交响曲的主旨。它仿佛把《深渊旁》《弗拉基米尔公路》《晚钟》以至“农舍”系列中种种使画家心灵激动的情感聚拢起来融而为一，使民间传奇意义的、历史社会意义的和宗教意义的众多内涵集于一体。关于这幅作品，1894 年 5 月 18 日，画家在给特列嘉柯夫信中有言：“整个的我，我的全部精神，我的全部内涵，都在这一幅当中了。”据画家女友回忆，此画的创作是在一个夏季的湖畔，全部画材均在一次溯流而上的旅行中得来，而教堂则在另一处；在作画的过程中，列维坦坚持让女友为他弹奏贝多芬的《英雄交响曲》，特别是其中的第二乐章《葬礼进行曲》。其实，就在画家创作此画的前一年，柴可夫斯基刚好完成其最后的作品第六交响曲《悲怆》。那第一乐章中铜管乐吹奏出的，旧时俄罗斯教堂为死者举行葬礼的挽歌《与圣者共安息》的旋律，自当更加切近《墓地上空》的悲剧性主旨。这幅画创作于 1893 年至 1894 年，先有两幅素描稿《雷雨前》和《墓地》，后有一幅《墓地上空》的“习作”。在“习作”中，画面下方左侧有教堂的丘岗向右回旋而上，与湖中远处的一抹湖滩相连，形成一个不小的回形湖湾。这个湖湾定稿时被切掉，使湖面更为开阔；教堂前的十字架被后移，教堂与树丛的位置也有变动；云空中那一线为夕晖反照的云束则被延伸而更加突出。事实上，画家的许多作品几乎都经过速写、习作到定稿几个阶段，他始终以宗教般的敬业精神对待自己的作品。他的信条是：按照你所看到的自然，用心灵去过滤，把握总的色调氛围，捕捉对象的特征加以提炼，不迷恋细枝末节，尤其反对细描，力求简洁明快地去表现大自然的淳朴本色。画家一以贯之的这个创作纲领，在《墓地上空》中再一次得到完全的实现。

《湖·俄罗斯》（149 cm × 208 cm）是可与《墓地上空》媲美的又一大型作品，创作于 1899 年至 1900 年。这时，留给画家的时间已经不多。如果后者是一曲挽歌，那么前者则是一首颂歌。它凝聚

《墓地上空》
油画
1893—1894

了画家一生全部的欢乐和期望——无论是《五月新绿》(1883) 条栅后枝叶扶疏掩映的板屋，还是《三月》(1895) 白雪消融中的春讯；抑或作于同年，让中国人永远记住了这位画家的《金色的秋天》(1895)，以及意境清幽、绿荫如盖的《白桦林》(1885—1889)，都洋溢着作者的欢欣、激动和心灵透出的亮色；而《林边草地》(1898)，则更有浓荫绿树下的野花纷呈，使人如嗅其香，优美如一首抒情小诗；直到画家生命最后仍未完成的《收割干草》(1900)，那在广阔秋田远处，布散的是众多男女农人欢快劳作的点点红白身影——成为画家对俄罗斯民族的最后牵挂。《湖·俄罗斯》从习作到完成有三幅（其中一幅习作 1998 年 4 月曾在中国展出，且被放大为“标牌”立于中国美术馆入口右侧）。据列维坦的学生利普金后来回忆：“他给我看了自己的一幅大草图《湖》说，‘这就是根据我在年初时给你们出的那个题目来画的，暴风雨后残留的一片乌云……为什么要用普希金的诗句来画呢，这是因为许多人，其中有比我们高明的人，都在学习普希金、莱蒙托夫，不过，有时候最好不要强使观众接受任何东西，而让他们自己去想。这个题目我画了很久，想把这幅画称为‘罗斯’，不过这有一点儿妄自尊大了。无论如何还是谦虚一点的好’。”“罗斯”乃俄罗斯的古称，这确是一个宏大而严肃的主题。“画了很久，想称为‘罗斯’”，我们仿佛看到了画家那契诃夫般的谦逊而羞赧的面容，其情其意真有些语焉不详而言近旨远。在这最后完成的画面上真可谓一片璀璨：天空的云朵被强调，湖对岸远处的村庄、收割完毕的田畴、村庄里的教堂都一同映入大片湖水，得到精湛处理的倒影色彩错落，在晚霞明媚的秋日傍晚，呈现一派少有的灿烂辉煌，俄罗斯真正的高雅和华美。在这里，忧郁消失了，死亡更是绝无踪影；明朗的晚照中，天空和大地是一片宁静中节日般的欢快和幸福。这是理想的俄罗斯，俄罗斯的理想，古老罗斯的真正浪漫：“你多美，罗斯，我亲爱的罗斯……”可以认为，这是其民族天才诗人叶赛宁，在十四年后的1914年，对这幅画作内涵的一个深情回应。在这幅画中，画家把他柔肠百结的全部情思都献给了祖国，献给了忧郁感伤、历经苦难、付出

《湖·俄罗斯》
油画
1899—1900

牺牲的俄罗斯大地。它无愧一首感人肺腑的华彩乐章，回肠荡气的节日颂歌。俄罗斯祖国在画家最后的一瞥中，呈现为节日般的辉煌，绽放出幸福的微笑。

人类困境中的审美精神

这是一位虔诚的巡礼者，在广阔无垠的大地上，向着远方，向着大自然之美，向着真和善，在历经风雨的精神磨难之后，终于重睹圣迹。

1900 年，在巴黎世界博览会的俄国艺术馆里，一位勤务兵默默地把黑纱围在列维坦最后的作品上，作为哀悼的标志。

当年，列维坦对他的学生利普金说过："还是要更专心地坚持风景画，否则就只能仿照巴洛克，仿照文艺复兴时期给商人的家屋作画，迎合他们的兴趣。除非您为了赚钱，那就是又一回事了。"在人生的历程中，不仅有对一己生存的关顾，也有对自我生命体验的感受；为了摆脱有限自我的阴影，审美需要便成为沟通现实生命与自我超越之间的桥梁。这是人的一种发自内心的精神需求，它直接通向人类困境中的审美精神。读者诸君，如果认为列维坦不合时宜，观念陈旧，请不妨找来果戈理当年的一个短篇小说《肖像》一读。

"人们对列维坦的作品太不重视，太不珍惜了，这简直是耻辱。列维坦是一个伟大的、独树一帜的奇特的天才，他的作品多么清新而有力，本该引起一个变革的。是的，列维坦死得太早了，太早了。"这是大作家、画家的好友契诃夫对列维坦的最后评价。他们生于同年，毕生相知，死后墓穴同列；小说家也不过只比画家多活了四个年头。

当年，特列嘉柯夫每年都要为自己的陈列馆购买几幅列维坦的新作，现今俄罗斯国立特列嘉柯夫绘画陈列馆拥有最多最好的列维坦的作品。

2009 年 11 月

附：

列维坦：在契诃夫心中

——录自契诃夫致亲友的信及日记

我们这里真美：鸟在唱歌，列维坦在画茄茄内茨人，草发出香气，尼古拉在喝酒……自然里空气新鲜，仪态万方，简直无法加以形容……每一根小树枝都在吵着要求……列维坦把它们置入画中。

——给弗·奥·舍赫捷利的信，1886年6月8日，巴布金诺

列维坦和我住在一起，他从克里木带回来一大批（50幅）美妙的（据行家们的意见）草图。他是天才，不是按日而是按小时在增长。

——给叶·瓦·萨哈罗娃的信，1886年6月28日，巴布金诺

我刚写完信，就听到门铃一响……我看到是天才的列维坦来了。他戴一顶奇怪的帽子，服装华丽，现出一副疲惫的脸色……他订购了画框，习作几乎全部卖完……他说，苦闷呀，苦闷呀，苦闷！

——给玛·弗·基谢廖娃的信，1886年9月21日，莫斯科

文艺之所以称为文艺，是因为按照生活本来面目描写生活。无条件的真实，真诚的真实，这就是文艺的使命。把文艺的作用缩小为像猎取“羚羊”这样一种专门的技能，犹如要列维坦画树而又不

许他画泥污的树皮和发黄的叶子一样，是致命的。

——给玛·弗·基谢廖娃的信，1887 年 1 月 14 日，莫斯科

我去看了巡回展览会，列维坦在庆祝自己美妙的缪斯命名日，他的画博得了狂热的赞美。格里戈罗维奇引导我参观展览会，为我解释每幅画的优缺点；列维坦的一幅风景画使他欣喜莫名。波隆斯基认为画中的桥太长一点；普列谢夫认为画名与内容有分歧。他说："这怎么行呢？这幅画叫'幽静的去处'，但这儿一切都是生气勃勃的……"等等。无论如何，列维坦的成功不同凡响。

——给玛·帕·契诃娃的信，1891 年 3 月 16 日，彼得堡

去看了一个画展（沙龙），由于近视，有一半没有看见。顺便说一句，俄罗斯画家要比法国画家强得多，和昨天我所遇见的此地的风景画家比，列维坦是大王。

——给玛·帕·契诃娃的信，1891 年 4 月 21 日，巴黎

列维坦患了主动脉扩张，胸上敷了黏土。绝妙的习作和燃烧般的生之欲望。

——1896 年 12 月 21 目的日记

没有什么新闻，有也是无味的或是悲伤的……画家（风景画家）列维坦，看来快要死了。他患了主动脉扩张。

——给阿·谢·苏沃林的信，1897 年 3 月 1 日，梅里霍沃

我给列维坦听诊，情况不妙。他的心脏不是在跳动，而是在急驰。我听到的不是突、突……而是噗突、噗突的声音。在医学上叫作"初期噪声"。

——给弗·奥·舍赫捷利的信，1897 年 3 月 7 日，梅里霍沃

宽宏大量的作者赠给大名鼎鼎的列维坦的书。

——契诃夫在《五光十色》一书上的题词，1897 年 8 月 22 日

列维坦在我家，他在我的壁炉上画了一幅割草时节的月夜图，草场，干草垛，远处是树林，月光笼罩着一切。

——给奥·列·克尼碧尔的信，1900 年 1 月 2 日，雅尔塔

列维坦怎样了？音讯毫无使我痛苦，如果听到什么，就请来信告我。

——给奥·列·克尼碧尔的信，1900 年 5 月 20 日，雅尔塔

您要我讲几句关于列维坦的话，但我想说的不是几句，而是很多，我并不急于如此，因为要写列维坦，任何时候都不会嫌迟，我现在身体不好，戴着压布老是坐着，不久前我咯过血。

——给谢·帕·佳吉列夫的信，1901 年 12 月 20 日，雅尔塔

（李亮辑录自《契诃夫手记》，贾植芳译，浙江文艺出版社，1983 年版；《俄国风景画家列维坦》，[俄] 普罗罗科娃等著，孙越生译，陕西人民美术出版社，1984 年版。）

2011 年 12 月

分拆细读说“苹果”

现代艺术是现代社会变化的先行指标。现代绘画，作为最具敏锐感觉能力的个人活动，早在百年以前已经预示了超工业化社会的动向，成为时代变化的先行者，通常所说的先锋派。现代科学思想的深奥难解（如爱因斯坦相对论对传统时空观念的瓦解等等），也影响到艺术家，使其追崇艰深晦涩，与传统一刀两断，从而进行种种大胆的艺术实验，提出光怪陆离的艺术主张。塞尚认为，画面是自然的构成，而自然里的一切，自己形成圆形、椎体、圆柱形。毕加索说，我不探索，我发现；在我的画幅里，我运用一切我想要的东西。蒙德里安则另有主张：“艺术的重要任务，是打破毫无生气的格局，打开一条更广阔的通向宇宙结构的道路，建立充满活力的平衡。”这些与科学实验和现代哲学纽结一起的五花八门的观点，如同他们的绘画一般晦涩难解。

说到荷兰人蒙德里安（1872—1944），我们立刻会想到他那些用三原色（红、黄、蓝）和三非色（黑、白、灰）的方格子画幅，酷同形状不一的窗格里镶嵌了彩色玻璃；然而，那用线的长短宽窄，方格中形状不同的色块分布，绝对经过精心的安排，是费时费力绞尽脑汁的产物，目的就是要实现其“建立充满活力的通向宇宙结构平衡”的绘画主张。《开花的苹果树》作于1912年，属于早期由具象绘画向抽象绘画的过渡性作品。在这里，“树”的枝杈被

《开花的苹果树》
油画
1912
［荷］蒙德里安

抽象了，“花”的形状消失了，只有躯干下部和顶端一二叶片之间为赭黄涂抹，现出花的意味，树干也只有下部的两条竖线；全幅的三分之二为无数横向舒张的弧形线条作叶状铺展，分别为灰青、灰紫、灰白、果绿等变化丰富的色彩分割填充，这些看似缺乏立体感的线条，实际上极具活力。上部三分之一繁复上挑的大弧线，将树冠与灰白的天空分离开来。毫无疑义，画面中心如人头俯仰的两个叶片，左侧平行的一条直线和右侧叶缝形成的上行斜线，又恰如两臂分张，引领全幅画面呈现舞人摇头挥臂，舞姿婆娑，无数叶片，相为错撞，金声玉振，仪态万方。这种动态结构产生的张力效应，也是画家追求的“充满活力的通向宇宙结构的平衡”。

欣赏现代绘画需要耐心。画面两侧线与色彩对应之间仍有许多平衡，特别是线的平衡变化。如天空两侧小竖线的不同对应，天空与树冠三条大弧线的对应，下端两侧叶片间若干短线的直切或斜切。没有两片叶子形状相似，也没有一片叶子色彩单一，可以说，整个画面是由形状各异、深浅不同的线条与变化丰富的色彩组成的，呈现出纷繁复杂的对应与平衡。这是多样统一的世界，显现出万物想要成为而又从未成为的状态。须知，平衡来自多样统一，中国古人所谓“杂多为一”。平衡绝不是对称，对称是在大小、形色等排列上的一一相对；对称必有一“老大”居中，以主宰世界，谈何平衡？如此看来，蒙德里安在绘画中表达的是一种哲学理念，而这正是现代艺术的一大特征。

现代艺术家，往往以极度敏锐的线条、色彩和质感，既暗示具象又摆脱具象，在具象与抽象的张力之间，有力、微妙地发挥绘画的暗示力，给读者留下大量的想象、联想的空白，去对人的内心世界作深入大胆的探索。

2007 年 9 月

小品二章

秋日高山

——观法国画家米歇尔《秋日播种》

大气氤氲，虬枝横逸，曙色初临；在高山之顶—— 一个壮年汉子，沿着仅有的一块开阔土地，在秋日播种。

他，衣衫褴褛，筋骨尚健，粗帛缠首，面部矍铄有神。斜背的布包里装着成实的种子，右手撒向秋耕后的田垄。

他，侧首山巅，望大树伸展巨臂，听幽谷传送凄怨呻吟；繁枝密叶，隐天蔽日，其后似有望不尽的岗峦，走不完的崎岖山径；灰雾迷漫，显出一派晦暗、神秘的气氛……那是他往日行程的写照，还是来日命运的象征？一切都似乎不可信，不可知，不可知，不可信……

他，也许有过欢乐的过去——但“少年不识愁滋味”，哪觉苦寒，凄凉，贫困？也许有过震颤心魂的柔情——但“纵使相逢应不识”，哪知历尽磨难，往事如烟，昔时成梦。生活的艰辛和不幸，把过去少得可怜的一点欢乐，全部幻化为伤感、孤独和迷惘，像奔流不息的小河，无穷，无尽……

然而，也许是由于命运的启示，还是人类善良的天性；他仍在不息地劳作——“但问耕耘，莫问收获”，为这饱和着血与泪水的大地，也为了后来的子孙。

在高山之顶，一个壮年汉子，沿着仅有的一小块开阔土地，在秋日不停播种，播种……时值大气氤氲，虬枝横逸，曙色初临。

春日寻梦

——忆二十年前听德国音乐家舒曼《梦幻曲》

春夜的梦，婆娑起舞，缥缈轻盈，转瞬即逝，来去无踪。

似天空的流云，扯起灰淡的纱幕，透过纱幕，依稀望见天上的奇景：是那般渺茫，那般变幻无穷。

似山间如丝溪流，隐现于岩石草丛：现时如眸光流盼，隐时若远去的琴声，在天涯，在苍旻。

又似月夜传来的儿歌，令人想起童年时代老祖母的故事：开始得遥远，那是在很古很古的时候，有一个善良的人……而结束得又无年无月，无时无辰。那故事多像夜空的明星，只能用目光与她谈叙，却听不到半句回声；她离我们那么遥远，又那么亲近。如游丝不绝如缕，久远地震颤于夜空……

春夜的梦，童年的梦，青春的梦，逝去的爱情的梦：是流云，是溪水，是月夜的歌声。我多么想把你挽留，让你常驻——在梦中说：我要把你记牢，醒来时，要提笔画出你的形影。然而，顷刻之间，一切都变得模糊不定，烟消云散，无迹无踪；留下的只有怅惘，叹息，心灵之弦的无尽战栗，痴情之水的不停波动……

春夜的梦，可让我再到哪里把你追寻？——在这春临大地的时刻，百鸟齐鸣的时分。

1983 年 4 月

罗宗强与绘画的缘分

——同窗忆旧

罗宗强是古代文学研究领域的名人，他对中国古代文学思想史和士人心态史的研究，成果可观，一向为学界称道。最近，宗强兄又出了画集，画作不多，却意蕴丰赡，技巧不俗，引起人们的广泛关注。其实，罗兄和绘画的缘分，从今存最早一幅《紫藤》（15岁），到新近的画作之前，有半个多世纪的岁月，其间并非完全与绘画绝缘。

1956年初秋，其时津门郁热尚在。刚入学的我们，从南开笔直无尽的大中路，仿佛看到自己遥远的前程。路两侧树茂蝉鸣，马蹄湖红肥绿厚：这座滨海城市的高等学府，其时是那般温馨与高雅；如今想来，那空气都是醉人的。我有幸与罗兄同居一室。长天秋日，一个夕晖欲坠的日子，他兴致突发，约我到校园南侧的卫津河边水彩写生。我自信少时有几年涂鸦功底，便接受了挑战。其时夕光舒展，余日镕金，微波万状；于是各自对景挥洒，各尽其兴。当晚风徐徐，互为交赏时，罗兄画纸竟有近景出现，那是两株斜出画外的柳干，且有数枚柳条自顶端垂挂而下；枝条低拂，泛动点点涟漪，而柳条背后的远方，是妙极了的夕阳一抹，整个画面笼罩在辉煌的秋光之中。——事实上，眼前只有晚照中的河水，并无余物。而当时我尚不知画面之美不能仅仅取自眼前之现实景物，绘画也绝非追随自然，其中的经验与修养，记忆与智慧并非无关紧要。此后无言。谁料某日清扫，被同室大班长郝世峰兄发现，看了，说：“真不错啊，有意境，谁画的?”我说老罗（我那幅早已悄悄毁弃）。后来，罗兄作了研究生，我发落沧州。十数年的两不相闻。想不到的是，后来他抛妻别女只身流发赣南，沦落深山十年！宗强画集中有一幅《远戍》（1990），其意在“远”而不在“戍”。如指画般断烂的枯枝，苍茫的荒野，和无边灰色的远山，在一片了无生气的背景上，是一个孤独的行者；在古诗意象中，这正是一个向着荒寒之地行进的沦谪难归者的形象。时光在这里似乎凝固了。人在漫长的绝境中，出于求存的本能，便会产生许多幻觉，便会常常做梦。在无尽的荒山破驿中偶偶独行，茕茕独宿，随之妻儿亲友和家乡童年也会一并来到梦中。“故乡在何处”？故乡在梦中，梦中故乡那一

《三家村》
中国画
2009

座孤零零的小屋，几乎为噩梦般弥天浓墨吞没！这也是《故山》（1987）和《荒山》（2009）这类画幅让人产生的种种联想和想象。生活经历转化为艺术，大约需要一个发酵的过程，是事后的追怀滤去杂质，使生命体验醇化提升为悲情意象，化为美感，化为沉重难言的悲剧情境。

若干年后一个岁尾，那届扭转中国命运的大会正在京城召开。多年的荒凉、挣扎之后，与刚从流地归来的老郝（曾被弄去干校当炊事员）、老罗，我们又在母校重逢。郝兄的第一句话是："你的问题很快可以解决。"当我拜访罗兄时，他正在从滚烫的蒸锅里取馒头，两手跳来跳去，嘴不停地吹拂，实在有些火中取栗的味道；妻子卧病在床，小不点儿女儿围着床跑来跑去。房间逼仄，住房、厨室、工作三而为一，桌头有一大册磨损毛糙的"两唐书"。他说正想写一本关于李白和杜甫的书，"一本小书"；又说，妻子王曾丽天津美院毕业，"画画儿的"。这再次让我想起多年前那次与罗兄的水彩写生。80 年代末，我回母校访学，世峰兄已主掌中文系，他将我的生活安排妥帖后说："咱们当年住过的第二宿舍，那楼前的石榴树已经很高了。"真是树犹如此，人何以堪！我们都已开始进入老境。某日，郝兄取出一卷画纸，展开来，全是罗兄和曾丽的画作，满纸的笔墨烟云，整幅的水粉艳丽。老郝说："还真有灵气。"我心里明白，从一向不苟言笑的郝兄嘴里给出这样的评价，谈何容易！这些尚未装裱的作品，已经很让人吃惊了。其时，罗兄已是博导，也是我访学的导师，正在写他的《魏晋南北朝文学思想史》和《玄学与魏晋士人心态》，绘画于他，只是一种"余事"，一种"情感寄托"而已。也就在我将要离校的时候，罗兄告知，要作画送我。这就是如今收入画集中的《万里风烟接素秋》。巨大的墨团在画纸上现出山势的高拔，而踔厉的墨线，条块率然的晕化渗染，顺山势飞腾，墨气淋漓中显出一派苍郁气象。在这幅颇具抽象意味的作品中，罗兄对杜甫的诗句作出自己的解读。

霜风春日，物候枯荣。2009 年 6 月，古代文学界相关友人和他

《混沌之初》
中国画
2009

的学生，在北京为他举行八十寿辰庆祝会，出版了厚厚一册精装本纪念文集，并画集赠送与会者。听说，看了画集，很有一些议论，我想，该是知音，该是叹赏。据称，有人对李义山诗意画《春雨》（1989）一幅情有独钟。“一春梦雨常飘瓦，尽日灵风不满旗”，那种扑朔迷离，似有似无的幻境，或就有本人遇合如梦、无所依托的人生况味融入画中。笔墨的沉着与色彩的率意，看似漫不经心的布局，一同构成了丰饶的意境，颇耐玩味。至于那幅“留得一枝梦亦香”的《春梦》（2009），依我之见，是整个画集中最黯淡的一幅，昏昏欲睡的小鸟与黄梅枝干被压向画面一侧，大片的灰冷色调将其包围。此种黯淡心情，或竟为生命历程中苦难与孤独无告心象的一种凝聚。这不由让人联想到《听泉》（未署年代），同样是墨晕灰蓝的冷调子，借助笔墨的浑涂恣扫，却呈现明快清新的境界，巨崖下流泉边那小小阁子，还有《索居南山下》（1991?）与《三家村》（2009）中那三幢小屋，该都是某种理想的去处，现代人的心灵绿洲。须知，渔钓、抚琴或听泉、小屋，一向是传统绘画中的隐逸符号；对于生活在浮躁、喧嚣中的现代人，返归自然也未始不是一种最佳选择；而对于罗兄，亦未尝不可视为传统士人心态的文化余脉。然时光如水，我们终不能两次涉足同一条河。“目送帆影去，似闻旧足音”，是时光推移驱赶人生梦境杂沓而至，让童年梦、青春梦、家乡梦，去日种种梦纷至沓来，于是便有了晦暗，有了光明，也有了难以遏制的激情。《混沌》其一（2009）最足以表现此点。如果说，水墨表现精神性，色彩拥有感觉性，那么这里呈现的，正是作者拥有的精神性，这种精神性体现为一种纯朴未散的自然，一种和合难解的纯真；对于“混沌”来说，如凿七窍，使其视听食息开，则自然亡，纯真亦亡。这幅作品与《混沌》其二（未署年代）、《游于物之无穷》(2009)，毫无疑义地，表达了作者对现代科技与文化激烈冲突的一种沉思，一种反拨，人类生存发展的巨大矛盾。那是浓墨与硃红的狂放，精神与情感的交响；无形而有形，求似而神亡，那是一种形而上的意味，耐读耐思的华彩乐章，应该是罗兄的得意之作（即使如抽象风景画大师赵无极、朱德群诸位，尽管在画中保留了传统意境，但笔墨被抛弃了，传统的形线结构也不见了，也就不再是中国画了)。画中的澎湃激情，让我想到罗兄的诗人气质。20 世纪 50 年代作学生的时候，苏联卫星上天，罗兄援笔写诗道，“欢呼吧！天上的群星和地上的人们”，这一消息就被采入其时《人民日报》的头条新闻，在校园传颂一时。20 世纪 80 年代前后，罗兄还是一位写新诗的诗人，是《诗刊》长时期的赠阅者。话说回来，画集中我更喜欢他的《秋林》(2009)，从这幅画更可以看到作者以书法用笔，骨力坚劲而生气灌注的一面，正所谓“丹青难写是精神”；那浓淡相得的松干松针，更显现出作者的书法功力，底色淡赭的秋色排布，使物候霜风，顿然而显；题跋位置也恰到好处，位置经营更是脱去传统画松的老套。如果说这幅画表现了宗强兄晚年的某种精神，那么作于同年的《三家村》(2009)，更多表现的是一种心境。落日余晖自山后反射天际片云，云的斑斓复又还照山巅，与群岭的苍翠相为交辉，透出一种安闲，一种宁静，甚至是一种青春再现的气息。这也就难怪《人民政协报》（7 月 27 日）选这幅画予以刊载，也不枉轻易不肯夸人的郝世峰兄说他的画“还真有灵气”了。

宗强兄在他画集的前言中推出嵇康的声心二元说：“声之于心，殊途异轨，不相经纬。”这就使我可以放胆为求“快感”而获得“卧游”之乐；笔线墨韵，飘飘洒洒，生命意趣，行列而来，真是乐何如哉！人言“诗无达诂”，其实，对相当部分的中国古今山水画，同样很难“达诂”；好在我只是以叙写往事来交代宗强兄与绘画的缘分。盖同窗之谊最是刻骨铭心，而我们现在的心境颇可用一句诗加以概括，那就是：秋光天外照眼明。兹效米芾《秋山远天诗》赋得一首，愿与郝兄、罗兄共勉：

青山淡墨画远天，
暮霞回照紫添烟；
留得故人时相聚，
一任沧海又桑田。

2009 年 9 月尾至 10 月 1 日

近得噩耗：郝世峰兄 2013 年 1 月 10 日于天津医院离世。临终嘱咐再三：免告一切亲友，免去一切仪式。其时身边只有他的几位研究生和嫂夫人汪新。

死去何所道，托体同山阿。知交零落，痛何如哉！

2013 年 2 月 12 日补记

雅士最后又一人

——向李德仁先生致敬

20 世纪 80 年代前期，为吕梁高专新辟之会议室装堂饰壁，找到青年画家王雪平先生，从他新近创作的山水画中选择若干。作品笔力虽显稚弱，但传统中不乏新意；悬诸四壁，淡雅之气油然而生。雪平说，他是山西大学美术系李德仁先生及门弟子。谈到他画中的淡雅之气；他说，李先生给我们讲，山水最贵意境，意境又因用笔差异而各不相同。学画时，哪一笔是董源，哪一笔是马、夏；披麻如何起笔，斧劈如何收束；哪一笔是黄鹤山樵的牛毛，哪一笔是倪迂的折带，都须看仔细，多练习，达到运用自如。雪平一番话，听得我瞠目结舌，大为惊诧。心想，这样的口传心授，能不受益终生？之后不久，我到北京中国艺术研究院美术研究所拜访《美术史论》编辑部郎绍君先生，不知怎么话题又转到李先生。他说，你们山西有一位研究佛教禅宗的李德仁，很有水平。说罢，脸上露出一丝神秘的景仰。须知，20 世纪 80 年代中期，正所谓“春山磔磔春禽鸣，此间不可无我音”。那是一个诸禁稀释、学术复苏、学人竞跃的时代。如此，不由我对李先生的形貌举止构建出各种想象，且生发决心登门亲见的急切愿望。两年后的初夏，我总算沿着树茂草新、曲径通幽的小路，来到一所砖木老旧的平房。迎我的是一位眉目清秀的中年女性，笑吟吟说：“他开会去了。您坐。”随即端上一杯清茶。望着热茶，访而不遇的失落感油然而生。我从沙发起身，意欲告别，转见身后壁上悬着一帧手绘大青绿山水条幅，光艳清朗，夺人目睛；细读题款，有“德仁试笔”四字。仔细揣摩品味间，全忘时光之速。看来要讲清“梨子”的滋味，非自己先晓得才行啊！这又让我想起当年雪平的话。用那时的话说，光嘴说不行，还得有“实践”。看到李先生的真本事，让我访而不遇的失落感，顿时云散。又过了一年的深秋，我去《美术耕耘》编辑部，见主编赵荆先生正与一位身材颀长、形容蔼然的作者交谈，之后匆匆离去。我问赵先生，那是谁。答曰：“山大教授李德仁。”就这样，又一次与李先生失之交臂——这让我回想了好久。时间到了1987年夏，由李德仁先生牵头，任筹委办主任兼大会秘书长的“张彦远《历代名画记》国际研讨会”即将召开，远在晋西的我收到参会通知，于是着手准备论文。就是后来刊于上海《学术月刊》1988年第一期的《不了之了：一个潜藏艺术智慧的命题》。因当时我另有公务在身，实无法抽身与会。后来听说，会议极为隆盛，名家云集。张彦远又是唐时“三相名家”之后，本省河东人氏。惜乎我失去聆听名家高论，更遗憾又一次错过亲睹李先生风采、亲临李先生教诲的良机……我不知李先生何以会知我所在，何以会发通知给我。想来，必是先生已先我而相与神会了。

前后数年间，李德仁先生就这般草蛇灰线、藏头掩尾地与我意往神交、若即若离，真是欲罢不能，欲说还休。

其后，我为纠缠于调动所苦。一次，在书店橱柜偶见先生大著《东方绘画学原理概论》，沉凝的黑色封面蔼然与我相望，恍如想象中静若处子的李先生，是一副和光同尘、和颜悦色的样子。

白驹过隙，时光如梭。转瞬二十年过去，吾垂垂老矣。

某日，梁海福先生来访，知会山西大学将举办“李德仁绘画书法学术展”，时间是2012年12月24日；他已参与布展多日，约我前往。我不觉一愣——“愣”就是失神；然后是惊觉。于是，往时深藏的记忆顿时复活，如前所记，行列而来。

开展之日，到众极多。展品涵盖了李先生自20世纪50年代学艺、授艺，创作和理论研究迄今为止的部分代表性作品。说“部分代表”，是说某类作品只是略呈一二。如人体只有一幅，泼墨泼彩只有二三，花鸟极少，工笔不多（但极见功力）；有一幅匈牙利画家的《剥玉米》，也是20世纪50年代在《文艺学习》的插页见过黑白图，而展品似用中国画颜料完成，力图取得油画效果，是李先生的一个“实验”作品罢，极引人瞩目。在欧美，这种展出被称为“回顾大展”，带有总结艺术家一生成就的意思。总之，时代的痕迹，试验的进阶，尽显辛劳甘苦，眼界雄心。展品主体为山水画，一派风格之平和健朗；专著与论文则表明学术上独有建构；而更为丰富的是关于艺术教育的创造性研究成果，表现出自身的苦心孤诣；学术论文之外，还有为教学而作画“示范”，就是那数十帧尺幅斗方系列。这让我想起数十年前其弟子雪平所言种种。这个“系列”，一律无题，将传统山水画中各种皴线与树法，甚至置陈布势，几近一网打尽。这些小品，鉴于纸幅，依教学需要，标举山石树木、诸般皴线，选择精当，甚至独举山石、只标树木；又在浓缩画面中留心氛围之形成，意境之酿造。处处看得出笔笔着意，一丝不苟，全力以赴，令人想起马远的《千峰万木》，夏珪的《烟岫林居》一类，让我辈顿觉景物有限而咫尺千里，神怡心旷。其中有一幅，画两扇巨岩，似用精细的牛毛略加披麻小斧劈皴勾出山石崚嶒，巨岩之间似有大气流走，又若云雾汗漫其间；余皆一片空无。吾姑且名之曰《大岩扉》，盖源自唐末隐居太行山荆浩之《笔法记》。满纸空无，让人想起魏晋时代的玄学之力。那峥嵘岩扉，其山形似物中有声，似栖居神明。山川本身并无限定，而这无限定却由于人的发现而直接导向无限之美的追求。北宋郭熙所谓“三远”的界定，就是要通过画中山川把人的精神导向“远情”“远致”，以至无限之境。而“远”即“无”，“无”即通向“道”。所谓“鸢飞戾无者，望峰息心；经纶世务者，窥谷忘返”。正是表现自然山川的山水画，把人的精神引向远离世俗社会的自然山水之中，引向人与自然的亲和。“不下堂筵，坐穷林泉；山光水色，滉漾夺目”；“此世之所以贵夫画山水之本意也”。想来，李先生当以郭熙引为同道。以此传道授业，诚为稀见！有些小画则明显为“解惑”示例。在仿云林坡石丛木的画幅中，一树突现大倾斜，使整体画面失去均衡的树木格外怪异。尽管折带皴的坡石缝隙施以焦墨横点，坚刚中显出生机，树干以枯笔干擦富于变化，不失云林本色，而荒寒之境终以失之一“竖”而谬以千里。小画中还有一些写意之作，或黑云泼墨，或淡雅清风，在在显出授业的苦心孤诣，示例的精心选择。老实说，我很喜欢这些“模块”；它是画家才情的瞬间爆发，恒久积累的顷刻展示，如燧火，如陈酿，浓缩意境而馥郁溢散，焕烂如新。

作家王蒙先生有言：“人是生活在物的自然的世界之中的，自然物比人更永久，自然界比人的活动范围更广阔。这就使人们热衷于从自然物中找到‘我’，找到人的永恒的实体、本源、象征（符号）与归宿。如果找到了，‘我’就不那么孤单短暂了。这是人与物、人与世界、人与永恒的认同。这会带来多少满足与慰藉！”中国画论文论中的“道”或“气”，说的就是这种永恒的实体、本源；作为中国绘画主体的山水画，就是把这一“实体”“本源”象征化、符号化了。郭熙讲的就是这个道理。换个角度讲，“道”与“气”，乃是一种“力”，是一种生命之力；山水画就是要把这一生之力的孤景织成一个自在的境界，无待于外而自成一丰满的小宇宙，启示宇宙人生更深的真实。疏疏秋林，女史执笔举目一片红叶：“谁怜故园萧索甚，西风吟断一叶秋。”(《西风吟断一叶秋》)浩浩江水，两叟指点岁月如斯：“试上高台观逝水，此今谁个是英雄。”(《高台观逝水》)天静地默，太公正磻溪垂钓(《磻溪垂钓》)。溪山响玉，有幽人独坐危亭(《独坐危亭》)。笔墨浓淡挥洒中，从树饱含宿雨；二子潇洒相对处，天地一片澄明(《楚江怀古》)。此正刘勰所谓“情往似赠，兴来如答；目既往还，心亦吐纳”。“物我交融”不仅是中国山水诗也是中国山水画的精神原点。“藏舟于壑，藏山于泽，谓之固矣。然而夜半有力者负而走之。”（《庄子·大宗师》)对此，唐初道士成玄英有以疏解：“夜半暗冥，以譬真理玄邃也。有力者，造化

《高台观逝水》

中国画

［当代］李德仁

也。夫藏舟船于海壑，正合其宜；隐山岳于泽中，谓之得所。然而造化之力，担负而趋，变故日新，骤如逝水。”“冥中贸迁，无时暂息。”这是个流转不居的世界，流动日新的宇宙，生生不息，迅急如逝，不得暂停。中国山水画深致于“远”，山水画家又深体于“道”。山水画家力图通过这一生命的力的形式，将自然山川象征化、符号化，挽住时光的流逝，使宇宙瞬间创造的大美，变为人世的永恒。此所以千年流变，山水画终成中国绘画之主体也；而李先生于此着力最著。

中国山水画中的皴法，历来被认为是影响作品风格的一大因素。董其昌即以披麻与斧劈分宗立派。披麻之“弱”自难表现北方之高山大壑的强势，而从李先生之心性平和，似又绝难全部接受大小斧劈之锋棱锐利，于是就提升披麻，弱化斧劈，将二者有机杂糅，交互体用，自成一境。此于近作《太行胜境八景册》可见一斑。山水作画功力之另一标志是画树，树干或扭或顺，或疤或光；也不仅是“树分四枝”，尤其树干，其阴阳向背，生枯长势，当极尽变化，顺势而为。笔者曾仔细观摩倪云林树干树枝的画法；其树干多以枯笔变化为主，又于枝杈疤结处略施焦墨，或扭或顺，或浓或燥，皆妙合自然生机；实为历代画家中罕见。当年雪平曾感叹：树画得太好了。李先生的树也画得极仔细用心，树干之向背屈伸，树枝随山势、风向、大气之流动顾盼伸布，亦与画面整体布局妙合为一。“芥子园”首列“山水”篇，开宗明义即为“树谱”，又以树干树枝为先：“古人作画，千岩万壑不难一挥而就，独于看家本树大费经营。”诚为不刊之论。至于人物，李先生则完全依题旨定其举止动势，或一人独向，或二人晤对，或三人指点，都极精审不苟；有纶巾丝带飘拂者，有襟袖随风张扬者，或执竿独钓专注者，在姿态变化中尽显人物的内心世界。中国山水画，唐末五代始（赵幹到董源可见），人物逐渐走向深处，“人大于山”的面貌得到改观，叙事性逐渐消解，抒情性趋向主流，“人物”成为点景（实为“点睛”），然点景不为可无或随意之笔，观山观水最终必落点人物，人物必以举止向背显其神态以至内心世界。李先生的山水人物，工则笔细墨精，写则简要飞动，神态舒朗，顾盼有情，俯仰生姿；与山川之天风大气的整体经营融为一体，呈现一种平和健朗的风格。常言道：油画看色彩，国画看笔墨。而笔墨之功力自当来自书法。愚以为，先生之书法，似以二王为底，颜柳为骨而兼收松雪之丰润淳厚，本人情性自融其中。笔墨尽可呈现作者之底色——个性、心理、修养、经历，以至文化底蕴等等，其微妙变化，又只可意会，难以言传。而李德仁先生之人格修炼所成，即其书法种种，表现为收敛、约束和控制与从容，约可概括为：遒厚醇和。

不论绘画之"平和健朗"还是书法之"遒厚醇和"，其文化基因一概来自传统正脉，呈现一种温润纯正的文化人格。

关于"传统"的讨论激发于20世纪80年代中后期。那种"中国画穷途末日"，属于"封建意识形态"，笔墨抽象审美之"僵硬"论，追求"意境"之"保守"说，早成明日黄花。其实，当时李先生就有一种很好的意见："人们所面临的各种传统，而区别和隔阂主要在于传统接受者本身条件的差异。""传统作为自在之物，是无所谓优劣的。传统所带来的优与劣，主要取决于接受者主体自身的精神条件。""在面对传统问题上，首先应解决接受者自身的优劣问题。"这里的两个概念，"传统"和"个人"很重要。事实上传统并非一个固定的概念，它是一个不断融汇众多支流，从而不断开阔深沉的浩大河流，传统的任何一滴，都包容了所有支流中的全部因子，然后以自己的创造加入这条河流浩大的合唱。这些"自己的创造"者，以过人的天赋或胆识，为传统增添了新的创造成分，使这条浩大的河流发生变化或调整。像唐末五代的董源，南北宋之间的二米，南宋的马、夏，元代的倪迂，明代的徐渭等等，在不断为中国绘画增加着新的元素，改变着中国画的面貌。但作为中国文化基因的笔墨之美没有变化，笔墨里的美本身没有时代性；人们的喜好有时代性；其所以"多变"，在于观察者、欣赏者，而非笔墨之美本身。面对笔墨之美，人们的感觉能力各有不同。遗憾的是李

《野水自成溪》

中国画

［当代］李德仁

先生的意见没有引起学界的足够关注。还是留美多年的文学理论家李欧梵先生说得公允：“任何传统都有一个复杂的谱系，我们对之可以批判、重估，或从任何点切入，但绝对不能一概反之，或将之断裂，或弃而不顾。”艺术只有美、丑，艺术没有“进步”或“落后”；艺术不能强制，艺术只有接受与拒斥；艺术也没有“断裂”，艺术只有历史。

李德仁先生是一位很有思想的人。他深浸于古代传统文化，又洞察现代理论思潮，许多思想发人之蒙；如他的“生原美学”观，“两极思维”论，都是创造性观点。实为当代之“浮”、之“燥”、之“争”、之“立竿见影”所遮蔽掩没。倒是在境外（如马来西亚、日本）引发很大反响。

我有幸在展览间歇两次聆其教诲。他总是从容不迫娓娓道来，讲他从艺经历，讲名流逸事；惜乎每每为人为事中断，弄得有始无终，虎头而蛇尾……不管怎样，总算晤其真容，得其真言。幸何如哉！

记得初入展厅，负责主持签到的一位年轻人讲了一句让我记忆深刻的话：“李先生很低调。”愚认为，这才是一位艺术家，一位诲人不倦的师长的真容。

当年，建安七子之一的刘桢，曾向曹植赞其属官刑颙为“雅士”：“少秉高节，玄静淡泊，言少理多，真雅士也。”“雅士”者，犹言“正人”；“正人”者正直之人，通人也，有什么特别么？只是由于历史的巨变，这种人忽而变得稀寡；虽不能说硕果仅存，然所在无多确是事实。

一个人的缺点，来自他的时代；而其优长，却属于他本人。

2014年6月16日

诗的色彩

诗的色彩：以画观诗

1

诗是所谓“时间的艺术”，与造型艺术（“空间艺术”）属于两个不同的部类，因而不会有什么“色彩”。“诗的色彩”，和我们常说的“雕塑的语言”“绘画的节奏”“音乐的形象”一样，是一个借用词。然而，欣赏语言艺术的经验告诉我们：诗确是有“色彩”的。这种“色彩”在许多诗中表现得相当鲜明、突出。

请看杜甫这首脍炙人口的绝句：

两个黄鹂鸣翠柳，一行白鹭上青天；
窗含西岭千秋雪，门泊东吴万里船。

坐在草堂，从室内望去，黄鹂与翠柳相衬，白鹭和青天相映，西岭积雪，门泊行舟……这里有声音、动态，历史记忆，还有清凉、欢快的气息。但这一切都是通过一幅绝妙的彩色鲜明的有花鸟的山水画透露出来的。

从绘画色彩的角度来分析，这里有黄色、翠绿、白色、青色，更有充足的阳光和新鲜的空气。这些色彩的综合，便构成了一种清丽、流动的格调。这种格调正是通过色彩上的所谓“映衬”“对比”来体现的：“黄鹂”“翠柳”主要是明暗的对比；“白鹭”“青天”主要是光和影的映衬。至于西岭积雪，门泊行舟，作者虽未着色于景，青山白雪相照，行舟和碧水相映，色彩自现。

绝句原共四首，写于764年晚春初夏之际，即杜甫重新回到成都自己的草堂安定下来之后。诗中的色彩正好反映了他此时欢欣愉快的心情。由此观之，诗的色彩的运用服从于主题思想的要求。我们常说，作品的一切形式都要为表现主题服务；诗的画面重要构成因素之一的色彩统一熔铸于主题思想之中，就能够形成强烈的艺术感染力。

以画观诗，杜甫这首绝句叫人拍案叫绝。

问题很清楚，所谓诗的色彩，是指那些感情充沛、形象群明的诗篇，由于准确地抓住了现实对象中的色彩和光线，强烈地表达了诗人在特定环境下的情绪和感受，因而在读者眼前造成一种诗的景物与感情和谐统一的色调。由于“诗的色彩”具有情感、质地、习惯和趣味等的不同，使它成为构成作家个人风格的重要组成部分。

2

关于作品语言的“文”和“采”。诗与画的相互影响，古人已说过很多，可供我们参考的见解不少。

《文赋》是中国文学理论批评史上第一篇完整而系统的文学理论作品，它主张“遣言也贵妍”，文辞如“音声迭代”“五色相宣”。文章的色彩不可不讲究。《文赋》本身便是一篇色彩鲜明的文学作品。刘勰在《文心雕龙》中又提出“文附于质”“质待于文”的主张，“铅黛饰容”犹“文采饰言”；与内容相适应的文采可以更好地表现内容：虎豹如无斑斓的文采，则无异于犬羊；犀兕之皮固可制甲，但须涂上丹漆才有色彩之美。

诗与画，作为不同部类的艺术，在我国文学中关系甚为密切。它们之间有许多共同之点，如诗与画都追求意境，讲究含蓄和气韵，力求抓取与内容相适应的鲜明的表现色彩。宋人郭河阳认为“诗是无形画，画为有形诗”。诗与画在自己的发展中互相影响，各取其长。唐代名诗人王维，同时也是著名的山水画家和音乐家。他的作品被人认为“诗中有画，画中有诗”。他的诗尤其具有鲜明独特的色彩感。古籍中没有留下杜甫擅于绘画的记载，但从他写的许多关于绘画的诗（《画鹰》《奉先刘少府新画山水障歌》《题壁上韦偃画马歌》《戏题王宰画山水图歌》和《丹青引赠曹将军霸》等）中可以清楚地看到：杜甫非常懂画，是一个了不起的鉴赏家和批评家。这一点与他诗中的“色彩”运用不无关系。祖国的壮丽山川、优美的花木在他诗中得到真实、鲜明的反映。这就难怪他的诗不仅被人称为“诗史”，而且也称为“图经”了。宋代大诗人苏轼，同时也是画家和书法家，这不能不影响到他诗的色彩和格调。

上列所举，意在说明，我国古典文学理论中，历来重视语言的表达力量和感染力量（诗的“色彩”正是通过语言反映出来的）；并指出，为了思想内容的需要，应当英采云构。在创作实践上，许多大诗人为了语言艺术表达上的需要，从音乐、书法，特别是绘画中汲取了许多长处（色彩乃其一也），运用到语言艺术的表现手法上，大大丰富和提高了诗的语言的感染力和表现力。“诗的色彩”，便是这种“手段”之一。

3

诗的色彩绝不仅仅为擅长绘画的诗人所独有，它是我国诗歌发展中的一个传统特点。其表现方法大体有以下几种。

第一，着景物以鲜明的色彩。由于直观的特点，这种方法运用最为普遍。

> 苕之华，芸其黄矣。苕之华，其叶青青。
>
> （《诗经·小雅·苕之华》）
>
> 桃之夭夭，灼灼其华。桃之夭夭，有蕡其实。
>
> （《诗经·国风·桃夭》）

前者主要有青色与黄色的对比，显得生气盎然。后者在花红闪灼中露出色彩斑斓的果实，耀眼夺目；而且由于时间的悠远，它们的语言具有一种古朴的色彩。

日出江花红胜火，春来江水绿如蓝。

（白居易：《忆江南》）

一道残阳铺水中，半江瑟瑟半江红。

（白居易：《暮江吟》）

千里莺啼绿映红，水村山郭酒旗风。
南朝四百八十寺，多少楼台烟雨中。

（杜牧：《江南春》）

都是写的江南景色，差不多都以红、绿为基调，显出一派清明、瑰丽。白居易写日出倒映水中残阳返照水上都只用了鲜红色，显得灼灼欲燃。杜牧的一首绝句，更是黄、绿、鲜红与金碧（寺）辉映，完全笼罩在蒙蒙烟雨之中，使人听到声音，看到色彩，并且感受到风的飘动。

一树春风万万枝，嫩于金色软于丝。
永丰西角荒园里，尽日无人属阿谁？

（白居易：《杨柳枝》）

渭城朝雨浥轻尘，客舍青青柳色新。
劝君更尽一杯酒，西出阳关无故人。

（王维：《送元二使安西》）

同样是青色、绿色，却又显得极其柔和清新，而且透露出一种淡淡的愁思。

孤村落日残霞，轻烟老树寒鸦，一点飞鸿影下。青山绿水，白草红叶黄花。

（白仁甫《天净沙·秋》）

红、绿、白、黄统一于深秋的透明的淡灰色彩，清明万里，使人心旷神怡。

如果说上举作品是从景物的每一部分具体着色，色彩界限比较分明；那么下边这种写法则完全从总的光、色的气势去渲染，色彩感是异常丰富的，但又难于使人立刻分辨出它们的色素。脍炙人口的乐府民歌《敕勒歌》便是如此：

> 敕勒川，阴山下。天似穹庐，笼盖四野。天苍苍，野茫茫，风吹草低见牛羊。

上述两种方法，在鲁迅先生手中完全熔于一炉，特别是在散文诗《野草》中，表现得异乎寻常地出色：

> 猩红的栀子开花时，枣树又要做小粉红花的梦，青葱地弯成弧形了……（《秋夜》）

除了鲜明的色彩，我们还感到瑟瑟秋凉。再看《好的故事》中的一节：

> 河边枯柳树下的几株瘦削的一丈红，该是村女种的罢。大红花和斑红花，都在水里面浮动，忽而碎散，拉长了，缕缕的胭脂水，然而没有晕。茅屋，狗，塔，村女，云……也都浮动着。大红花一朵朵全被拉长了，这时是泼刺奔迸的红锦带。带织入狗中，狗织入白云中，白云织入村女中……在一瞬间，他们又将退缩了。但斑红花影也已碎散，伸长，就要织进塔，村女，狗，茅屋，云里去。

不仅色彩美丽非凡，而且给人一种水纹波荡的节奏感，如梦似幻。着色于景，以景抒情，以色助情，达到了完美谐和的统一。真是一段绝妙文字！

第二，只写景物而不着任何色彩，色彩自然呈现。

> 江南可采莲，莲叶何田田！鱼戏莲叶间。鱼戏莲叶东，鱼戏莲叶西，鱼戏莲叶南，鱼戏莲叶北。
>
> （《乐府古辞·江南》）

绿（叶）白（鱼）相映，清丽活泼。

采菊东篱下，悠然见南山；山气日夕佳，飞鸟相与还。

（陶潜：《饮酒》）

菊色、山色未点，读者可以想见；晴空、飞鸟相映，显出流动的感觉。整个色调是淡淡的橙黄，显出晚夕的宁静而柔和。

夕阳下，酒旆闲，两三航未曾着岸。落花水香茅舍晚，断桥头卖鱼人散。

（马致远：《寿阳曲·远浦归帆》）

火红的夕阳衬出白色的酒旆，碧水上映出银色的船帆；而红、白和碧绿又统一于秋日黄昏清明的返照里。再看他的《天净沙·秋思》：

枯藤老树昏鸦，小桥流水人家，古道西风瘦马。夕阳西下，断肠人在天涯。

这里完全为虚空的灰色所笼罩，几乎碧绿的水流和夕阳的重彩，全被冲淡，作家乡愁的思想情感提示无余。

上述这种写景而不着色彩的方法，在民歌和词、散曲中较多。它虽不如第一种方法来得“单刀直入”，但由于其构思的独到和景物的特殊排列（如“鸡声茅店月，人迹板桥霜”），自然流露出一种“画外的色彩美”，更显得浑成，含蓄，耐人寻味。

第三，首先铺出色彩，给读者造成一种强烈的光与色的印象，具体景物留给读者的想象去补充。其特点是非常注重于瞬间光、色、影的感受。看来比第一种“着色于景”的方法给读者的印象更直接，实则又具有含蓄的特点。

赤橙黄绿青蓝紫，谁持彩练当空舞？

（毛泽东：《菩萨蛮·大柏地》）

七种颜色组成斑斓的长带，直起映于碧空，光耀夺目。这是何等壮丽的景色!

诗的色彩表现方法大致有上述数种。不同的是有的就景物的具体色彩落墨;有的从景物总的气势着笔。或明朗、含蓄,或光耀夺目,由于着眼点不同而各尽其妙。其共同之点是运用了色彩的比例、光影的明暗来对比映衬,力求取得与内容相适应的艺术效果。

总之,“诗的色彩”,是通过诗篇的具体描绘,在读者眼前所造成的一种诗的景物与情感的和谐统一的色调;我国古代文学理论和创作实践中,对此都有探讨;它的多种表现手法可以造就艺术描写上的鲜明深刻,形成强烈的艺术感染力。

诗的色彩属于和内容相联系的形式问题。一定的色彩,反映出诗人在一定的对象面前的一定的心理、情感和体验。也就是说,诗的色彩是表达诗人的心理、情感和体验的重要艺术描写方法之一,值得我们研究、探讨。

1962 年 11 月

《野草》诗中的绘画美

——《野草》艺术美管窥之一

鲁迅的散文诗《野草》是一部奇书。

它诞生于半个多世纪前暗夜如磐的北国。它是朔方太空闪烁升腾的飞雪，显示着作者孤傲的抗争；它是彷徨于明暗之间的投影，低诉着作者内心深沉的苦闷；它犹如山阴道上泼刺奔迸的红锦带，寄寓着作者对美好人生的向往；它又像荒野中困顿倔强的旅人，永无休止地求索前行的途程。它是“在明与暗，生与死，过去与未来之际，献于友与仇，人与兽，爱者与不爱者之前作证”的猫头鹰的不祥之言，地狱边惨白色的小花；傻子的睿语，战士的投枪。它是革命文学“浩大而灰色的军容”中匕首的闪光，使同志者发出会心的微笑；它像跃出冰谷的红彗星，放射出奇灿夺目的艺术光彩。

《野草》是作者伟大心路历程转折点的记录，是艺苑中放射异香的奇葩。这些被作者谦逊地称之为“小感触”然而“技术并不算坏”的“短文”，以其深邃敏锐的思想，鲜明瑰丽的色彩，含蕴丰富表现力的语言，化景物为情思，铸为神奇的意境。它是如此富于艺术魅力，即使对其含义和所指不甚了了的人，也能获得美的快感，艺术的享受。直到近日文学界探索新的表现手法之时，《野草》仍被称为“惊人”之作，“奇特”之书。它在作者全部作品中的地位是独特的，它在“五四”以来同类体裁作品中的地位是空前的，它是一部精致别构的艺术杰作。

本文仅从诗与画是姊妹艺术，从《野草》的诗的绘画美这一点，对《野草》的艺术美做一些探讨。

绘画是一种造型艺术，通过形、线、光、色诸种手段，运用形象思维，反映现实生活中的美。绘画的诉诸视觉的直观性和现实性，是他种艺术形式所无与伦比的。所以，有人说：“梅之最难状者，莫如‘疏影’，而于‘暗香’来往尤难也。岂直难而已？竟不可！”（陈著《本堂集》）。罗丹甚至认为：“如果没有体积、比例、色彩的学问，没有灵敏的手，最强烈的感情也是瘫痪的”（《罗丹艺术论》）。然而，诗与画历来有姊妹艺术之称。“文者无形之画，画者有形之文，二者异迹而同趣”（孔武仲《宗伯集》）。所谓“同趣”不仅说明二者具有反映现实、怡情悦性、有益人生的共同之点；也有相互融汇、各取所长、彼此借鉴的类似之处。所以讲到中国传统的诗美，常以“诗情画意”比之，就因为诗美本身融汇了形、线、光、色等绘画的基本要素。如果作者的诗情幻觉中没有这些色素鲜明的画面，“诗情画意”又从何而来？我们在众多的抒情诗里看到了这种诗画交织的现象，在这些抒情诗里，作者力图借助绘画的直观性，唤起读者精神感应的鲜明性。诗与画，在这里确是交融为一了。这是中国传统诗独特的艺术美。鲁迅的散文诗《野草》继承并发展了这种艺术美。其中《秋夜》《雪》《好的故事》《死火》《颓败线的颤动》《腊叶》《一觉》诸篇尤为显著，而其中以《雪》《死火》《好的故事》《颓败线的颤动》最著特色。

《雪》以明艳、清新的色彩描绘出久经诀别的故乡的美，寄托了对美的理想境界的追求。那雪野中“血红的宝珠山茶”“白中隐青的单瓣梅花”“深黄的磬口的蜡梅花”，雪下“冷绿的杂草”以及孩子们“冻得通红，像紫芽姜一般的小手”，“清白”“明艳”而又嘴唇上涂了“通红”“胭脂”的雪罗汉；都预示了“隐约着的青春的消息”，形成了前半部分那种“冷艳”的格调。其中“白中隐青”的“隐”字，“冷绿”中的“冷”字，不仅说明作者对客观事物体察入微，尤其显示了作者把诗意和色彩熔为一炉的独特的艺术造诣。作品的艺术性，包含了再现美和创造美两方面的因素；而这里则更多地体现了作者对艺术美的创造性。在大自然中，色调是光的产物，物象呈现色调，反映光源色的特点，不同的光源色就会产生不同的色调，而不同的色调就自然会给人以不同的感受。这里的“隐”字、“冷”字，说明作者对色的心理感受精细，甚至能唤起读者“江南雪霁”的独特感受，使人如闻虫鸣，如嗅花香。真是“美艳之至”了！

在《死火》中，作者甚至描绘出天光和环境色的变化：

> “这是高大的冰山，上接冰天，天上冻云弥漫，片片如鱼鳞模样。山麓有冰树林，枝叶都如松杉。一切冰冷，一切青白。”

天光偏蓝，冰山晶白，冰、天相映，“一切青白”。而“一切冰冷”则是人的感受。

> “这是死火。有炎炎的形，但毫不摇动，全体冰结，像珊瑚枝，尖端还有凝固的黑烟，疑这才从火宅中出，所以枯焦。这样，映在冰的四壁，而且互相反映，化为无量数影，使这冰谷，成红珊瑚色。”

这里就细致入微地描绘出死火映照四壁，四壁互相反映所呈现的环境色。如果从艺术欣赏的想象、联想这个角度考察，诗与画实在是“异迹而同趣”，甚至《死火》借鉴绘画美所造成的诗意情调，会使同一内容的绘画相形见绌，因为它更易于引发读者潜在的想象和艺术的再创造。

《好的故事》历来被论家视为“诗情画意”的范本。其中的“水银色焰”“青天的底子”“大红花和斑红花”“红锦带”“虹霓色”，绝非色素的冷冰冰的客观记录，而是作者感情投入的形象表达；那种“艳丽”甚至“耀眼”的色调，与“昏沉的夜”色对比，愈发衬出作者追溯美人美事的强烈诗情。山阴道两岸的“乌桕、新禾、野花、鸡、狗、丛树和枯树、茅屋、塔、伽蓝。农夫和村妇、村女晒着的衣裳、和尚、蓑笠、天、云、竹……”这些绘画中空间上的“平面并列”，近于色块涂绘的形体，与“枯藤老树昏鸦，小桥流水人家，古道西风瘦马”(马致远《天净沙·秋思》)“鸡声茅店月，人迹板桥霜”(温庭筠《商山早行》)手法同出一辙。然而随着每一“打桨”，“摇动，扩大，互相融和”这些线条的流动，它们“飞动”起来了，顷刻化为“一天云锦”“万颗奔星”，组成了“泼刺奔迸的红锦带”。如果把形体比作“音符”，这线条就如同“旋律”，它们奏出和谐的音响，展现出飞动的画面。这真像从荒漠中唤出灿烂的春天。作者的笔头仿佛有起死回生的妙用，使得这些几乎彼此无法合拢的平列画面，蓦然充满了生命。正是这种充满生命的绘画的形式美，才足以表达作者在“昏沉的夜”的追求，“美人美事”的激情；正是这样的色彩和画面，才具有旧中国南方水乡的独特丰神。它既异于北陲之“雪峰昂首”，也有别于桂林之“江水悠悠”；因为风景之美不仅意味着天地自然本身的优越，也体现了地域民族的文化、历史和精神。

绘画还讲究由一定的画面的组织关系所形成的音律和节奏感，诸如均衡、和谐，动荡、奔放，高低、上下，横斜、曲直，参差、错落等等。下面是画家吴冠中的一段自述：

> “我有一回在绍兴田野写生，遇到一个小小的池塘，其间红萍绿藻，被一夜东风吹卷成极有韵律感的纹样，撒上厚薄不匀的油菜花，衬以深色的倒影，幽美意境令我神往，久久不肯离去。……翌晨，我急急忙忙背着画箱赶到那池塘边。天哪！一夜西风，摧毁了水面纹章。还是那些红萍、绿藻、黄花……内容未改，形式变了，失去了韵律感，失去了美感！我再也不想画了！”

从使画家“神往”的绍兴“小小池塘”中，红萍、绿藻，被东风吹皱，其间布满薄厚不匀的油菜花，衬以深色的倒影所形成的韵律和节奏感里，岂不同样使我们得以窥见《好的故事》中，南方水乡那种特有丰神所形成的“诗画同境”的韵律和节奏感？其中“东风吹卷”恰如《好的故事》中“展开”“交错”“拉长”“织入”“皱蹙”“凌乱”等动词的效用一样，造成了诗境和谐而飞动的韵律美。两位相隔半个世纪的艺术家，他们的艺术审美观念却颇有共同之处，对绍兴水乡风景都有近似的感受。画家由那幅未及完成的风景写生所产生的审美意象，恰与《好的故事》的审美意象暗契，这就再次说明诗画“异迹而同趣”这个道理。

这种由“造境”、联想而引发的诗的绘画美，在《野草》中俯拾皆是。《秋夜》中“非常之蓝”的天空，“极细小的粉红花”的梦，“雪白”纸一角“猩红色的栀子”，“苍翠精致”的小青虫；《复仇》中“鲜红”的热血，“桃红色”的皮肤，“淡白”的嘴唇；《风筝》中“灰黑色”的枝丫，“淡墨色”的蟹风筝，“嫩蓝色”的蜈蚣风筝；《过客》中对人物穿着的说明；《腊叶》中枫树叶的描绘：“青葱”“浅绛”“绯红”“浓绿”以及“一片独有一点蛀孔，镶着乌黑的花边，在红、绿和黄的斑驳中，明眸似地向人凝视”的病叶。等等。

散文诗《野草》是诗，不是画。这里是借用绘画艺术中的一些构成因素，来试图说明其中许多篇章所体现的色彩的、形体的、线条的韵律和节奏的艺术美。这种对诗的绘画艺术美的感受，是一种联想、想象的产物，是欣赏者审美活动“再创造”的结果。这里正是从审美活动感受过程所产生的境界联想这个角度，来说明诗“和绘画相类”“二者异迹而同趣”。而这种联想境界，又必须以诗人的感受功能的再现为前提；没有《野草》的创作，这种“绘画美”的感受即无从谈起，欣赏者“感觉振移”的现象亦无从生发。钱钟书在《通感》一文中曾引用培根的话说：“音乐的声调摇曳和光芒在水面浮动完全相同。那不仅是比喻，而是大自然在不同事物上所印下的相同的脚迹。”这是哲学家对“感觉挪移”所做的巧妙的描写。“诗中有画”，从听觉里产生视觉；“画中有诗”，从视觉里产生听觉。这种诗画融汇、交错的艺术美，是中国传统诗画形式美的一个重要特征。鲁迅在散文诗《野草》中，对这种形式美作了新的开拓。

与写作《野草》的同时，鲁迅在1925年所作《〈陶元庆氏西洋绘画展览会目录〉序》中曾讲过这样的话：

> “在那黯然埋藏着的作品中，却满显着作者个人的主观和情绪，尤可以看见他对于笔触，色彩的趣味，是怎样的尽力与经心，而且，作者是夙擅中国画的，于是固有的东方情调，又自然而然地从作品中渗出，融成特别的丰神了，然而又不是由于故意的。”

在稍后，于1927年所作《当陶元庆君的绘画展览时》中又说：

> “他并非‘之乎者也’，因为用的是新的形和新的色，而又不是‘Yes’‘No’。因为他究竟是中国人。所以，用密达尺来量，是不对的，但也不能用什么汉朝的虑虒尺或清朝的营造尺，因为他又已经是现今的人。我想，必须用存于现今想要参与世界上的事业的中国人的心里的尺来量，这才懂得他的艺术。”

鲁迅这里不仅指出了陶元庆绘画的特色：具备独特的艺术个性，技巧精湛，渗透民族情调；而且提出衡量其绘画的标准：古尺、洋尺都不妥，只能用中国现时代合于世界思想潮流的尺。这不难看出，鲁迅赞美陶元庆的绘画有四点：艺术个性、完美技巧、民族情调、时代精神。我们从鲁迅全部的创作实践看，他所孜孜以求的，也正是这四个方面。陶元庆是学习西洋画而又素擅中国画，他能融汇中西而创出新的形和新的色。在散文诗《野草》中，也表现为融汇中西而显示的绘画美的创造，深深地浸透着民族精神和时代特色。

鲁迅精通中国古典文学，热情介绍外国文艺作品；他不仅是语言艺术大师，也是深谙绘画、雕刻的行家里手。他整理了大量古籍，翻译、评介了众多外国文学作品和艺术理论著作，包括厨川白村的《苦闷的象征》和《近代美术史潮论》这样的专著。这一切必影响到散文诗《野草》的创作。鲁迅的《野草》和陶元庆的绘画，实在是同一时代和同一艺术风气里的产物。更加他们对共同的艺术信念和审美趣味的执着追求，就极易使他们的作品产生某些相近或相同的特色；所不同的，只是表现手段而已。这真是“好比从飞沙、麦浪、波纹里看出了风的姿态”（钱钟书）。我们不正是从鲁迅对陶元庆绘画的评论里，窥见了散文诗《野草》艺术美的奥秘吗?

1981 年 4 月

“红楼”艺术一瞥

——谈谈送宫花一节的艺术描写

用鲁迅先生的话来说,《红楼梦》是属于“一时代的纪念碑底文章”，其整体结构不仅“非常宏丽，炫人眼目，令观者心神飞越；而细看一雕阑一画础，虽然细小，所得却更为分明；再以此推及全体，感受遂愈加切实”（《〈近代世界短篇小说集〉小引》）。今以全书第七回中周瑞家女人奉命“送宫花”一节为抽样，从“红楼”艺术微观之角度审其“一雕阑一画础”，试看作者如何从“细小”处“推及全体”，使读者所得“更为分明”。

先说“一雕阑一画础”之“细小”。

周瑞家女人送走刘姥姥后，便来回王夫人话。时值王夫人正与薛姨妈长篇大套地说些家务人情，周瑞家的便避到里间宝钗之处说话。后被王夫人听见叫出，薛姨妈乘便吩咐香菱拿来十二枝纱堆宫花，并对周瑞家的道：

> 你家的三位姑娘每人一对。剩下的六枝，送林姑娘两枝，那四枝给了凤哥罢。

接着，作者让我们随着周瑞家的行踪，作了一次“走马观花”的环游。

贾母嫌孙女儿们太多，迎、探、惜三人已移至王夫人房后三间小抱厦内居住。周瑞家的顺路先往这里来。“进入房内，只见迎春、探春二人正在窗下围棋”，“二人忙住了棋，都欠身道谢，命丫环们收了”。而惜春却在另一处，“正同水月庵的小姑子智能儿一处玩耍”。当周瑞家的将花匣打开，惜春笑道：“我这里正和智能儿说，我明儿也剃了头同她作姑子去呢，可巧又送了花儿来；若剃了头，可把这花儿戴在哪里呢?”

周瑞家的进入凤姐院中，却先是碰到坐在凤姐房门槛上的丰儿“连忙摆手”，又见到奶子“摇头儿”，继之“只听那边一阵笑声，却有贾琏的声音”。接着是平儿从房门出来端着大铜盆叫丰儿舀水进去。宫花由平儿代收了，转身去了半刻工夫，手里拿出两枝来，吩咐彩明道：“送到那边府里给小蓉大奶奶戴去。”

周瑞家的来找黛玉，她却在宝玉房中“大家解九连环玩呢”。宝玉听见送花，便先问：“什么花儿，拿来给我。”一面早伸手接过来了。黛玉只就宝玉手中看了一看，便问道：“还是单送我一人的，还是别的姑娘们都有呢?”当周瑞家的回答了之后，她便冷笑道：“我就知道，别人不挑剩下的也不给我。”“周瑞家的听了，一声儿不言语。”

这里，我们好像在同一时间里看到不同空间之不同人物的诸般活动言笑及其特定性格与精神面貌。薛姨妈来贾府并不久，却能做出如此安排：当着王夫人的面把老太太的三个孙女儿名列第一，又把老太太的“心肝儿”黛玉放在凤姐之前；而作为这个大家总管的凤姐虽属最后，却所赠为他人两倍。对于一位确知自己在贾府的位置，而且眼下究竟应讨好谁、将来应依靠谁的薛姨妈来说，这些深明世故而又十分得体的安排，似乎是用一种漫不经心的语言表达出来的。我们还看到，在同一时间的不同空间，迎春、探春在悠闲中打发日子；惜春皈依佛门的兴趣最初在玩笑中出之；凤姐和贾琏淫佚无度的生活实出于光天化日之下；黛玉娇宠猜疑、尖酸好胜的言笑和宝玉“懵懂顽童”的面目，也都像生活本身的“流”一样，行列而来，一一展示。

当然，事实上还不仅如此。

当周瑞家女人刚拿了装着宫花的匣子，走出王夫人房门，看到仍在那里晒日阳儿的金钏，问起香菱的事。正说着，只见香菱笑嘻嘻地走来。接着周瑞家的向金钏夸她“好模样儿，竟有些像咱们东府里蓉大奶奶的品格儿”，又问香菱的身世、父母和年纪，她都一概摇头，说“不记得了”。周瑞家的和金钏儿听了，都反为叹息伤感。

周瑞女人又在惜春处顺便问起智能儿：“十五的月例香供银子可曾得了没有?”并提到管理各庙月例银子的余信。惜春笑着说，智能儿的师父一来，余信家的就赶上去，“和他师父咕唧了半日，想就是为这事了”。

周瑞的女人才往贾母这边来，准备送花给黛玉，抬头忽见她女儿打扮着从婆家来，原来是女婿冷子兴前些时候因多吃了几杯酒，和人纷争，被人造谣中伤：说他来历不明，告到衙门里，正要押送还乡（其实是冷子兴因卖古董和人打官司）。周瑞家的听了道：“我就知道呢。这有什么大不了的事!”“小人儿家没经过什么事，就急得你这样了。”

这三件事都作为“送宫花”这一过程中的“小插曲”，分别反映出贾府众多丫头们那“真应怜”的可悲悯的来历与处境，官僚与寺庙的勾结和寄生阶级的相依为命，以及周瑞女人在贾府的特殊地位。作为太太陪房的周瑞的女人，虽然算不得贾府的上层人物，但与众仆人丫头相比，自有其特殊地位，因而对女儿的紧急求告，漠然置之；因为她“仗着主子的势利，把这些事也不放在心上，晚间只求求凤姐儿便完了”。她对处置女婿的事胸有成竹，而对香菱的惨苦经历却深表同情，这些都从不同侧面写出了这个女人的复杂性格及其在贾府下人中的特殊地位。

周瑞女人“送宫花”一事，作为全书第七回的一个小节，自有其“一雕阑一画础”之相对独立的价值：它在一个貌似无足轻重的情节中，直接或间接地展开了一幅又一幅极为生动而自然的生活画面，闪现了从迎春、探春、惜春、凤姐、黛玉、宝玉到周瑞女人，以至金钏、香菱、丰儿、平儿、智能、余信、周瑞的女儿和女婿等等不下十数人不同的生活环境、阶级地位、精神面貌和性格特征。绝似一刹那间映现出来的若干空间片断，既有生活广阔的一面，又有现实深邃的一角。一切都处在行动、发展的过程中，一切都呈现出它们生活本来的各自面目，可以说在内在的联系中表现了生活的多面性。这使我们看到，伟大的现实主义作家曹雪芹，不愧为通过情节刻画人物并进而推动故事发展的能手。这里所用“送宫花”一节，颇有“一石多鸟”的艺术效果，因为它至少带出了六七个场面，写出了三四件事情，领我们进行了一次“环游”。这使人想起吴承恩的《西游记》和果戈理的《死魂灵》这一类长篇小说的结构方式：作者把我们和书中的主人公放在一起，让我们跟着主人公的行踪去遍历各种环境，遍观各色人等，从而展示广阔社会背景的各个角落，塑造与表现各阶级、各阶层人物的独特性格和精神面貌。《死魂灵》中的乞乞科夫，即为求购死亡农奴的名单而遍游农奴制统治下的俄罗斯大小农庄，会见了各式各样的地主。诸如贪婪顽固的梭巴开维支，浮躁无耻的罗士特莱夫，悭吝至极的泼留希金等等典型，就是采用的这种结构方法。《西游记》中唐僧为取经而遍历九九八十一难所包含的四十一个小故事，亦属此一类型。《红楼梦》第七回“送宫花”一节，只是这种结构方法的“袖珍形式”而已。这个“一石多鸟”的情节，使我们看到，《红楼梦》的作者不只描写了诸多重大事件，而且常常是在似乎无关紧要的小事中，多侧面地深刻揭示了当时的阶级关系和各种形式的复杂纠葛。

再说“以此推及全体，感受遂愈加切实”。

人物的性格不能靠作者平面的直接介绍，而必须在人与人的关系所构成的事件中，在人物的遭遇和行动中，即在情节的发展中自然流露。在这里，关键是情节的提炼和典型化。对于作家来说，从纷纭万状的现实生活中选择足以推动故事发展，充分展示人物性格的情节远非易事。而对于一个现实主义作家来说，那些被提炼了的典型化情节，却又常常显得平淡无奇，其重要性远非一眼能够看得出来，然而却又具有深厚的内在意蕴。有人曾提出，鲁迅先生的《阿Q正传》中，阿Q调戏吴妈时，她为什么要声张？其实，正由于这一声张，才引来秀才的毒打，落得弃衣而逃，地保罚款，变为赤贫，而终至沦为小偷，最后走上“大团圆”的结局。这种情节引起的连锁反应，正是人物性格逻辑发展的必然结果。这在《红楼梦》第七回周瑞家“送宫花”一节中，同样看得十分明显。

周瑞女人送走刘姥姥后，便上来回王夫人的话，结果在王夫人的房里遇见薛姨妈正在与其长篇大套说些家务事情。周瑞家的向王夫人回了刘姥姥的事以后，略待半刻，见王夫人无语，方欲退出。这时薛姨妈才又笑着说道：“你且站住。我有一宗东西，你带了去罢。”这就是奉命送十二枝宫花的起因。至于送宫花最后到在宝玉房中玩耍的黛玉那里时，宝玉自然知道了宫花的来历，并对周瑞女人说：“宝姐姐在家做什么呢？怎么这几日也不见过这边来？”当得知宝钗“身上不大好”，而他自己又“着了些凉”，只好异日亲自去看，眼下只能派茜雪去问候。这样，就自然地导向第八回“探宝钗黛玉半含酸”一节，出现了全书中黛玉和宝钗的第一次“交锋”。由此可见，“送宫花”一节虽相对独立，对塑造人物性格、揭示社会面貌具有“一石多鸟”的艺术效果，但作为整部长篇小说的一节，仍然前后连锁，因果相继。这种连锁和相继不仅在情节的推动中如此，在人物性格的发展中也产生了同样的艺术效果。

至于迎春、探春无须多说。较能说明问题的是惜春、凤姐和黛玉。关于惜春，第六回以前，可以说从未提及她遁迹空门一事。第七回周瑞女人送宫花到惜春房里看到她正与小尼智能儿玩耍，这才引起她“我明儿也剃了头同她作姑子去”的取笑。作为一个生活中的人来说，这可能属于某种偶然的机缘，但作为艺术家笔下的人物形象，却又似某种“伏线”“预示”。因为惜春后来的结局终究应该是“独卧青灯古佛旁”。关于凤姐，她和贾琏既有矛盾斗争的一面，也有统一和睦的一面。“送宫花贾琏戏熙凤”的情节，正是全书第一次写到他们作为夫妻的“融洽”的方面，当然也反映了他们夫妻生活的另一面。这起码写出了他们矛盾统一的一个侧面，预示了这两人未来性格特征发展的苗头。关于黛玉，“送宫花”一节可以说第一次正面写到她这种娇宠、猜疑、好胜的性格。她讲的那些“我就知道，别人不挑剩下的也不给我”的尖酸刻薄的言辞，其实并非针对周瑞家的所发，而是别有所指。谁呢？就是下面紧接着送花人回答宝玉问话所说到的姨太太——宝钗的母亲。因其女而牵及其母，这就是第五回开头作者通过叙述所交代的：宝钗“品格端方，容貌美丽”“行为豁达，随分从时，不比黛玉孤高自许，目无下尘，故深得下人之心”，“因此黛玉心中便有些悒郁不忿之意”。林黛玉在这里可以说是“初露锋芒”。到了第八回“探宝钗黛玉半含酸”一节，她用那些“比刀子还尖”的话把对薛宝钗母女的满腔“悒郁不忿之意”，都用那种声东击西、指桑骂槐的刻薄言辞倾泻出来。

所有这些都是作为性格逻辑发展的一个起点，以更加简要、更为朴实而接近生活的形态，在一个相对独立的情节中得到反映，真正具有大中有细、因小及大、见微知著的艺术概括力量。把第七回“送宫花”一节单独提出来剖析，也无非要人们看到，即使是一个倏忽而过的情节，“一雕阑一画础，虽为细小”，也可以看出作家刻画人物性格、展示社会面貌和结构经营上的功力。

以往传统长篇小说的艺术结构，如《水浒传》，通过不同英雄人物被逼上梁山的不同道路，来展现起义斗争的广阔画面，人物描写各有侧重。包括前面提到的《西游记》和《死魂灵》等，都属于单线发展结构，所以，其中许多章回确能独立成篇而不大给人以割裂之感。至如《儒林外史》及晚清的一些长篇小说，更是常常缺乏连贯全书的主要人物和中心事件，“虽云长篇，颇同短制”。而《红楼梦》却创造了一个宏大完整而又极其自然的艺术结构，使纷纭复沓的人物，层现错出的事件，协调于统一的铺排；人物的言态状貌、事件的因果承续，融汇于完整的经营；从而构成一幅气象万千、变态多姿的封建社会的历史生活画卷。它是一个无法分割的艺术整体。因此，严格地说，全书根本不存在什么可以从书中单独抽取出来而不损伤周围脉络的故事情节，哪怕是极小的一部分。

但是，为了研究的需要，科学终究还是把宇宙划分为“宏观”和“微观”两个范畴。宏丽结构毕竟由一雕阑一画础组成。从这一角度说，《红楼梦》第七回周瑞家女人奉薛姨妈之命给迎春、探春、惜春、黛玉和凤姐送宫花一节，作为“红楼”艺术微观之一瞥，似可加以品评。因为仅是从这一节，即能看到现实主义作家曹雪芹在这个平凡得不能再平凡的情节中，发挥了“一石多鸟”的艺术效用，使众多人物活动于同一时间和空间，同时又展示了情节推移的整体性。

1984 年 6 月

远行与备忘

迷失在荒野的孩子（三题）

马儿在草棚里踢着树桩，鱼儿在篮子里蹦跳，狗儿在院子里吠叫，他们是多么爱惜自己，但这正是痛苦的根源，像月亮一样清晰，像江水一样奔流不止……

——杨键《暮晚》

春阳又至，荒坟在沉寂中等待。经年柳条从容无尽地低回细语，衰草漫野丛生，溢发新绿，树梢在荒野流转中传递难以言说的不安。是时，生命以无可遏止的力又一次张扬开来，向深不可测的天空铺展，复又跌入心灵深处。那种跋前踕后，进退维谷，竟使得生活中熬历的苦楚，辛酸与难耐，纠绕难断的复杂，以及沉沉暗夜中不断袭来的绝望，熠然再次爆出生命的火花，激发又一次轮回，漾起远非陈旧的流动之物，让他在更高层面去感受那纷繁的体验。人生朝露，去日苦多。如果人生中既绝少清明澄澈，又无多流彩溢光，那个体生命中便只有万般惶悚和酷同炼狱般的一己反顾了。

第 一 束 光

我来到人世，一个无端被抛到这个世上的生命，全然无知地坠落茵席之上或跌落粪溷之中。懵懂无知里，为穿越窗玻璃的一束光所照耀，那是人生的第一次明朗与欣悦。而窗外总是全然不变的一幅景色：畜棚中一匹杂色驴子在摇摆尾巴的间隙，常以傲慢不屑的眼神，向人们投以睥睨的一瞥，且常在夜半发出嘎哑的中音，时断时续由长而短的一个调门，尾音犹如气绝，远没有窗外一角的公鸡啼鸣来得清越响亮。追随公鸡的啼鸣，那第一束光便自耀眼的天空泼洒而下，使得整个小院顿时清明利落，与公鸡的金黄融而为一。公鸡冲激光的波浪昂身健步，且不时张开羽翼奋力扇动，于是那金黄的光屑便四散飞扬，使得整个院落光流旋转，光波飞溅，现出万般辉煌。当他从屏幕般的玻璃窗游目张望的一刻，正与祖母那一双大而黑亮的眼遭遇；面对那双传递出无限爱抚与微笑的眼，他笑了。

只有祖母居住的堂屋有团桌，团桌正面挂着彩色淡旧的印花团裙，两侧各有一把太师椅，紫红而光洁。他始终不明白，那椅背和两个扶手为什么是弯曲的，这叫他觉得很不舒服——向后靠去，腰总要前倾，两腿又只能平伸出座椅之外，一俟离开靠背，两脚又只能垂离地面；而离开座椅却须翻转身来试探着让双脚着地。再说，太师椅也过于光滑，椅垫滑掉不说，尤使他不能坐得稳当——远非长辈坐得那般从容得体。在一个难以记忆的上午，母亲把我领到堂屋门前，说："那就是你的父亲。"我惊异地望着这个绝对生疏的人，觉得他怎么就是我的父亲？那雍容地坐在太师椅中的神态，漫不经心地望着我的眼睛，使我生出许许多多难以名状的思绪。也许正是这一瞬间，让我终生都对他保有尊敬的怀想。他正是在太师椅上，就着团桌，将一本小书用牛皮纸包装起来，正中下方贴了一块红纸，写上我的名字，而左上方一块则题上书名——《百家姓》。我从此有了自己的名字，而且还知道了自家在百家姓氏中排名第四，很不错了，只遗憾前面还有三家拦着。这自幼便生出的好胜之想，使我毕生都被卷入无穷的种种旋涡之中而不能脱出，也使引领、相伴我度过大半生的父亲，最终以沉默和无奈离我而去。多少个风雨岁月之后，这一刻作为父与子的第一次晤面，连同那个家园中明朗的上午，无风无尘，宁静而又有几分惶惑与紧张，已经进入生命的位格，零儿从此有了自己的名字，也从此开始了他人生的惊惧震荡与颠沛漂转。

他开始上路了。

尽是一些漂浮不定的片断——被母亲抱在怀中，她的披肩长发光洁明亮，不时绺过左肩揽入怀中，光彩无忧的眼神，随健朗的步履起伏。那无尽的一条又一条村野小路在起伏中后去了，在数不清的村巷中撒播着笑声，还有姑姨们一路的爱抚相随，竟引得路人定睛观望不已。小小生命如实地感受着人间的欣慰和快意，如同虚幻的梦！似乎如行进在一个壁立如峡谷的窄巷，脚下散落着碎砖、铁皮，有人拾起一块说是日本人的炮弹皮，弹皮龇裂尖利的钢牙，闪着蓝悠悠的光；仰望高高的墙垣，是崩裂的青砖垛口，缺裂处有一抹淡云正缓缓飘过，淡云之上，是暮春那高而又远的明澈的天空。而眼前嬉闹的集市正沐浴在一片春阳之中。一根又一根粗大的木柱植入路边，柱上撑起巨大的遮阳篷布，篷布与篷布相连，连成无边的篷阵，覆盖了扰攘的人群，人头攒涌，把欣喜与兴奋写在脸上，远远听去，如万人相聚晤谈，难以听得清一句完整的话语，理得清一个连贯的意思，更难得辨认清任何一副面孔。这春日的集市上正是由他们在演奏这嘈嘈切切的欢快交响。伴随铁铲敲击砂锅的响声，便有那香油醋蒜煎粉的诱人气味从篷布下散逸出来。还有一种米面烤就的饼食，有小狗、小马、公鸡、青蛙或花瓶、座钟、小帽、花袄，甚至二龙戏珠、一蛇盘兔、月中兔捣药、狮子滚绣球诸种形状，一律以鲜亮的红、绿、蓝、黄色彩手绘，手法简拙泼辣。——最叫人倾心的，就是这种既可持久把玩，又可以从容咀嚼品味的小玩意了。还有一种极艳丽花哨的纸制风轮，一串一串地扎在竹竿上，高高地越过篷布，在正午的春阳下哗哗飞转，与这集市持续喧腾的笑语相交织，把庄稼人春风得意的内心炫耀得淋漓尽致。

晴空无云无风，集市低沉的扰攘在继续。一堵青砖高墙下，零儿正承受着荫凉带来的惬意。小饼“蛇盘兔”还在手里，他在静静地耐心等待，他感到了过久的沉寂。母亲嘱咐他：“在这儿等着，不要走动。”已经很久很久了，还没回来。他抬头望着天空，天空蓝得刺眼，高得可怕，没有阴云，不会有雨，也不可能有雷声。他忽然觉得眼前扰攘的人群是那般生疏，竟没有一个他熟识的面孔；他只记得母亲的嘱咐：“在这儿等着。”他先是觉得两脚沉重，后来又感到两腿虚软，全身没有了重量，因莫名慌恐而眼前旋转起来。他望着眼前的篷阵，那超越篷阵之上飞转的风轮，竟如在雨水中冲洗般颤抖不停。他又望天空，那天空也像隔了雨水般模糊动荡起来……那不止的号哭就这样持续到祖母身边仍不能停歇。他不知道母亲去了哪里，也不知道母亲为什么没有来接他，更不知道自己是怎么回到祖母身边的。

他只觉得母亲再也不会回来了，母亲消失了，母亲不要他了。夜里，零儿躺在祖母身边，完全沉潜在黑暗里，不久那黑黢黢的房梁轮廓便清晰起来，一种沉重压迫着他，在他头侧桌角仿佛有一点光斑，那是窗玻璃的返照，恰好投射在小面饼“蛇盘兔”上。曲折的村路，深窄的村巷，形状古怪的炮弹皮以及漫天的篷布，煎粉的香味，飞转的风轮和各式色彩斑斓的小面饼，忽然变得分外虚幻和渺茫，离他远而又远地消失了，似乎永远不会再来了。他感到祖母老迈的身子不停地翻动，不时发出长长的叹息；感到了沉重的无奈，这无奈尽管于她十分了然，可是如何向孙儿表达呢？仿佛数不尽的词句如羽毛翻飞不定，在暗夜里忽远忽近地漂浮，无法把它们组织成可供明晰表达的语言。然而有一点却很清楚，于孙儿这无疑是人生第一次惊惧和震荡；她觉得自己愧对孙儿，心里实在有无以诉说的沉重；她用被头悄声拭泪。这轻微的窸窣被零儿听到了。他觉得这个夜晚特别漫长。既然没有传来嗄哑的驴鸣，那就距第一声鸡啼还相当遥远，然而驴鸣或鸡啼始终没有传来。祖孙二人都只能在无尽的沉沉暗夜中苦熬。

就这样，冥冥之中的命运之神，收回了投射在这个三岁孩子身上的第一束光。

2003 年 10 月

一罐玫瑰酱

老屋暗褐色的后窗依然高悬，当年你就是从这里出走的；后山野玫瑰的芬芳，挟卷园中葱茏青草的气息，照旧浪涛般穿窗而入。那野玫瑰的芬芳是遥远的，在你出生之前便存在了，你早就应该明白那芬芳来自一座后山，而今你却同那后山的芬芳永在——与红云般流荡的花，与茎刺密集的枝，与枝下积聚腐朽枯叶的潮湿的泥土永在了。没有人对你说过："他是你小哥，到老死都记着你。"你也无从知道，妈妈只与你相伴二十个月，直到你先是断续惊乍，尔后是无休止昏睡至弥留之际，并以她最后一声长号作结。可你却从未忘记，每至春末夏初，把芬芳从当年出走的后窗送进这幽暗的老屋。老屋的后院早已颓圮，板栅腐朽，霉菌从生，而当年的牵牛花仍然生机勃勃，仍然在晨曦初露时绽放，阳光升起后闭合，枝蔓沿着板栅间倾圮的木柱缠盘而上，梢头依然在晨风中翘首，环形粉红花朵上晨露晶莹，流连顾盼，摇曳生姿。

遍布后山的野玫瑰花期短暂，近夏开始凋落，之后那葳蕤草树便淹没一切。当万木枯落、黄叶纷飞、冷风瑟瑟的时刻到来，野玫瑰的芬芳随之消散，在茎刺从密的深根之下，你只能与湿冷的泥土相伴。当年卷包的草席业已腐烂，蓝花小袄也早为雨水冲沤成褪色的布片，一只扣带小鞋则半入泥土。真是说不尽的凄凉孤单！你不能忘记妈妈怀中的温暖，甜润的乳汁，还有小哥爱悦的眼神，拉着你的手轻轻抚摸，就着你的脸抚爱地亲吻，抱起你举过头顶，说："小弟快长大！小弟快长大！"如今百物沉眠，泥封土冻，也许松花江边的雾凇正当蓬勃，而你却只想看何时能再穿上妈妈新缝的蓝花小袄，手做的扣带小鞋，再一次吮吸她温暖的乳头。如今这一切只能出现在飘忽的梦中了。如今，我们早已回到三千里外的故土，而你却成了远别亲人的孤魂，任由飘荡，一任东西。

当年出走的后窗依然高悬，野玫瑰幽香袅绕。屋中炉火正旺，水壶哼出的古旧歌谣在老屋中回荡，尽管那铺老炕的牛皮纸糊得严实平展，几只蟑螂仍在墙上飞蹿，而砌饰炕沿的横木可是被磨得全无棱角了，这使坚硬的疤节更为突起。后窗闪出冬日最后的余晖，照见这老屋房东正和一位须发皤然的老人说话，“这房子有一百年了，柁梁都好着呢，您老是……”，“六十多年前我住在这里，……那时我大概五岁吧”。说话间，听得见板壁上发黄的壁纸一声崩裂，网积的蛛丝虚尘自天花板款款沉降，恰好浮落在突然洞开的一个壁龛小扇上，小小壁龛里顿然现出一只绛紫陶罐，颈口封纸上，竟有一小小黄色蝴蝶正双翅歙张欲飞。房东惊异于这个意外，老人却从容地说：“这是一罐玫瑰酱，我母亲最后一次到后山采摘花瓣腌制的，没想到，它还在这里。”正是这最后一次，在野玫瑰茎刺丛密的深根湿土间见到了蓝花小袄碎片，一只半入泥土的扣带小鞋，和霉沤散乱的苇席。被惊呆的房东，看到老人小心地取出那只陶罐，封纸上的小黄蝴蝶却在瞬间化作漫漶其上的茶色水渍；他镇定不迫地揭去封纸；在炉火辉映中，老屋顷刻芬芳四溢，一片紫红。房东说：“您这次故地重游，收获不小呵！这么多年，我们总觉得这屋里有股香气呢！”那老人脸上只有一派无言的沉重和伤感。事实是，你离走的那一刻，小哥号啕大哭，当有人拉他离开这间老屋时，他仍然不依不饶地号喊，他觉得小弟走了，再不会回来了，永远不可能在他身边了。面对眼前这位很有精神的“老祖父”，你感到难以言说的陌生和欣慰，想不到他竟然也是这间旧屋的老房客！灶台水壶发出尖啸，炉火正红，温暖如春夜的老屋里，仿佛又响起那企盼的呼唤：“小弟快长大！小弟快长大！”还有妈妈那一声绝望的号啕；这爱抚的喊声，丧子的悲恸，也许再不会听到了。你将回到后山去，回到那野玫瑰茎刺丛密的枝柯之下，阴寒冷湿的泥土之中。在那里，有永恒的凄凉和孤单与你相伴。

后吊窗高高撑起，午后光线苍白，壁纸黄旧的老屋板墙上泛着幽光。母亲常在你深夜的哭喊中惊觉，没完没了地为噩梦困扰。她说，看到你爬上老家院中一棵枝叶扶疏的枣树，径直攀到顶端，急得大喊，醒来是一身冷汗……浓重的中药气味在黯淡的夕照中漫溢，干裂的墙缝里传出刷刷的响声，那是讨厌的蟑螂在沿墙爬蹿。襁褓里，你的两只小手在惊乍中抓挠，且很快转入不分昼夜的昏懵，吊窗幽暗的光映出你的苍白，就这样，她守候着不知言语的你，满脸为绝望无奈的阴云笼罩，直至又一个黎明到来。这是一个少有的春阳喷洒的好日子，野玫瑰的芬芳随阵阵暖风从后窗卷入，与窗台上那罐野玫瑰酱的气味融汇，老屋顿时一阵清爽。也正是在这一刻，在妈妈一声肝肠寸断的号啕中，你从后窗飘然离去。后窗就这样张吊了很久。后园草花繁密，一只蝴蝶自后窗翩然而入，粉黄的小小翅翼在尘封的玫瑰酱罐上盘旋了几圈，随即逸去。百年老屋更替过许多房客，只是那清淡的野玫瑰芬芳依然不肯散去。

六十多年以后，那位重新造访的老房客事后在札记中写道："生命之闪光片刻，命也，非人事铸就。情因亲起，一往而深，积思成梦，梦中生死，亦仿佛人间耳；况亲母丧子，亲兄丧弟，年深月久，日思夜念，如影随形，挥之不去，化入骨肉，生死相契。诚亦悲矣!"当他重访旧地，再次感受火车尖声长啸，又看到积雪的月台上人头攒簇流涌，迎面扑来巨大巉岩般凶险的钢铁怪物，又听到爆炸般的尖啸。当年，正是这震慑心魄的尖啸让一个襁褓中的小儿顿不及防地抽搐，母亲焦急地掀开一角看了一眼，便在父亲的扶持下匆匆登车。车窗外一块标有"奉天"二字的站牌，在寒风料峭中摇撼，随之醉汉般向后倒去，掀起一阵雪尘。那一年，就是这趟列车，经过不停地喘息和颠抖，把这些无从把握自己命运的人，从荒旱的生身热土，抛向生疏寒冷的远方，且把一个幼小的生命，永远地弃留在冰天雪地的北国。

那老屋后园中的牵牛花仍在蓬勃地开放，梢头依旧沿着破败的板栅和朽腐的木柱缠绕而上，幼嫩的梢头直指天空，照旧在晨风中摇曳生姿，粉红环形花的四周露珠晶莹，和老园中丰茂的百草辉映，迎来后山野玫瑰的芬芳，并仍然从至今悬吊的后窗飘然而入，让幽暗的老屋香气四溢。

2003年岁初

童子的法号

昨晚掌灯的时候，祖母把他叫到上房，说，“零儿，你该开始认字了。”老人随即到炕角，从一个油漆木盒中取出一叠识字卡，把灯捻拨亮，从中抽出两张，让他看其中一张背面的图画。这张画着嫩绿的小草，在微风里摆动，由于经淡绿渲染，既朦胧又清晰，像有阵阵青草气息扩散出来；他立刻想到春天郊野初生的嫩草，暖风吹过，如水面涟漪翩翩。这时祖母已经翻过字卡：“念什么？”零子眼珠转了几转，说：“草！”他看看祖母，那慈爱温存、亲善祥和的面容着实让他亲切。“再看这一张。”这一张上分明画着一座庙，雕梁画栋，斗拱飞檐，檐角风铃似在摇动，发出“铃铃铃铃”的脆响，云朵在上空浮游，檐角也像在蓝天飘了起来。祖母翻转图画让他认字。这个字笔画多，他一时犯难起来。祖母拉过他的手，用多皱而白净的食指在他手掌上画，说：“念什么？”他又翻转过来看了看图画，忽然想起了祖母常常带他去的真武庙，冲口喊道：“庙！”“这个字笔画多，记住：‘一点又一横，一撇向左扬，上十对下十，日头对月亮。’你看是不是一个‘廟’字？”零子从小凳子上跳起来：“哈哈！奶奶，你真行！”她还说，庙就是供神佛或历史上有名人物的地方，像县城里的文庙，就供着至圣先师孔夫子。你识了字，有了文化，就能做他的弟子。零子伸手去抓另外的识字卡，想看那些使他喜欢的图画，似乎那些图画能唤起他心中无比丰富的想象，识字还在其次。而祖母却一脸肃容，收起了识字卡：“一天认两个，今天是第一回。”零子一脸怏怏。这小鬼头在灯光下紧盯着炕角那个油漆木盒。眼睁睁看着祖母把识字卡码好，放回盒子，把盒盖扣严。他心里像有什么盘算。

零子醒来，正凝视着墙头上祖母的相片。那眸子如黑色晶体般清澈，神情笃定而平和。据说，这幅不小的炭粉画，是远在他乡为生计奔波的伯父、父亲和叔叔们特意为她带回，连同那辉煌的镜框。当然还带回别的，如城市风光彩色明信片，精致的雕花木盒装的糕点之类，他没见过。初夏的明丽终于铺满庭院。上房传出祖母诵经的声音，悠缓不迫的旋律在院中的阳光里扩散，正如那相框周边两条金线中涌动的波纹，彰显出老年生命的圆融与平和。零子记起祖母今天要带他去真武庙，参加一个佛事仪式，且为他命名。

真武庙坐落在村北，传说真武大帝为道教信奉的北方之神。正殿中大帝一身甲胄，须髯疏朗，双目微启，令人肃然。祖母在这里参与“吕祖坛”的法事。吕祖即为吕洞宾，八仙之一，道家正阳派号为纯阳祖师。这让零子想起祖母居室正面墙头贴着的一方黄色纸条，上面有朱红一笔画成的曲折离奇非字非画的符号，她说那是“符”，念“唵嘛呢叭弥吽”（音安麻尼巴弥宏），可以避邪。由于好奇，他重复两次就记住了。其实这是藏传佛教僧俗口唱的咒文，尊戴最厚，就如信仰“南无阿弥陀佛”，祈未来往生极乐净土。崇敬孔子，又在一个道庙中完成佛事，确是三教不分了。祖父的形象没在零子心里留下任何痕迹，他只听父亲说过，有一年秋天阴雨，村西观音庙后两亩谷地遭淹，“你爷爷饭桌上喝了两口酒，猛地栽倒，口流长涎，再没有缓过来”。零子自记得祖母，就见她一人生活在清静之中。在去真武庙的路上，她总是不停地弯腰“敬惜字纸”，尔后在那里专设的一个炉膛里焚化。这样地，很多年了。死者已矣，而活着的人总该有一种精神，一种信仰去支撑。这让我想到老人家长年素食，已成了一位居家奉佛的居士。

正殿前平展的青色方砖铺就为菱形地面，缝线齐平净素，僧侣们的腿脚纷繁交错，黑色布鞋轻便，无声而有序；法衣在阳光下闪烁，在空间相距里层次分明，墙角老柏树的墨绿也尽为阳光点染。长桌满是供品，珍稀水果鲜亮（第一次见到佛手），还有雕模翻制的细点。法事开始，诸信徒两列相向，双手合十，一殿净穆。祖母牵了我站在正中，向真武大帝顶礼膜拜。在众僧睽睽下，我感到紧张，惶惑，也有些羞涩。一位须眉皤然的老僧手托折叠齐整的黄服，从容面向我们祖孙二人；祖母接过黄衣，与老僧一同展开，给我穿好，在颈部把带子系牢；那是件无袖坎肩，长长地几乎覆盖了跗面；之后向老僧合十再拜。这时，只听佛乐声起，众器齐鸣，尤其那粗短光净的竹管，高昂嘹亮。仰首望去，香烟缭绕升腾中，那管音似直达天庭；高远的蓝空中有疏离散淡的白云浮过，闪耀着不同寻常的异样的光辉，让人眩晕。

黄坎肩左上角，有橘红丝线绣的三个小字，祖母说，“灵童子”，这是破例授给我的法号。“‘雨字下面三张口，工字夹着两个人’，这就是‘靈’。”她说，“按说‘灵童子’是活佛的继承人，你虽然不是，但做个灵敏聪慧，心地善良的诚实孩子，总是好的。你要爱惜它。”零子静静地没有言语。他无疑感到自己获得了鼓励，又觉得某种拘束；虽然得到荣耀，却又发生了畏难；无疑是一种体面，实在又深感赧然；好像有条小虫在心里不停地翻转折腾，还不时地咬一小口，确有些疼痛。“心地善良”就是要对所有人都好，对祖母、对父母、对顺子哥，还有对邻居；而“诚实”呢？自然是不能说谎话，不可骗人，要老老实实，绝不该……不该什么呢？零子觉得自己的脸发热了，用手摸了摸脸颊，烫！可是那物事又实在诱人，让他无法抗拒——那色彩，那线条，那美丽的图画，那白纸片上精工的楷字；还有，做一个文化人，成为孔夫子学生的滋味。祖母说过，“你堂兄就是个有文化的人”。大零子十岁的堂兄，在村学读高班，已在念《论语》《纲鉴》。那天他拿了个皮影头，说：“零子，要不要?”零子后来发现，堂兄竟有一盒子成套完整的色彩鲜艳的《三顾茅庐》《目连救母》皮影！这让零子一晚上翻来覆去睡不安宁。还有，堂兄用粉连纸从《芥子园画谱》上描摹下来的山水、人物、花卉和“岁寒三友”松竹梅。凡此种种，都引发零子种种幻想和梦境，觉得自己进入了那些山水画之中，攀行在隐而复现的山石小径上，抬头是深山藏古寺，脚下是芳草复萋萋，路边春兰吐蕊，耳边阵阵松涛，他感到了清风，嗅得了气息——他无法抗拒地沉浸在这种种幻境的魅力之中，也实在无法从这幻境中摆脱出来。这难道是一个“灵”字作怪吗？零子有些恍惚。

真武庙前的大树，松皮鳞皴翘裂，松脂流淌，枝叶涛声不息，即使沉静无风，闲云荡过；时值朗夜，月光会投下斑驳的暗影，衬得两扇山门更加肃穆。“鸟宿池边树，僧敲月下门”，这两句诗引发的意象，确定无疑地永远是这里的月夜山门，那位孤僧从容地用指关节敲击发出的清亮的声响，就回荡在松枝间，消失在朦胧月色之中。韩愈诗：“僧言古壁佛画好，以火来照所见稀。”忆念中的“古壁佛画”，也永远是这庙中佛塑身后粉壁上激荡的海水，端坐莲台的菩萨，苦行者的罪愆和怪异的雷公电母。黯淡的色泽，蚀落的粉壁，标记出古庙的年岁。据载，这座古庙所在的“段村”，始建于西汉文帝元年，即公元前 179 年，其时汾河泛滥而过，冲为两段，因此得名。古庙四周田畴分布，晚秋夕沉，便有一层烟雾在地表浮荡。零子常伴祖母在山门前石阶静坐，于万籁俱沉中静候明月升起。老人两掌抚膝，孙儿则双手支颐；一个面对初起的月光穿过薄雾，感受着晚年的静穆平和；另一个望着明月攀升，引发无穷遐想，那心情就像云间风帆鼓胀的小船，觉得前程朦胧而遥远——那将要到来的一切，会是什么样子呢？

零子的“法号”让零子惶愧万分。初夏的阳光洒满庭院，紫红的枣枝叶芽油亮，绿光闪灼。祖母喊住前脚已经跨出院门的零子。他正待转身回问，却又一次看到老人那双神情笃定、眸子清澈的眼睛。他心里在打鼓。“你回来！”他又感到心中那条小虫在折腾，噬咬。“你拿了盒子里的识字卡？”他心里慌乱，脸颊发烧，蔫蔫地迈进上房门槛，从鞋里抽出赤裸的右脚。那十多张识字卡就藏在鞋里。她严正地定睛望着神态萎懦的孙儿，久久一言不发。零子羞赧得无地容身，无颜面对祖母，慌乱极了，他本想说，“奶奶，我错了！我太喜欢那字卡了！”就在孩子欲言未吐的一刻，顶窗洞开，阵风穿入，复又自堂门旋出，把零子藏在鞋窠里的字卡悉数卷出门外，吹向院中。惊诧的祖母望着纸片在院空翻飞，阳光下，似云峰仙女，碧空花枝，飘飘拂拂，不肯落定。零子跑向院中，望着满是色彩缤纷的图画，红黄蓝绿，五色翩跹，跳跃的春光里，万花筒般旋飞不止，欢喜得满院追逐，边喊边叫，伸手去抓那些美丽的纸片。

老人居家事佛，只是一种信仰，当然不会认为这是什么“神迹”。在初夏的平静时光，本当无风更无暴风，旋风也绝不会进入小小庭院——究竟是哪来的一阵风，竟从顶窗进入、堂门飞出——实在让她纳罕，久思不解。但她确定无疑地看到孙儿那无可抑止的天真快乐，慈爱温存又氤氲在她脸上了。于是把剩余字卡悉数给了孙儿，说：“好好执掌，一天认两个。”

60多年以后，历尽沧桑的零子，行旅异地，登临古庙。也是一个阳光明丽的初夏，面对萋萋芳草，又想起最早记认的那两个字。那文字背后的说明性图画，在眼前似已转化为一派虚幻的形式投影，从那似真似幻的依稀图画中，仿佛再次嗅到青草的芬芳，望见飞檐背后移动的天光云影；恍然如烟如雾，难以凝定，不可把捉，唯有祖母慈爱的双眸，仍然无比地清晰。

2004年9月

阴寒的旅程

大理石深空由浓墨转为灰青的时候，那些不再眨动的眼便闪着尖利的光，箭镞般纷纷消隐。沙尘小路逶迤铺展，蒙霜摇曳，一片阴寒。路边一丛又一丛相继不绝斗霜迸放的小小野菊，若晨空星落的光斑，正不屈不挠地沉醉在狂欢之中。

沙尘路上正有一大一小两个人。一个行进沉稳，肩背衣包；一个颠跑紧随——他不知自己被引向何方，只能依循前行标识——那眼下亲切熟悉的生命依托；他自觉在阴寒的晨风中浮游，让身边那不可胜数的万千霜菊行列而去，如遥望而见路旁的那座孤独土屋般全身凄冷。微明里，可以看到那墙坯为雨水冲蚀阳光暴照，早已残豁窳败，如一堆废土：它畸零零地被抛弃公路一旁，是四周散落的荒村通向远方的驿站么？一位老女人从脏败的棉絮里伸出蓬发昏头昏脑地望着来者，门边那佝偻老者已在点燃驱除昏暗的如豆油灯了。他脸如爬满纷乱的麻絮，又像揉皱的皮纸。盛油的小瓶裹满油尘，土屋里立刻散出呛人的煤油气味。听不清父亲和老人说什么，对话仿佛尽为昏暗吸纳。他们相识吗？好像。坐在木轮板车上，后鞧在马臀上逐渐清晰起来，一左一右地摇摆，可以听到马具的撞击，感觉到木轮碾过石子的颠簸。空荡荡遥遥无尽，好像走了一万年！直至夕照再一次辉耀。

一个孩子正孤坐在门前土台。夕辉尽处，昏暗自四围缓缓拢了过来。一阵微风拂过，一枚小小画片落在他脚下，依稀可以看出上面的竹林木桥，那古装人物恍若在余晖中活动起来。这显然未曾一见的美丽画片，确让他觉到已经存身异乡了。黑暗快速围来，所见就要被吞噬化为虚无，连同自己。关隘黑崖般向他逼压，是处幢幢黑影，有如鬼魅游移，窸窸窣窣，喊喊喳喳。突然“啪！啪！”数响，一个黑衣长衫人被扇耳光，几个趔趄后再次立直，现出恭顺。随之，欻的一声好像颚下领口被撕开，便有青布自襟口肠肚般哗哗落地；又遭踢几脚，捡起地上的布，被揪着长发带走了。父亲惊慌中领零子去关口排队转换“良民证”，兑换纸币。涌动的黑色行列弯曲而几无尽头。耳际仍是窸窸窣窣，喊喊喳喳而不闻人语，黑影游移之间一片惶急和惊恐，如方生未死，步过鬼门。当头顶黑崖般关隘终于在其檐角熹微初现的时候，父亲说：“咱们要出关了。”话语是那么平静；这让那孩子说不清地诧异。那一夜，在客栈简陋而昏暗的屋子里，孩子倾力地翻肠倒肚。父亲为他揭去煤火灰坑的方砖，顿时便有呕吐的秽气从黑不见底的深坑中溢出漫向四壁，这就更加催发肠胃痉挛，让他呻吟不止。油灯颤抖中，父亲看到孩子眼中泪水闪光。他一边为他拍打脊背，一边说：“那是个私布贩子，拿一匹布裁成长衫做掩护，到关外，赚老鼻子了！”这话并未能转移他的疑诘：那矗立的黑暗山崖，那黑影游移的行列，那不闻人语只有窸窸窣窣的声音，那冷风掠过鼻尖的阴寒，暗影匆匆，交错杂沓。还有，那个挨打的人去了哪里。在沉沉暗夜和狂暴面前，自己竟变为惊恐无语的婴儿，只能将无力的双手，无奈地伸向茫茫夜空。为什么总是无边的暗夜——车行中玻璃窗外是暗夜，摇摆不停的车厢中是暗夜，人在暗夜的包围中默然飘移，连眸子的光也在暗夜里消失。昏黑而阴寒，陌生而惶恐，丧失时空感觉，深秋枯叶般不知所终地飘游……终于又一个旋涡：在绥中车站，拂晓，父亲无缘遭扣。初阳穿越候车室窗玻璃，映照父亲求告的身影，站长面前谦和的诉求，和他身后那个惶惧不安的孩子。昏暗终于退去，车厢开始敞亮。车窗外，一柱又一柱电杆纷纷朝后奔跑，可以眺望遥远的荒村，起伏的山丘，草丛般的树林，在大地上旋转。久久地，直到夕照在车尾辉耀。

父亲忙于柜上的事务，那孩子一个人睡下来，手中仍然握着他的小小画片，四角毛糙，纯属晚风送来的馈赠，孤寂中的伴侣。望得见夜空深沉，星光交辉；迷人的光晕扩张不休——那是乡园沙石路边逶迤铺陈蒙霜瑟缩的野菊，穿越阴寒昏暗的旅程，升上这墨色大理石的棚顶，霜花四射。睡眼惺忪中告别：打包好的热烧饼、熟鸡蛋，沉重的衣被全落在父亲的肩头；沉稳的大步，匆匆的小跑；雄鸡清脆的啼鸣，笨拙而可笑的驴吼，自身后远而又远的地方传来，那是乡园，熟悉的、可爱的、生身的乡园，远而又远地去了。夜色退去，走出敞亮的车站，重重的包袱终于被抛上轻便四轮马车；父亲脸上现出少有的轻松和笑意，前座的车夫一声吆喝，我们便在节奏舒缓的行驶中到来一爿店铺面前。出来迎接的，是我从未谋面的麻脸伯父和眼中掩不住惊喜的五叔……头顶交辉的星晕渐次消隐的时候，朦胧也随即向四壁扩散开来。

身临异乡，有什么样的生活在等待他呢？他将在这座清代时的“船场”，松花江穿过的美丽城市，整整生活十四个年头，使他本已无望的命运发生逆转。这是他始料不及的。

2005 年 3 月 6 日

环中岁月

——怀念林宗哲先生

蟾桂叔叔要我读书，好像说过多次了。有一天，他从案头抽出一枚纸片，说："你写。"我拿起钢笔，蘸了墨水，做好待写的姿势。"现年九岁，李零。""我才八岁呀！""你该入二年级了。"叔送我到校时，迎接我的，是一位目光深沉、腮颊青黑的先生。"林先生，这是我侄儿，请让他插班进二年级吧。"我双手递上写就的纸片，惶促地鞠了一躬。先生默默望了我一眼，回报一个极难觉察的笑意，没有言语。叔松开我的手，就这样，把我托付给了林先生。看来他们早曾熟悉。

学校离家并不远。出门后右拐，越过一片蒿草丛生的荒地，是一条沙土路，横穿铁路（向东为北山站，南是遥远的黄旗屯），过三五人家，便是"姑子庵"(即今之"明如寺")，学校就在庵之西侧。晴不扬尘，雨不粘履，细碎闪烁的沙砾一路伴我上学。清砾的沙土来自举首可望的一座名为"西石砬子"的小山，山腰耸立一柱巨大的砬子，从庞然坚固的底部黄褐色渐次向上过渡，由青而紫，崚嶒错落，峥嵘而上，以致岩角撕裂，犹如莲花；岩隙幽深黝黯；仰望盘桓其上的飞鸟，飘舞的柳叶一般，哇哇地叫号不绝，显出几分狞厉与悽绝。我夭折的小弟怀德，就弃尸在石砬子后山的荒草中。那里，每年夏初，都有血红的野玫瑰开放。砬子根砥有大小泉眼多处，清冽的泉水不停地掀动沙砾，沙砾在阳光里一闪一闪。水自泉眼涌出，择势而去。如值隆冬三九，泉水气温反差过大，雾气便随泉流走，旋绕腾挪，藏头露尾，一片氤氲；若在盛夏，所历之处又芳草如茵，如茵芳草丛中时现光斑，那便是拇指般大小的水晶了。这种六角晶体的石英，有乳白、淡墨、蔷薇、烟褐、深紫诸色，涮去泥沙，置于鱼缸；春光越窗而入，小鱼悬游其间，纷杂交错，竟幻出奇妙的世界。水晶在手，棱尖锋利，可以划断玻璃。我的学校就端落在大石砬子西侧，故称“吉林市西石砬子小学”。校园用齐矮的白色漆板竖条围了起来；门前行路与西侧人行道适成一“丁”字，丁字顶端南向直通大街，街口便有摆售洋羹之类休闲食品的铺子，也有叫卖冰糖葫芦的小贩。这是一所不能再小的初级小学，一至四年级各一个班，方圆不到三里范围的孩子都就便来此入学。西望，远远地就是丘陵起伏四季色彩变幻的欢喜岭了。山名“欢喜”，其实它脚下是大片荒冢，外籍人的坟场。有“山西义地”“山东义地”。先是我的伯父，后来还有伯母，都长眠于此，始终未能移回故土。这里是美丽江城的西郊边缘，以五道胡同为界，被划为西关的贫民区，街面居舍简陋凄清，行人寥落。半个世纪后的城区改建至此戛然而止。

校园也由一色的细碎沙砾铺成。当时正值晚秋，浸透了寒凉与萧索，在白栅的映衬下二三细弱的杨树挂着静止不动的几片叶子。平日用来敲击代替钟声的那块云形铁板，静静地悬置在一段横木上。当时有清亮划一的童声从学生的方阵里升起，又在寒凉的空气中消失；这是小学校的“朝会”，在例行一种仪式，“天皇诏书”和“皇帝诏书”的集体背诵，每日课前必定举行。先生们立定一线与孩子们相对，双唇紧闭，面容板滞；其中神色凝重、腮颊清癯的一位，就是我的林老师了。听不到炮声，看不见火光，战事在哪里？没有人说得出，更可能没有人敢于说出。

大约课堂上高声合诵课文，是所有童年时代入学孩子们最美好动听的歌唱了。那纯正的童声冲口而出，发自肺腑，唱出他们的天真，也唱出他们一无可知的未来的朦胧。只要林先生领诵课题一句，下面便哇哇地齐声开始了。

> 一田野（其实是第一课，课题是《田野》）。田野间，草木长，小河流水响淙淙；微风拂过水面上，绿草两岸有清凉。小牧童，在山岗，割些青草麻袋装；牛马散放牧场上，摇着尾巴赶蝇虻。天气热，日光强，行人柳下坐歇凉；远望对面山头上，白云一片懒洋洋……

既如小河流淌，又像山溪奔腾，节奏响亮，旋律优美，真有说不出的痛快。——那草的芬芳，水的清爽明澈，瓦蓝天际懒洋洋的白云，正款款抚慰着他们的童心。零子第一次发现，学校里竟有这般快乐！

唱歌，跑跳，玩耍，由陌生到熟悉，以至嬉闹而顽皮放任，日子风一般过去，入学后第一个假期终于到来。假日开始的前一个下午，林老师邀我们帮他搬家，呼啦吼叫着一去就是十几个，如晨雀一般。林家胡同也是一条清净的沙砾路。一处从荫笼罩的小院，瓦房数间，院落舒展，一排砖垒错落的图案花墙，排满盛夏怒放的鲜花，红黄争艳，绿紫葳蕤；和平头百姓相比，这位先生的窗户只多了几块玻璃，室内显得豁亮，窗顶撑起防晒的竹簾。吃水要自己去担，安装自来水管，只属于有权势的人家。先生要我们"搬家"，其实只是整理西厢的杂物，移至东侧间重新安置。孩子们有如蜜蜂，嗡嗡嗡嬉笑不休，如蚂蚁匆匆来去，忙不迭地递运杂物给林老师安置，让他棱骨分明的鼻尖也满是小小的汗珠。当他为我们逐个扫净身上浮尘的时候，师母早已将一盆清水置于院中，洗濯中一片嬉笑，竟引得路人透过树隙驻足观望。午饭是"煎饼盒子"，一种用稗子米面煎饼包了韭菜、绿豆芽、炒鸡蛋馅儿，用油煎烙而成的食品，形状像小学生的文具盒。香得很！临别，礼物是每人一颗大蒜头一样的茎块，说是"扁竹莲"，埋在花盆，秋天就开了。我家后院本有几盆花草，父亲和叔叔无暇顾及。是我自己动手，弄松盆土，把“蒜头”埋进去，不忘施水，不久，果然有黄嫩芽尖探头探脑，很快，八九片绿叶便箭一般直冲而上，叶脉细密分明；又过一周，棒槌样的骨朵便左顾右盼地挺了起来；随后，在一个露水盈盈的清晨，朱红艳丽的花朵便大放异彩，那勃然吐出的蕊丝沾满浅黄色的花粉。这让凝睛不移的零子着实兴奋惊讶！他想说什么，身边却空无一人。他感到阵阵孤凄，恰如他每天一个人上学，在冷清的沙砾小路上。荒凉后院开着的花朵，整个秋天都在等待他到来，期待与他默默无言相对。

教室的墙壁显得苍白而少生气。有一天，林先生要同学们一人画一张画交给他，“不会画，可以不交”。后来墙上便有图画贴出，都是铅笔画。我的一幅“载重汽车”也在其中。那一天回家，我在晦暗的满积灰尘的货架顶端翻寻，终于觅得一厚册汽车广告图谱，却并非艺术性素描作品。在一个僻静角落，用铅笔摹了一幅，画起来毫无困难。终为老师选中，张之于壁。在后来的岁月里，这种潜能被不断地开发出来，日思夜梦，天天想画，由单色铅笔到彩色蜡笔，从花鸟鱼虫到古小说绣像的临仿。到四年级时，已能铅笔打稿，水彩填充，墨笔勾线了，一时成为办墙报和专栏的活跃人物。后来又扩充到手工制作，彩色蜡光纸的粘贴或编织图案，堪与女生中的巧手比拼。在蟾桂叔叔的熏陶下，可以直接用毛笔画“岁寒三友”松竹梅，以至于后来的《芥子园画谱》，珂罗版精印王石谷的山水画册，都是爱不释手的珍玩。见到精致的绘画复制品，两眼发亮，脚不能动，如被铁环套牢。大凡人的生命之“环”，乃岁月累积铸就，时空经纬，生命流注，积习成性，终成死结，“画”之于零子，好像就是一个被套牢的“环”。

音乐也是孩子们喜欢的科目。教唱歌的，是一位身材纤瘦的女先生，身着湖蓝旗袍，左襟掖一方白色绸帕，常是细声细气不争不缓地领我们歌唱。有一首歌名《惜别》：

红烛将残，瓶酒已干，相对无言，无言。遥望云天，怀念故人泪沾衫。擦去腮边泪，脱去绣花衫；温室不是我的家，要这满天的风沙。

这是进入三年级以后的一堂音乐课了。对于其时只有九岁的孩子，“故人”或“温室”都有许多不懂，又为什么“要这满天的风沙”，就更难得了然了。然而，那悽楚伤感的旋律却流入心灵，隐隐感到还有另一个成人世界，那里有对孩子们来说很是陌生的艰难和伤痛、压抑和无奈，以及个人的病弱的唏嘘。这或许正是音乐先生一代其时的情绪——抛弃感伤，走出温室，勇敢地去直面“满天风沙”。其实“风沙”就在身边，只是并非以狂暴，而是用渐行漫没的方式，改变周围的颜色，只是还没有人敢于向他们指破。例行的“朝会”仪式不必说了，就是在校园东侧大柳树下的小黑板上，每天都要更换一个日语新词，供记忆掌握。日复一日，我们却只记住一个“希拉米”（虱子）。当时棉布奇缺，穷人只能穿“更生布”，一种用劣质棉或废旧棉纱再生的粗布，色泽灰暗，生了虱子极难识别。小友见面，随手在对方脖颈捏一下：“一个希拉米！”然后哈哈大笑。步入校门，最先面对的不是操场，是个晦暗的隔断，隔断上端漆画有五色旗和太阳旗交叉，上横有“日满亲善”四字，下有一面长方整容镜，然后才步入两侧通道。师生见面要喊“森塞欧哈哟高达衣麻斯”。当时流行一首童谣：“哇哩哇哩哇，东京来电话；到了日本国，骑马洋刀挎；吃饭叫‘迷嘻’，骂人叫‘巴尬’。”没有孩子知道“奉天”就是沈阳，“新京”就是长春。其时常有空袭，街道组织了“协和义勇奉公队”（相当于现在的“志愿者”），负责灭火、抢救之类事情。因其为当局效力，常受到奚落。也有一首童谣传唱：“奉公队儿，唬洋气儿；人家骑马他跑腿儿，人家骑车他打气儿；人家拿枪他拿棍儿，人家放屁他闻味儿。”那“人家”当指日本人或有权势者。说完哈哈大笑。孩子懵懂，从不知何以与大米白面绝缘，长辈却告知，吃大米白面要以“经济犯”治罪。零子常翻看《大同报》《康德新闻》刊载的漫画，有“米国”（美国）的巡洋舰被击沉；而横贯头版的大标题，“建设大东亚共荣圈”，更让他费解。在渐行漫没的“风沙”里，在行将成就的铁“环”里，也有甘冒扣上“国事犯”(即政治犯)帽子蹲笆篱子的勇敢者，我的级任林先生该是一位。到了四年级上学期，要学日文草体书写了，只到这时我才意识到，自己连日文楷书字母都写不来——林先生压根儿就没教给我们！一切仿佛都在沉默中，那等待的，正是闻一多喊出的：

有一句话说出就是祸，
有一句话能点得着火，
等火山忍不住了缄默，
突然青天里一个霹雳。
爆一声：
“咱们的中国！”

五道胡同附近，满街的男女老少爷儿们，在分外明爽的阳光里，一律的喜色和低语，以肃然的眼神，向着一面“青天白日满地红”的大旗；这面大旗用木杆高高地挂起在我家铺面对过叫吉泰公的商家门前。我走到它下面，惊异地仰望，它不仅崭新，而且积压折叠的痕迹仍在。是谁拼着生命保存了它呢？事后仍是叔叔告我：“是我们的林先生！”把闻一多先生的诗句用在这里，对于那伟大的历史性时刻，对于六十多年后此时此刻的回想，都是一种恰如其分的描述，一种历史性心理的再现。林先生，教室门楣无漆小小白木板上写着的“级任林宗哲”，锋棱利落的楷书，刀镌一般，已成为不可消失的记忆。那一刻是：1945 年 8 月 17 日上午 10 点。一个刻骨铭心的日子。

作者小学老师林宗哲先生

阳沟一侧两株老柳树，正奇迹般枝条万千，叶片不凋，像被梳理过，垂下浓绿的长发。在客居江城的日子里，始终未见日本军人。这时，他们的家属已是慌恐万状，不敢出门，偶有一二露面者，也是低头拖着趿拉板儿溜墙根儿走。附近卖自来水的一个穷小伙子，竟很快与一日本姑娘结缘，成为一时谈柄。旧货市场繁荣起来，有服装、书画，也有玉、水晶印章石料，以至精装成套的日文版《世界美术全集》称斤按废纸售卖。拥有它们的主人，在忍痛放弃这些文化财富的时刻，在难以割舍而又惶急无奈的情势之下，也已同占领者的傲慢无礼和得意自负灰飞烟灭。我家的铺子开始有源源不绝的大米出售，大米和江城人特爱的白小米一个价，白小米竟然时有售罄。一个熟悉的日本人，大约是西关远郊“师道”(师范大学）的一位杂役，常在街上采购物品，平日很是友善。那一天来买米，抬头问叔叔：“大米的有?”没待叔回答，身边一位衣衫褴褛的老者突然狂吼一声：“大米的没有！高粱米籽儿的有！妈勒个巴子的，还想吃大米？门儿的没有!”难道那日本杂役没有感到时势的天翻地覆吗？父亲和叔叔都不时地感叹：“亡国之民真是不如丧家之犬呵!”

这些日子里，张寒晖的《流亡三部曲》在校园，在教室，此起彼伏，旋律悲怆：

> 看！火光又起了，不知道多少财产毁灭；听！炮声又响了，不知道多少生命死亡。哪还有个人幸福？哪还有个人安康？
>
> 百万荣华，顷刻化为灰烬；忽见欢笑，转眼变成悽凉。说什么你的我的，分什么穷的富的；敌人杀来，炮毁枪伤，到头来都是一样……

有些女孩子竟是痛哭失声地喊出：

> 爹娘啊！爹娘啊！什么时候，才能够回到我那可爱的故乡……

这撕心裂肺的呼叫，真像对久别家园和生身父母的呼唤！尽管年少，他们还是悲愤地开始意识到，以往度过的乃是一种亡国奴的生活；他们重新怀了一种不甚了然的期待，唱出自己的向往：

> 大哉青年，旭日初升天，万丈光芒照无边。守身如洁玉，精神又饱满，智仁义勇美德健全。

其实，孩子们还是少年，说“青年”，只能算一种“预约”。然而，悄无声息地，苏军的卡车已经停在五道胡同当口，满车堆垛着各色布匹。在肩挎转盘枪士兵的护卫下，一个军官模样的人，正和百姓做交易：一口生猪可以换一至四匹布；不断有生猪被赶来，满载而去；好像猪们也都悄无声息地去送死，没有任何嘶叫或挣扎。一天深夜，熟睡中被爆豆儿般的敲击声惊醒，声音就来自远近四邻。叔说：“老毛子又出来了！”人心慌恐，说是“毛子”借夜色掩护，出来骚扰妇女，民众击打一切可以发声的器皿（脸盆、水壶、案板之类），互相策应，惊走害人虫。一个下午，我在隔壁中药铺为大伯父抓药，忽见老掌柜儿媳从后屋冲出：“爹！‘毛子’快到后院了！”一脸煞白，两手打抖。老人说：“快抓锅底黑把脸抹了……”随手拉开抽屉，取一把剪刀给她，“揣在怀里！”待我离去后，隔墙听了好久，一直安静，大约“毛子”终于没来。旧纸币废了，开始使用“红军票儿”。这种在东北发行的临时货币，纸质极为粗劣，三两月后，已经完全毛糙不堪，再也无法流通。街墙到处贴满标语：“斯大林大元帅万岁！”“苏联红军是人类的救星！”……在我童年到少年的岁月，真是环环相继而又充满无穷变数。在鬼子投降留给人们的余兴即将散尽的时候，街墙又贴出署名“吉林省长周保中”的大幅石印安民告示；好像不待草民把这张告示读完，全副美式装备的国军吉普车就已经停在五道胡同的丁字路口了。那士兵手握冲锋枪，为墨绿军装拥裹着，船行帽斜扣前额，高腰厚底胶军靴沿小腿有两排并行小勾儿，靴带左右缠绕，将靴腰两帮勾牢。他正无言地巡视远近。西关五道胡同男女老少爷儿们再次瞠目结舌，面面相觑。岁月湍流如万花筒转动。校园，街墙又满是红红绿绿的标语："欢迎东北行辕杜聿明长官!""欢迎吉林省主席梁华盛!"校园集会，上街游行喊的也是这些口号，没有人揣摩得出他们的长相，没有人知晓他们的作为，只是符号般寡味地在眼前转来转去。在后来稍见稳定的日子里，有一首《吉林市市歌》，虽历经半个多世纪的岁月，至今仍深藏零子的记忆之中：

松花江之流，小白山之梯，龙潭北山，山青映碧。学校如林兮，弦歌四起，人文鼎盛兮，江山千里。

岚霭蒙蒙的小白山，苍翠欲滴的北山，幽秘渊深的龙潭，像黏附这江流如练绢带上的粒粒彩石，穿城透迤而过；校园嘹亮的歌声响彻晴空。好像再没有听说有谁，用如此舒缓的节奏，优美的旋律，诗意高雅地谱写出这座美丽城市的人文景观，唱出它深蕴的文化内涵。在那个历史当口，它无疑给人们带来了平静和安宁。这首歌词的作者，是当时吉林市的市长张庆泗。详"泗"，泗水，在山东；又泗州，今安徽泗县。这位张市长该是山东还是安徽人呢？如今在哪里，还在世吗？在度过无尽的动荡时光后，有一个年逾古稀的闲人，想起这首市歌，仍让他感动不已。六十多年前，他正是在那座城市读小学的少年人，正是这首歌，让这个客居江城十四年的游子，永远地感受这浩荡江流的气息，心存清澄翠绿的怀想。

一个长夏午后的归家路上，背着书包的零子，见一位敦实矮胖的军人，正面向画板，对着画纸挥洒，忽而赭石，忽而金黄，复又漫漶点染，浸渍枯扫，画笔在色盘、水钵之间不停地跳动，把眼前的西石砬子装点得夕辉熠熠，万种风情，一扫昔日的狞厉凶险。那对色彩的敏感与把握，对水分恰如其分的控制使用，特别是那流动在画面上的微妙以至神秘感，都让这孩子大开眼界。可以说，他是亲睹了这"神物"是怎样在他身边造就的。这个场面，就这样构成了永恒的童年经验。至于他们怎样立刻结为挚友，怎样知道了他名叫邹上士，互相说了些什么，如今想来，已是片羽无存。画家终于把孩子迎进了他的"虎头"画室（即一排平房的一个突出小间），不足十平方米，在那里他有生第一次尝到了咖啡糖果，那四壁张挂的画幅让他眩晕。当零子羞涩地展开自己的国画“山水”摹品，一脸红潮说不出话。“国画这东西，功夫全在笔墨，还要多学古代诗文，临摹固然重要，还要投师……”那胖乎乎的脸上微笑的两颗眼珠一闪一闪：“十五岁可以成名，努力吧！”后来，在北山的一次庙会上，由蟾桂叔叔陪同，斗胆带二十多幅“山水”摹品去售，竟被一位军官买去几幅，一笔可观的收入让叔叔很是惊疑。人是需要鼓励的，鼓励可以帮助一个孩子建立某种信心，并竖起一个标杆，充满活力地前行不辍，成就梦想。后来我们还有多次愉快的交流，只是他驻在的大商家裕德隆，其时正是稍后起义的国民党军六十军曾泽生军长的行辕所在。在即将到来的震荡中，很快，我们便两相茫然了。

当江流铁板了面孔，琴瑟之弦也沉寂下去，来自远方嘭嘭如鼓的炮声便隐隐可闻了。沿江一侧的水泥屏壁成了漫画长廊，那鲜艳的水粉颜料十分抢眼；许多画中似乎都要出现一个獐头鼠目的人物，头顶帽盔儿，身着长衫马褂，臂下夹着大算盘，与另几个青面獠牙式的人物蠢蠢而行，题曰“清算斗争”。严冬肃杀，滴水成冰，沿江柳枝一触即断。那些来自南方的国民党士兵鼻青脸肿，累累冻伤，包头裹足，艰难跛行——那花花哨哨的美式装备显然难以抵挡零下四十度的严寒！西石砬子山下冻僵的尸体堆垛如一面墙。然而，死者无言，不论怎样折腾他们都默默忍受了——尽管他们的妻儿父母也许正苦苦等待。那几个军人虽是单衫仍大汗淋淋，现出少有的急迫；而围观的老少爷儿们，竟如观赏劳作，一脸漠然。零子家早已粮尽仓空，店铺前常有三五衣如飞鹑羸弱不堪且菜色满面的老人和孩子，在难得的午后寒阳里搜捉虱子；零子只能哀哀切切地望着他们，说不出话。转瞬之间，街西路上有四条黑汉以粗绳架一块门板碎步而来，在阳沟过桥边停下擦汗水，板上躺一死者，年纪不轻，须眉如枯草，满身灰土，满脸泥垢，双目紧闭。有人感叹：“唉！枪子儿不长眼……”据称为流弹所中。这不免让零子想起，日前在北山车站站台上，一个年轻人两臂狂挥，疯喊：“我完了！我完了！我这辈子完了！”原来他在后山打柴，不幸触发国民党军败退前埋设的地雷，至胯骨的一条腿已经没有了。一位站台服务员正用手捂住他的双眼，不让他看到自己的惨状；不知为什么，只见炸烂的肌肉、粉碎的白骨，竟无一滴鲜血。这是零子第一次见到活人断烂的肢体，听到为失去肢体而发出的狂呼哀号。他不由地想到父亲常说的一句话：“人活一世，草活一春。”一春是短暂的，一世是多少呢？生死有时间限定吗？怎样才叫“一世”呢？

大约被困顿一个冬春之后，这座美丽的江城已经不再美丽了，即使往日繁盛的河南街，也只有四处旋飞的尘埃纸屑，或偶见缩颈低首偶偶而过的行人；街道十字口、丁字口蹲着水泥碉堡，黑魆魆的枪眼极其瘆人。城与人一下子变得灰头土脸。天空暗昧，气压低沉，好像没有人言声，都在闷声闷气地等待什么事情发生。“环”子又一次被收紧了。终于在一个明媚的早春，街上再次站满低语的人群，都在说，拂晓前，国民党军队已从团山子、小白山等据点向长春撤退。零子看到，路面满是遗弃的烂军靴、破军袜，血迹黯黑的纱布，已经散架的弹药箱；阴沟一堆又一堆烧黑的纸灰……人们都在庆幸，吉林确是“福地”，“吉”者，吉利、吉祥，“吉”人自有天相，城里终于免受战事。一时间，竟人人舒一口气。夜里响起几声闷雷。第二天，春阳初起，一队队垂头丧气的国民党军俘虏从街上走过，有的纱布包头，有的绷带裹脚，有的跛足而行；有面熟的还和街人打招呼；而邹上士却始终未见。他们没能走出城郊，城外早已被围得铁桶一般——插翅难逃：江城解放。这一天是 1948 年 3 月 9 日。零子正好 13 岁。

从迎恩街传来锣鼓声，街面一队队秧歌扭了起来。零子所在的北山完全小学，更是欢声腾跃，歌声一片：

> 东北风呀！刮呀！刮呀！刮晴天啦么晴了天；庄稼人翻身哎——过一个翻身年呀，哎嗨哎嗨哎嗨哟……

零子加入了学校组织的秧歌队。还是一年多以前，好像战后救济总署有一点残羹剩饭施舍给在校的孩子们，到一个指定的地点排队去领。那是座已废弃的空旷厂房，早就搭配分好，每人只能取一小堆；我的是一件黑色旧西服。我就是穿了这件长大过膝的破旧西服，对着镜子自己用墨画了“眼镜”，抹了“胡子”，也没细想自己的扮相或身份，反正觉着好玩，和伙伴一起，扭着秧歌去迎接这座美丽江城的解放——扭出临江门，扭过江沿儿，直到东车站——高兴！高兴！真有说不出的高兴！一头汗水，两眼含泪……他自己也实在不明白为什么会这般激动。也许是他想起了日前，在课堂，一位老区来的，穿着肥大的手工绗线灰旧棉袄的老师说的话：“那个社会里，没有等级，没有剥削，人人自由平等，是人类历史上最美好的社会。”只是在那动荡岁月稍息后，一个少年人对未来的朦胧憧憬。那天，学生列队吹吹打打到河南街国泰大戏院去开会。巨大的电影广告正预告《天亮前后》(《一江春水向东流》之续篇）的演出日期，下面排靠着各校抬举而至的伟人像，毛泽东主席和朱德总司令两位。在这里，想不到竟与林老师相遇；他微笑着望了我一眼，不再说话。我们都停靠在伟人像前，耐心地等候入场。后来，林老师神色灰颓，显得有些疲惫，学生们好像也开始有些烦心。

升入小学五年级后，我常要从西石砬子山麓踏上火车道，数着枕木到北山小学读书了。长春兵临城下，吉林市却蛮有生机。我们都庆幸自己的城市没有战争，终免饥馑之苦；吉林是福地，“吉”人自有“天相”，“吉”人幸免于难的欣慰之情，自是溢于言表。教室里，校园中，以至街道上孩子们口中，重又歌声一片：

> 解放的红旗飘扬飘扬，飘扬在长白山，飘扬在黑龙江，飘扬在大别山，飘扬在黄河长江，飘扬在我们全中国的土地上……

街墙出现一人多高、笔画宽粗的大标语：“打到南京去，活捉蒋介石!”

人生如寄，奄忽飙尘。一切都远远地消逝了，留下的仿佛只有歌声，就是歌声也遥远而又遥远了，如许许多多环状涟漪，扩散再扩散，终成极难觉察的无尽縠纹……

许多年之后，零子面对林先生一帧早年相片，仍感叹不已。那帧二寸照布纹相纸，浪纹切边，背面有钢笔行楷“林宗哲 敬赠”，笔势之间看得出深厚的毛笔书法功底；相纸因老旧而现淡茶色，即在当时亦早非新照。相片上那位年轻人看上去至多二十岁，深眉朗目肃然英气，那黝黑深邃的眸子里自有坦然的自信，执着的目标，沉潜的勇气和严谨不苟的人生态度；紧闭的双唇，浓密短发，托出并未完全褪去的少年的白皙；尽管挺括的硬领直逼下颏，衬领的白色边缘仍隐然可见，领下第一颗纽扣在襟缝顶端闪闪发光，胸前也不见一丝褶裥。这显然是一袭毛料学生制服。获赠相片的那一天是1962年2月24日，江城贫民区一个色彩黯淡的下午，春天尚无意光顾的一间小屋。透过枯索乏味的光照，看到的竟是一副腮鬓苍然的面孔，仍然是默默地望着我，眸子里好像浮动着一丝难以觉察的愧意。室内有些零乱，内间仿佛有人；不知为何，先生露出期待我即刻离去的神情，且就在这时，从一个抽斗里翻检出这帧相片，在背面写了字送给我；我也已经意会到造访之时不适，即行匆匆告别。这一年零子27岁。又越44年，已入古稀。一个早春的下午，他把这帧照片放大，置于案头，日日相对。先生青春的神采，齐圆的短发，制服毛料的织纹，就愈益清晰；瞳孔穿越虹膜，更是英气射人。

聚神凝思中，往时岁月，渐行沉入忘川，仿佛损毁的光碟，现出虚幻离奇、怪异跳荡的画面，竟让人不可理解！古人所谓“超以象外，得其环中”，其实“零”乃正是一“环”，固不可挣脱，而“环中”所得，却只有虚空。唯一清晰不灭的，确只有林宗哲先生了。

2006年4月至5月

梦中苍翠

——远去岁月的人和事

从高空俯视，城市铺展为一片精致细布的彩色积木，江流如练，沉静地穿城而去；而这小山似从江流逸出，碧融融一团，于江城的西北角悬浮，若离若定，在仲夏的阳光里明灭不已。尤其每年四月二十八日“庙会”，正值千绿葳蕤，苍翠如盖，如海，如云，将游人悉数吞没。“到北山赶庙会去！”那是深与自然结缘的这座城市人们不大不小的一个节日。

最为心旷神怡处，当为登临绝顶之“旷观亭”。自山北侧始，攀爬曲径，依次穿越并不繁多的寺殿，过“天桥”，沉入树海，再行升登，小亭便向你欢呼了。坐落在最高处的“旷观亭”，由远处翻卷而至的苍翠拥举，四柱深红撑起黄瓦，飞檐翘翼，直指白云浮荡的蓝天。游人至此，无不两手叉腰，纵目远眺，驰骋幻想。居高临下，是橙黄和果绿组成的火柴盒般玲珑华美的北山车站，当列车启动的笛声，悠长而响亮地飞向“旷观亭”红柱间，缭绕不去，伴随“喀嚓”一声信号标架沉落的又一次远响，城东渺茫处便依稀有毛毛虫一般的火车，负着白烟缓缓向这边蠕动，晴空中扬起细弱的长鸣，像是对前次远行列车的回应。

当从树间游丝散尽的时候，江城人出游的日子便到来了。蟾桂叔叔早已是游兴难当，那一天要带我们哥俩逛北山庙会。草草擦了旧皮鞋，提了那檀木六棱手杖，经“白虎庙”，踏上与铁路并行的沙土路，行经已是浮萍一片的“莲花泡子”，插入似乎一个方向涌动的人流。滨哥走路还算稳当，而零子竟一路癫狂，忽前忽后，话语不停，手指那一山的苍翠，仿佛已闻到油煎水粉的香味，看到初露尖尖小角的荷苞，听到欢悦嘈切的人声，且业已感受到北方夏季特有的繁茂、蓬勃而令人陶醉的气息。在愈发密集的人流涌动中，忽然不见了滨哥和蟾桂叔叔，而眼前已是山下的荷池，水中多数荷叶紧贴水面，只有少数荷苞挺出，为水波激荡，不停摇摆。一些孩子正在水中嬉戏。他无法控制自己的欲望，立即脱去裤子，跳入水中，耍起“狗刨儿”——两只手臂在前挠水，两脚在后扑腾，一种最低级的无师自通的游泳方式。玩起来相当费力而速度有限。其实早在西石砬子小学读书时，校南就有个“张家泡子”，比这里小得多，午间不回家的伙伴们常去那里。初时刚下水，看到水色浑黄，想到水深无底，心里害怕，只是身在水中，两手抓住岸边石头，以两脚击水，弄得劈里扑腾，水花四溅，算是“练习”。在北山荷池耍水，绝非仅此一次。大约三年多以后，其时已为步入中学之一少年，尽管在熙来攘往的人流前脱裤下水，很是害羞，还是硬了头皮，无顾左右；突觉脚底踩了污泥中尖锐之物，立即蹒跚上岸，脚心已现创口，洇出鲜血，立即摁住，许久才得止血，匆匆穿衣离去。自此发誓不再下水。而此刻，当我正在水里畅快之时，突然在路人中望见滨哥一双狡狯的眼，随之又见叔叔两眼惊诧莫名紧盯不放，仿佛路人此刻也一围而至，瞅住我那瑟缩的小鸡鸡，臊得我赶紧穿裤子上岸。叔叔怒目相向：“你……你……你……”滨哥却有些幸灾乐祸，一路无言。大约这一天因得到难得的宽容，事后也再无追究。直到登上寺阁山门，叔虔敬地上香，跪拜，口念“心诚则灵”，三个人的情绪已是又复如初。当最后上了“旷观亭”，叔两手叉腰，膝窝后挺，一脸的空旷，直到这时我才松了口气，确信叔已是“宠辱偕忘”了。这次游山，还破例照了一张快相，叔居中，右腿盘地，左腿支起，左臂垂架其上，手夹半支香烟，很是自得；滨哥两腿自然前翘，表情有些木讷；而我似乎出于无意识模仿，神情远视，竟与叔叔同一姿势，只是右手压着那檀木手杖，一脸童稚之气。这是零子一生中最早的一张照相。时在 1945 年 5 月之“北山庙会”；再有三个多月，日本鬼子就灭亡了，可是作为我们的背景，“天桥”栏柱上，正有人向桥下探望，那头上戴着的，正是鬼子的“战斗帽”，但此人无疑绝非“鬼子”，时尚而已。在历经 60 多年以后，蟾桂叔叔和滨哥早已先后作古。零子把这幅照相放大复制，嵌入相框，不时张望，自有无限伤感！最重要的是，他始终弄不明白，自己何以会保存下这样一张老旧的照片！岁月中的人生人世，如断烂为无数枚的日历，纸鸢般，远远地，远远地飞去了，再不回首。

中为五叔李蟾桂，左为堂兄李滨，右为作者，时在 1945 年吉林市北山天桥。

1948 年 3 月 9 日，江城不战获得解放，城市也正欣欣然百废待举。那一天小友米家庆又在五道胡同口露面，那甜瓜脸上仍是童稚的不苟言笑，两脚仍是穿着“水袜子”（一种日式胶底帆布高腰防水鞋），又拿来小人书换读；说到“中学要招生”；这消息前数日蟾桂叔叔也向我提起，我是否报考，他没表示意见。后来是我自拿主张，一个人跑去报了名。看榜那一天，适与家庆相遇，便偕同来到北山脚下的中学。一条长长的红纸榜示，孩子们都在急匆匆找寻自己的名字；零子一眼便捕捉到自己，立刻宽下心来；稍后，家庆指着排名靠前的自己，说是按考分由高到低排列——他显出得意，我却不免苦涩。后来，我们终于一同走在校内长长的巷道，两侧小树一派新绿；回首校牌，那是在头顶高处，半圆铁架上焊定的六个团形铁皮，用红漆楷书“吉林实验中学”，再望过去，葱绿的北山近在咫尺。分班的一天终于到来，一堆孩子聚在校长办公桌边，如麻雀啁啾：我们已经知道了校长为靳云汉。老头一脸清瘦和悦，看得出他在和孩子们分享入学的喜悦。我后到，直向围拢的人堆扎去，竟把一个精致的棕色镂花高脚支架撞倒，架上的仿古陶罐立刻坠地，碎片四溅。那么多眼向着我，老校长从人堆里扬起头，先是一惊，即刻又埋头到分班表格里了。零子先是愣怔，看到毫无责难，内心之惶恐随之消散，看了看碎裂的陶片，竟又把头伸进人堆里去了。那眼睁睁看着忽悠悠高脚支架缓缓倒去陶片飞扬的顷刻，在零子脑海里竟是几十年不灭。忽悠悠……高脚支架……精致镂花的……棕色坚木的……倒……倒……倒……碎片缓缓飞起……靳云汉老校长为什么当时和事后对此竟再没理会呢？

我被编入二班，和米家庆同在。好像蟾桂叔叔和父亲商量过，特意给我买了支“关勒铭”钢笔，14K金，贺我考入中学，成为一名中学生，为李家门户破了天荒；据称花去七万元（相当于现今人民币70元），它的珍贵，让我睡觉时都放在枕下，不时取出把玩。生活过得紧张、热烈而愉快，少年人的清新蓬勃之气和时代转换的别样生机融为一体。实验中学校舍为“U”字形红砖平房，在下端突出部开出入口，一律木板铺地。入门墙左为1949年毛泽东“新年献词”：“军队向前进，生产长一寸，加强纪律性，革命无不胜”，用红漆宋体写在墙上。而右侧就是我们班的墙报专栏《幹！》雄踞一方，地位显赫。“幹”字用闪击式尖锐曲线组成，如石火电光，那感叹号活像个小炸弹，可见力度之强；而占报头主位的是一位无产者，身着背带工装，戴鸭舌帽，手握铁锤，当时绘画中典型的工人形象；用了“马利”牌广告画颜料以图案切块式画法完成，工致、整洁，自认才为所用，舍我其谁，且很留意向众人眼里搜寻羡慕。这就更催使“得意”在内心发酵。零子既主管墙报，从选稿到版面安排便一人包揽了。班里有一位作文受到老师夸奖的麻长青同学，因少用他稿子面带愠色，常有争执，家庆总是站在我一边。一次作文比赛，两节课过去了，麻兄只写了两行，原来他在作诗，一种令人惊讶的体裁，写了改，擦了写，拿捏抖擞，卷面弄得很脏，我们都用讥嘲的眼神围拢他，觉得他太“当回事”了，有些酸腐，这让他很难为情。几年后，听家庆说，找了份很一般的工作，竟过早病逝。麻兄身体瘦弱，嗓音嗄哑，吐言斯文，一双大眼里青多于白，颇有成人做派，不把我们这些“小东西”放在眼里。虽童年无忌，我们也未免太求全责备，至今想来，好不懊悔！

班长张进利，肤色微棕而净，开朗、和善而持重，高个头，偶听其与班内某积极分子说，谁谁已“填表”了，即已经加入“少年团”，当时还没有后来“少年先锋队”这个称谓；又说谁谁已看了《洋铁桶的故事》，看了《呼兰河传》，看了《暴风骤雨》……谁不想追求进步呢？由于某种无从知晓的机缘，他们能和当时声望显赫且充满神秘意味的张华、栗劲这些政治老师有接触。他们终究比家庆我们大几岁，在他们眼中我们只是一些“小孩子”。处于百废初兴，那里初中一年级课程颇为驳杂，语文、代数、政治之外，还有矿物、植物和生理卫生，讲这三门课程的牛老师个头瘦小，凹腮大眼，常以口诀形式讲授，“左肺两叶，右肺三叶，左右两肺，充满胸腔”，颇便记忆。讲政治课的苏老师身高细瘦，牙齿焦黄，一件长大肮脏的灰棉睡袍下，露出如柴两腿的细毛，讲二战，讲同盟国，讲轴心国，滔滔不止，满嘴南方口语，用“作报告”的方式两节课连上，下课铃响仍无结束之意；看来他是太抬举我们这些十三四岁的小孩子了，真是对牛弹琴！只好望着他头顶那呢服呢帽双目高眺的领袖像发呆傻愣。

北山的苍翠转为金黄的时候，学校组织观剧，在西关东北师大礼堂。礼堂宏阔，入座年轻人服饰整洁，气质不凡，非平日所见凡俗百姓可比，我们都为全场的肃静约制，不敢出声，有生第一次面对如此环境。首先演出的是《工人大合唱》，气魄极为雄壮：

把炸断的铁桥架起来，
把破坏的道路修起来，
把拆散的机器安起来，
把冷了的锅炉烧起来！
我们的世界是钢铁和火焰，
我们在斗争里百炼成钢。

后来才知道，这是作曲家马可创作的包括《咱们工人有力量》在内的一组合唱歌曲。这些表达工人粗豪性情的急雨暴风似的旋律，从洋溢青春热血且文质彬彬的大学生口中唱出，自是滤粗存精，气格自出，如河川滔滔，夺谷而走，让人荡气回肠。演出的话剧是《钢铁是怎样炼成的》，一个叫保尔的穷孩子在池边钓鱼，两个赖小子跑来捣乱，其中一个被保尔丢入池塘，水花飞溅……冬妮亚小姐嘻嘻哈哈……平洁的舞台木板何以会溅起水花？后来听说，是有人从脸盆中向上撩水，而观众座位低于舞台，故效果自出。至于剧情和“炼”的关系，要在若干年后才悟出，那是读了翻译家梅益的译本，出版于 1953 年的精装巨册之后的事了。大学生的非凡气质和振拔精神给零子留下了深刻印象，做一个这样的人，自是人生的最高鹄的，自是他此后生活中无法抹去的最后向往。头脑中没有任何构件，凭想象无从搭建的，那是何等缥缈无际的一个幻影啊！大约种子自此是毫无疑问地埋入心田的土壤中了，朦胧地兴奋了好久好久，仿佛东方桃色初露，晨光熹微。而此刻的他，两脚穿着一双磨烂后跟的袜子，小袄的纽扣也只剩了三颗，虽无饥肠辘辘，却已初现菜色，但精力充沛，活蹦乱跳，是“短裤党”的好苗子。大约半月以后，初冬雪雰，学校又组织去东关大华影院看《白毛女》，一个凄怆而归结于缺陷的故事——零子一直在挂念主人公那一头白发何时才能变黑。那复仇的惨烈呼叫几乎要把剧院胀破，在时张时弛的节奏中也隐约传来家乡戏曲熟悉的旋律，显得非常之遥远，是三千远路的辛酸，在阴寒的旅程中回荡不已。散场已近午夜，不知为什么不见家庆。电杆上灯光暗淡，行人渐行渐稀，薄雪响在脚下，转至荒街，就只有白雪的微光了。好在有张班长相伴，到他家借了只洋镐把子，提在手里，硬着头皮孤身西去。从“牛马行”到“北大街”，街灯停熄，行人绝踪，积雪嚓嚓地响，清晰地传出好远，过北山脚下的校门之后，是一更为荒僻的路段（尽管是上学常走的熟路），此时只见倾圮矮屋，如幢幢暗影，在白雪的幽光中晃动，及至“白虎庙”山门，旋风突至，雪尘飞扬，忽前忽后纠绕不去，黑森森柳树掩映下庙钟似欲发响，对面“莲华泡子”冰层喀喀裂响，像驴子咳嗽，抬头又是石砬子如黑铁巨怪森然欲搏，只觉一阵又一阵头皮发紧，头发上竖……绝不能跑！跑就是害怕，我绝不害怕！紧握镐把，我唱起了歌：

模范的旗帜红又红，
模范的称号最光荣；
四大条件要牢记，
光荣的称号要争取，咳！要争取。
第一思想向前进，
第二学习长一寸，
第三加强纪律性，
第四课外勤活动。
咳！齐努力；咳！齐努力，
我们为做模范齐努力。

唱完这最后一句的时候，家铺“永泉裕”已经在望。门窗护板把所有人家裹得严严实实，月亮细如银勺，船营街一片苍白，天地通体静寂。此时此刻，只有一个孩子，手里握着“防身”镐把。用来做什么，打狼？驱“鬼”？狼是没有的，“鬼”也没有。他在想象的恐惧中，硬了头皮，度过了一百分钟，从大东关到大西关，走完十多里路，在冬日午夜时分。世界上没有“鬼”，“鬼”是人心造的幻影；他也知道自己唱歌是心里惶恐，为自己壮胆。到他钻进被窝，才发觉自己竟是一身汗水，才记起那首歌是前几天学的，《吉林实验中学校歌》，之后，所有的意念便飘然逝去了。就这样，零子告别了《满洲学童》，告别了小人书《三打祝家庄》，告别了过去所有的歌，跳出了环中岁月。时值 1948 年岁尾，零子将迎接 14 岁生日，决然挥别自己的少年时代。

零子归家路上唱的那首歌，全校都在唱，各班竞相唱，争当模范班的声势如风如火。他是班内的积极分子，积极分子要常开会。张班长之外，还有体育干事任新田，生活干事刘恕，我是墙报干事，自然忝列其中；大家通力协作，终于争得了班级三角形小小“流动红旗”，四字用黄布剪贴，边缘缀有流苏，挂在教室正面一侧，众心相向，满室明光。模范旗帜的获得，表明我们不论学习、思想、体育、卫生，都走在年级各班前列了，而反映这成就的，墙报是一个窗口。第一个学期结束，学校要办“校训班”，培训班干部和积极分子，我和家庆册上有名，午后便扛了行李到校。在家我找了一个黄旧的本子，上面印有财务表格，反面却空白可用，于是用牛皮纸做了封面，以朱红广告画颜料写上“校训班笔记”五个宋体美术字，还用墨套了阴影，严整美观，很像回事。天色日短，昏黄的灯光下，我们展开被褥，并排睡下；家庆仔细品味了我笔记本上那几个套边红美术字，尔后就说着话儿挪到我被窝里，摸着我的手再不说话。我很得意，心手也都热了起来，却无言说。窗外暗下来，室内暗下来，窗外室内弥漫黑暗，人也消失于黑暗中，在无边黑暗中浮游沉落，沉落浮游，飘啊，飞啊……仿佛在深秋清晨，我们又穿过沙石小路，上了铁道，数着覆霜的枕木，从“白虎庙”后到北山车站，经庙后丛莽，望小站华美，仰视苍翠北山。

月令更替，景色常鲜——树色金黄，万叶如丹；冽风横扫，素面蒙山；百木复又抽新，苍翠转瞬如雾如烟；那幽深之处浓得近乎青黑，而受光之处蓝绿灼灼欲燃——我少年的岁月，少年的亲情，少年的友谊，心中的至爱，记忆中的想念。——永远的苍翠，我梦中的北山！

2006年12月

2016年4月8日电话传来噩耗：挚友米家庆2月10日（大年初三）器官衰竭，溘然离世。时身边有妻王玉珍、儿米良、女米丹夫妇及子，再无他人。我辈70年亲情、友情就此烟灭！一时顿觉肝摧心崩，天地变色，闷坐良久，不知所言……

2016年4月当日记

留给丹丹的备忘录

1

在那些动荡艰难的时日，我和你爸爸似乎都怀着一种对前景的莫名沉重，于心潮滂沛间现出难言的悒郁和茫然；而只有你，丹丹，真正展露出纯真童稚的全部。眼前是如茵嫩草的鲜活，如焰榆梅的炽烈，蜂群如阵的嗡嘤，还有你那蹒跚的步履和张扬向上的小手在花丛中出没。空气中浮荡着浓郁的温馨。云雀在高空一闪之后，便与瞬间鸣声一同消失在耀眼的云端，仿佛那是一阵弥久长新的古歌的嘹亮，又一次布散向充满诗情的天际。随处是勃然生机。似乎没有谁留意，硕大灰黑的蜘蛛也从冬眠的荫蔽地爬出，于美丽生命全然不觉处，殷勤织网。爸爸躺在草坪上，任解开的陈旧灰黄的军上装翅翼般展开，面对暮春苍茫中恍若深不可测的湖水里万千飞鱼般驰骤的流云，耳边传来金属摩擦般戚戚喳喳的声响——它们要游向哪里？为什么如此急匆匆不肯暂驻？……而妈妈的眼却随你的小步流转，为游人对你会心的笑意和欣赏深深陶醉。这时，你突然从高过头项的花丛中跑来，抱住我的双膝，举着小手中的蒲公英，说，“叔叔，看！噗——，噗——”，那些飞扬的伞花便悠悠荡荡四散开来。你笑了，周围也回应着一片笑声，而我的鼻腔却阵阵发酸……

那一年你三岁。

2

我魂不守舍地望着桌上打开封包的书册。彩封是19世纪俄罗斯风景画家希什金的一幅《林边小花》。幽暗的林边空地上，浮起层层彩色泡沫般的无名小花，画面中心疏枝间阳光随微风透入，仿佛花茎也摇曳起来，林间潮湿的气息与浓郁的花香飘逸出画面之外，使周围充满忧郁的生命之美。它骤然使人想起画家同代诗人费特的诗句："诗人，只有你那长着翅膀的词语的声音，才能在飞翔中捕捉到心灵含混的谵语和模糊的青草气息，并能把它们固定下来。"这是对《林边小花》内涵的某种神会吗？这一切，恰似轻弦慢捻般，于隐约处奏响自然生命赋予人的宽爱仁慈的和声，使人默默从心中生出对苦难的俄罗斯民族的祝祷……匠心的美编把这幅画作为中文版《巴乌斯托夫斯基选集》的彩封，堪称珠联璧合了。这位曾被推选为诺贝尔文学奖候选人的《金玫瑰》，为你爸素所珍爱，那么，叔叔寄他这部《选集》，自是了却交友之道。岂料寄出半月之后，却被退了回来！邮件左角无误地标出："此人已被逮捕。"

丹丹，其时叔真难以想象，你会何以面对这严酷！

3

当所有的打问都遭到回绝，所有的吁求被报以冷眼，所有的呼告都归于沉寂之后，妈妈反而显得格外明智清醒起来。从遥远的城郊，她抱着女儿，乘车来到这座曾是首善之区而今已变为首乱之区的广场东侧，径直走到那群灰色建筑物的卫兵面前，去打捞最后的希望。卫兵把她指向接待室，得到的回答是"查无此人"。而此刻，在她们头顶某栋楼房的最高层，隔着浑浊不堪的玻璃，你爸爸人正拼命敲击窗棂，呼叫逡巡无措而又毫无回应的你们娘儿俩，眼睁睁望着你们沉重离去的步履……他想起和你妈妈最初从寒冷的北国江城来到这座城市的诸多情景：爽风拂面，行云入眼，红墙角下霜菊绽放，节日广场焰火弥天；日子真的在有序地展开。这些飞花般飘逝的时光，此刻只能引发他难言的痛楚。而他的妻女眼下面对的是，公共车上的拥塞，形容肃然而沉默无言的面孔，和身边奔走的惶惶然各怀心事的人们，没有人理会她们娘儿俩因寻找亲人不得而失落无告的悲哀。她茫然望着这方正开阔的广场，周遭这些赫赫有名的建筑，在这条多次走过的大街上徘徊。——突然一位被剪光半边头发的姑娘疯喊哭叫着从身边跑过去……又见一位老者倒在路边灯柱下，痛苦地蜷缩呻吟，其细如发的铁丝，一头系在厚重的钢板上，一头套在老人的脖颈上，钢板上糊了白纸，白纸上写了姓名，在姓名上打了一个大大的红叉……只听见老人口中喃喃自语，“主啊！在我急难的日子，求你向我侧耳，不要向我掩面。”他的黑袍沾满了泥垢和血污。——她能对女儿说什么呢？她只能以忍受来直面眼前这严峻和残忍了。至于楼顶混浊污秽的玻璃窗棂后面的那个不幸的人，当他再次发出绝望呼喊的时候，只能招来卫兵的恶声训斥，眼巴巴地望着妻女渐次远去的身影……

丹丹，此时此刻，你可听到爸爸的呼唤？

4

蒸笼般燠闷的车厢在烈日下爬动，须发皆白的老人似睡似醒；当年眼前那些饥饿者痴呆的面孔，竟至今挥之不去；面有菜色的浮肿病患者，一个接一个地排成长长的行列，用直勾勾地眼望着他，好像从他这个老医生的眼窝子里能勾出随便一点什么可吃的东西；他们显得是那般的善良、无辜而又无奈……这种景象也就只过去五六年罢，老人想。他从恍惚中醒来，望着车窗外远村上空飘动的红色，高音喇叭中传来隐约的锣鼓，和时断时续的呼喊，以及可以想见的喧嚣无序中受难者的哀鸣，烦腻而痛苦地闭上眼睛；只有不时从走道穿行而过的戴红袖章的小青年，唤起他的焦虑和急切，于是又抬头望望衣架上圆形的包裹，擦去沿苍老皱纹滚下的汗水，再一次打起瞌睡。列车员终于把他叫醒。他背起那沉重的包裹，艰难地伸出右腿去探踩下车梯级，一时目眩腿软，竟然踏空，几乎栽倒在月台坚硬的水泥地上。……车行又步行，费时九天，总算在郊区一个劳改农场找到了儿子。然而，当他打开包裹，带给儿子的百多张东北大煎饼，已全部坨作一团，彻底馊臭如泥！看着它，老人足足沉默了一个多时辰。

这位老人，就是你的爷爷。

5

延庆胡同在临江街拐角处的尽头，一处风剥雨蚀的老院就隐没在它的深处。门前的一块青石借了大树的庇荫，仍显出难得的平正温馨；在天气晴和的日子，你就坐在这青石上，听江风在树梢奏出阵阵美妙的旋律，听奶奶絮叨那些难得理出头绪的故事；当青石上阳光的斑点开始消失，夕照在老枝的梢头摇荡的时候，妈妈就快从拐角处露面了。她有时是一身白灰，有时是满面尘土，在劳苦一天之后，迎接她的，是女儿跑跑跳跳高扬的小手，和老人满脸皱褶的笑意；对于妈妈来讲，筛灰、扫街的劳顿好像未曾发生一样。

丹丹！……鲜活的嫩绿，炽烈的榆梅，高空传来的云雀的鸣响，还留存在你的记忆中吗？日子似乎平静如水。因为，无论爷爷、奶奶或妈妈，都把焦虑、愁苦和担心藏匿起来，尽管他们仍无时不在忧心如沸。终于，有一天爷爷带回了邮件，是爸爸原工作单位的一封公函。面对爷爷的惊喜，奶奶抹泪，妈妈也背转身去，你却号啕大哭起来……

好像是雨果说过：在绝对正确的革命之上，还有绝对正确的人道主义，还有人心的无限仁慈……

这一年你已经九岁了。

6

这是一个疯癫时代里发生的真实故事，绝无什么“虚构”。这几个浸渍血泪的碎片，如果置入万花筒中，自当连缀变幻出那个时代知识人家庭的种种悲辛际遇。这使人想起秘鲁作家诺贝尔文学奖获奖作家巴尔加斯·略萨在评论《日瓦戈医生》时讲过的一些话。他说，“这是一部历史启示录”。书中写的是普通人，正派的、健康的人，缺乏干大事业的本领和才能；对于这种人，“具有改造和破坏力量的革命会毫不留情地镇压，或者强迫他们接受一种道德、一种心理，甚至一种专门的语言，将他们粗暴地压制成型。”略萨没有说出的现实是，如果这些人抗拒“成型”，等待他们的便只有两种结局可供选择：成为疯子、白痴，或承受无边的苦难。因为他们不肯放弃自己的价值观念和做人尊严，不愿做卑鄙小人。

右起：米家庆（又名米立）、夫人王玉珍、女儿米丹，与作者1982年秋在西安，劫后重逢。

“人可能舍弃一切，却无法舍弃被理解的渴望。事实上你唯一拥有的就是过程。当你不仅能够享受快慰，也能够享受哀伤，你就看见了美。”这是中国一个温和的、自由的理想主义者发出的呼告。面对如此通达的语境，应当说，每一个具有尊严的人，每一个受难者，都有权作出自己的回应，虽不能冲绝而出，总可以从苦难的尘封故土中挖一个小孔，透一口气，姑且算滤去生命跋涉中海沙般沉重的几丝哀伤。

美，对于苦难的人生来说，实在是一种支撑。

朝阳中，我眼前又浮现出彩沫般的林边小花，又嗅到了浓郁的潮湿的花的香气……；还有，绿草如茵般鲜活的嫩绿，火红爆裂的榆梅，嗡嗡嘤嘤的蜂群，和高空里如银色飞鱼般竞相驰骤的云阵，以及云雀们播布四方的嘹亮的古歌……

米丹，你好！

2001 年 7 月

后 记

20 世纪 80 年代中期，为了一篇评论法籍华人画家赵无极的短文，我去拜访其时主编《美术》杂志的邵大箴先生。谈话中，邵先生发觉我涉猎过于宽泛；他说，你能否把问题集中一下，抓住自己兴趣的兴奋点，多下些工夫，专门研究。我说，我一直对“诗画同源”这问题有兴趣，已经积累了一些材料。他说，这就很好呀！这问题好像还不见有人专门去弄，可在这方面有些突破。邵先生并且帮我把研究的题目确定下来。这就是 2004 年中华书局出版的《诗画同源与山水文化》。翌年 5 月 19 日，《光明日报》“书评”版，有邢宇皓先生一篇书评——《山水文化视野下的诗画考辨》，多有溢美，愧不敢当。我要向当初为我指点迷津的邵大箴先生深致谢意！

本书主要集中了我在 20 世纪 80 年代前后所写的艺术短论和散文随笔，其中画评占有相当部分，当代新文人画家刘二刚先生的就有五篇，跨时四年，故为“从容细说”。其实，刘二刚先生的艺术价值，远为当今艺术市场所掩；真想写一本专书“从容细说”，惜为条件所限，只好成为一种念想。我和二刚相识，早在 2002 年山西画院为他举办的一次画展。当时亲睹其作画示范，并时有点评；使我大开眼界。此后便书信往来，赠书赠画，且多赐教。五年以后的 2007 年 12 月，北京中国国家画院主办“天高云淡·刘二刚书画展”，我们再次相逢。只见他忙不迭地和人们打招呼，他是主角。开幕式上，众多知名画家、美术理论家在列；中国美术馆理论部陈履生先生主持。在座谈会上，中国美协理论委员会主任邵大箴教授说，“二刚的画是中国文人式的，更有中国传统画和中国文化的功底。他的笔墨非常讲究，书法也非常好。我是镇江人，我为镇江出了这么一位天才的画家感到高兴。”二刚恭谨谦虚地把专家们的各种意见记录在小本上，不时抬头发呆，或现傻样，只不言声。这让人想到东晋大画家顾恺之的“三绝”：“才绝、画绝、痴绝”。本传又记其“痴黠各半”。二刚将痴化而为稚拙，黠变而为聪慧、幽默——他的画引人深思，让人联想，且忽而会心，忍俊不禁。天上地下并时而至，古人今人烩为一勺；纯以书法作画且不必说，而其团块式山石结构又与塞尚脱不了干系。邵先生说，“二刚就是孔子所说的那种‘生而知之’的人，他用自己的生命、自己的生活、自己的生存状态来完成对绘画的修炼，他是在成长过程中寻找到自己。”会后，二刚蚊子般低调地说，评价太过了，实在受不起。

真是说不尽的刘二刚。

本书最早的一篇《诗的色彩：以画观诗》，写于 1962 年，刊于当年山西文学月刊《火花》，应为试笔。晚近的《雅士最后又一人：向李德仁先生致敬》成于 2014 年。跨时半个世纪。它们大多作于 20 世纪八九十年代，先后刊于当时上海《艺术世界》、北京《红楼梦学刊》、天津《散文》、重庆《美的研究与欣赏》、武汉《艺术与时代》、山西《批评家》以及《山西日报》、山西《人民代表报》和《太原日报》等。“系日斋读画记”之外，可以见出其时杂而不专的诸多领域引发的兴奋之点。如今回想，即便是一两千字的短文，作为自己的另一面也都颇费心思，不敢妄作。

多年来，我一直想念着当初指点迷津的邵大箴先生，20 世纪 80 年代后期在母校进修时给我学术上切实指导的罗宗强先生，已经过世的南开中文系主任郝世峰先生，生活上百般关照的贺恒祯先生。他们是我的良师、益友或同学，自当感恩，铭记不忘。本书由责编刘大馨先生精心编审，学生李小明、犬子长明共同操作，亦当一记。

谨对赵树义先生为本书赠序、刘二刚先生为本书题签深致谢意！

2016 年 6 月 15 日

作者记于太原师范学院之系日斋

图书在版编目（CIP）数据

常青藤：艺术短论与散文 / 李亮著. -- 天津 : 天津大学出版社, 2016.8
ISBN 978-7-5618-5610-9

Ⅰ.①常… Ⅱ.①李… Ⅲ.①艺术评论 - 中国 - 文集 ②散文集 - 中国 - 当代 Ⅳ.①J052-53②I267

中国版本图书馆 CIP 数据核字(2016)第 173723 号

组稿编辑：刘大馨
责任编辑：刘大馨
排版设计：赵俊丽
胡晶晶

技术设计：刘　浩
封面设计：常　明
编印统筹：李小明

出版发行：天津大学出版社
地　　址：天津市卫津路 92 号天津大学院内（邮编 300072）
电　　话：022-27403647
网　　址：publish.tju.edu.cn
印　　刷：山西大学印刷厂
经　　销：全国各地新华书店
开　　本：710mm × 1000mm　1/16
印　　张：19
字　　数：268 千字
版　　次：2016 年 8 月第 1 版
印　　次：2016 年 8 月第 1 次印刷
定　　价：76.00 元